KB251938

남자의 **순정**

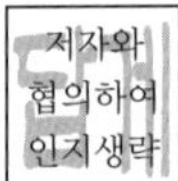

남자의 **순정**

지은이 | 김이연
펴낸이 | 一庚장소님
펴낸곳 | 도서출판 답게

초판 인쇄 | 2012년 12월 5일
초판 발행 | 2012년 12월 10일

등 록 | 1990년 2월 28일, 제21−140호
주 소 | 143−838 서울시 광진구 군자동 469−10호(2층)
전 화 | (편집) 02)469−0464, 462−0464
       (영업) 02)463−0464, 498−0464
팩 스 | (02)498−0463

홈페이지 | www.dapgae.co.kr
E−mail | dapgae@gmail.com, dapgae@korea.com

ISBN 978−89−7574−256−9

ⓒ 2012, 김이연

나답게 · 우리답게 · 책답게

남자의 순정

도서출판 답게

나의 사랑하는 독자께

"너에게 닿는 길을 닦는다.

그건 내 마음과 너의 마음을 이어주는 길이니까."

그는 삶의 가치를 그의 마음 안에서 찾으려고 가슴을 파헤쳐

본다.

땅 속 흙을 파내면 굴이라도 뚫리겠지만

가슴을 파헤치는 일은 물속을 헤집는 것처럼 흔적도 없다.

그러나 아프다.

그는 그의 안에 있는 진정성을 찾아 나섰다.

진정성이란 자신에게 진실해지는 것.

십리를 가야 사람다운 사람 하나

겨우 만날 수 있을까 말까한 세상이 온다하였다.

어딜 가야 사람다운 사람을 만날 수 있을까.

우주 행성 "55 게자리e"는 다이아몬드로 가득 차있는 뜨거

운 별이다.

지구에서 40광년이나 가야 닿을 수 있는 먼별이다.

그 별에 다이아몬드가 있다한들 무슨 소용이 있나.

여기 다이아몬드보다 더 순수하고 깨끗한 순정을 가진 한 남자가 있다.

순정이 여자들만의 것이라고 믿던 시간은 이미 사라졌다.

여자가 머리로 계산하고 손익을 저울질할 때

남자는 가슴 속에서 뜨거운 체온으로 다이아몬드를 깎는다.

다이아몬드 같은 순정을 지닌 남자를 찾는데 8년이 걸렸다.

이 남자의 순정을 아픔 없이는 공유할 수 없고

몰입하지 않고는 이해할 수 없다.

이 책을 덮으며

남자들은 "나도 이런 남자이고 싶다"고 소망하게 될 것이다.

여자들은 "나도 이런 남자를 만나고 싶다"고 갈망하게 될 것이다.

40광년이 지나면 이루어질까.

50번째 소설, 2012년 가을 괴산에서 쓰다

개이열

1부

카운터 앞에서 기다리던 커피를 받으려는데 하필이면 그때 핸드폰이 걸려온다.

시아는 옆에 서서 커피를 기다리고 있던 모르는 남자한테 커피를 좀 받아달라고 눈짓으로 부탁한다.

그리곤 핸드폰을 꺼냈다.

만나기로 한 남자친구다.

급한 일이 생겨서 못 나오게 되었다는 맥 빠지는 전화다. 시아는 핸드폰을 주머니에 집어넣고는 밖으로 나간다.

종이컵 커피를 양손에 든 남자가 시아의 앞을 가로막는다.

"이 커피 안 가져가요?"

"필요 없어요. 둘 다 마시든가 버리든가 하세요."

애꿎은 남자한테 화풀이하듯 쏘아붙인다.

시아는 남자의 얼굴을 쳐다보지도 않고 빠른 걸음으로 가던 방향으로 걸어간다. 남자는 다시 시아의 앞을 막는다.

"마시든지 버리든지 커피 임자가 해야 하는 거 아닌가요?

"성격이 무지 끈질기네요."

시아는 피식 웃는다. 웃고 나니까 그제야 조금 성이 풀린다. 남자가 들고 있는 종이컵을 빼앗듯이 받아든다.

한 모금 마시려고 컵을 입으로 가져가다가 잠시 남자의 표정을 살핀다.

남자도 피식 웃는다.

"이왕이면 안에 들어가서 마시죠."

"그러죠 뭐."

홧김에 밖으로 나오긴 했어도 갈 데가 없는데 잘 된 일이다. 다음 약속까지는 두 시간이나 빈다. 시아는 밖이 내다보이는 기다란 카운터의 높은 의자에 걸터앉는다. 그 옆자리에 남자가 자리를 잡는다.

두 사람은 같은 방향을 바라보고 나란히 앉아서 커피를 마신다.

어둑어둑해지는 거리의 어둠이 커피집 유리창을 거울로 만든다. 그의 얼굴이 잘 보인다.

굵게 파머를 했는지 원래 곱슬 머리인지 그런대로 어울리는 남자다.

남자는 커피를 맛있게 마신다. 시아는 이 남자가 몇 살쯤일까 직업은 뭘까 궁금하지만 말없이 커피를 마신다.

“바람맞았나요?”

“그렇다고 해야겠죠. 다 들통 났으니까. 당신은 약속 없으세요?”

“당신?”

“그럼 뭐라 불러요? 당신은 you잖아요?”

남자는 또 피식 웃는다. 웃는 표정이 욕심 없어 보인다. 느낌이 좋은 남자다. 이런 남자를 찾고 있었는데 잘 됐네.

“결혼했어요?”

“누가요? 내가요? 그래요, 애가 셋이나 있어요.”

시아는 일부러 어깃장을 놓는다.

“정말 맹랑한 사람이네. 그런데 당신이란 말이 쉽게 나옵니까?”

시아는 지갑에서 만 원짜리 한 장을 카운터 위에 붙여놓듯 꺼내 놓는다.

“당신도 만 원 있어요?”

“만 원은 왜요?”

“글쎄요. 있으면 여기 내놔 봐요.”

남자는 주머니에서 만 원짜리 한 장을 꺼내 시아의 흉내를 내듯이 카운터에 올려놓는다.

시아는 만 원짜리 두 장을 잘 접어 남자의 주머니에 넣어주며 일어선다.

“우리 나가요.”

시아는 앞장서서 걷는다. 찻길을 버리고 작은 골목으로 접어든다. 이상한 기분이 드는지 남자가 발을 멈춘다. 시아가 돌아서서 남자를 본다.

"당신은 이런데 처음 와 봐요?"

바로 눈앞에 썬셋 모텔이란 핑크빛 간판이 보인다.

어두운 모텔의 계단을 더듬듯이 올라가며 뒤에 따라 올라오고 있는 남자한테 시아가 말한다.

"얼마 냈어요?"

"만 원 모자랐거든요."

"내가 계산했으면 2만 원에 해주는 건데. 오천 원 더 줄게요. 계산은 계산이니까."

"됐습니다."

방에 들어오자 시아는 지갑에서 오천 원짜리를 꺼내 남자한테 내민다.

"내가 돈을 덜 내는 건 나를 파는 거잖아요? 자존심이 몹시 상한단 말이에요. 그렇다고 내가 몽땅 다 내면 역시 당신이 자존심 상할 테고요."

감방처럼 작은 방에 빼꼼이 뚫린 창문으로 거리의 소음이 마구 들어온다.

아늑한 방이란 창문이 작을수록 좋다. 눈이 작아도 세상 전부를 볼 수 있는 것처럼 작은 창문으로 보는 세상은 세상 그대로의 크기로 보이지만 더 아름답다.

그림을 그려 액자에 끼워 넣으면 그림이 생생하게 살아나듯 이 시차를 두고 재생된다. 작은 창문은 어둠을 만들어주고 아늑하게 하며 편안하게 한다. 어둠 속에 숨겨주기도 한다. 어둠 속에서 밝은 외부를 잘 지켜볼 수 있는 장소와 기회를 준다.

그래서 은밀한 장소의 창문은 작을수록 좋다. 더 막다른 어둠의 장소에는 작은 창문조차 없다. 그건 죽음이다. 영원한 은둔이며 영원한 평화이다.

방의 어둠에 익숙해지면서 어설픈 형광 불빛도 보기 싫어진다. 시아는 천정에 붙은 형광등을 끄고 작은 스탠드 라이트만 남겼다. 훨씬 아늑해진다. 시아는 침대 아래 한쪽 구석에 자기 물건들을 모아 놓는다. 노트북 핸드백 머플러 재킷 얇은 스웨터 바지……

"잠깐만. 나머지 옷은 내가 벗겨줄게요."

곱슬머리 남자가 말한다.

"아뇨. 내가 벗어요."

시아가 브래지어 고리를 따는 동안 남자는 팬티 한 장만 남기고 옷을 다 벗는다.

5초도 안 걸린다.

"당신은 수영선수였어요?"

시아가 브래지어를 벗으면서 남자에게 묻는다.

"그걸 어떻게 알았죠?"

"당신은 너무 미끈하잖아요. 그리고 옷도 빨리 잘 벗고요."

"그러는 당신은 이라크 전쟁에 갔다 온지 얼마 안 된 여군 같은데. 거기에 군화만 신었더라면 잘 어울렸을 텐데."

시아는 팬티만 걸치고 군화 신은 자기 모습을 상상해 봤다. 그런 모습은 정말 전쟁터에서 가시철망을 배경으로 한다면 더 멋진 작품이 될 수 있을 것 같다. 좋은 아이디어 하나를 머릿속에 적어둔다.

"난 내숭을 제일 싫어하거든요. 되도록 솔직하고 정직하게 살고 싶어요."

모텔 주인한테 할당받은 두 시간으로 충분하다. 어쩌면 달콤하게 한잠 푹 잘 시간도 있을 것 같다.

남자는 시아의 귀를 만지다가 거추장스런 귀고리를 빼낸다. 어둠 속에서도 귀고리 장식을 쉽게 푼다.

나갈 때 귀고리를 다시 끼는 걸 잊어버리지 말아야지 하고 생각하는데 남자는 시아의 귀고리를 시아의 팬티 위에 소중하게 모신다.

이 남자 선수네.

서두르지 않고 부드럽게 시아의 어깨를 쓰다듬어 내린다. 어깨에서 가슴으로 미끄러져 내린다. 시아는 머릿속에서 남자의 손길을 따라 감각을 살려간다. 남자는 사라지고 느낌만 남아 움직인다. 마치 몽환 속 같다.

얼크러져서 서로의 가진 것 전부를 빼앗기라도 하듯 열기를 쏟아낸다. 뜨거운 피가 흘러나와 혈관 밖에서 섞이고 그 피는 다시 따로따로 갈라져서 혈관 속으로 빨려 들어간다. 체온을 몸밖에 남긴 채 차가워진 피가 혈관 속으로 흐른다.

마치 신장병 환자가 투석하는 것처럼 눈으로 보듯 혈액이 몸 밖으로 잠시 나갔다가 되돌아간다.

열정의 봇물이 터질 때엔 바늘구멍 같은 빈틈만 있어도 그곳으로 몰린다. 열정이 광기와 다른 건 대상이 있고 없고의 차이다. 시아에게 있어서의 젊음은 열정이 아니라 광기이며 그걸 다스릴 수 있는 약은 시간뿐이다.

금세 거센 파도 같던 남자가 벽을 향해 돌아누워서 잠들어있다. 가늘게 코 고는 소리를 내며 잔다.

태평한 남자네.

시아도 남자의 등에 얼굴을 대고 가슴을 바짝 붙이고 눈을 감는다. 시계를 본다. 한 시간 정도 푹 자도 되겠다.

잠깐 눈을 붙였던 것 같은데 작은 창밖의 깜박거리는 네온 빛이 진한 걸 보면 밖은 완전히 어둠이란 걸 알 수 있다. 시아는 놀라 침대에서 몸을 일으킨다. 같이 누워있던 남자가 없다. 벗었던 옷도 보이지 않는 걸 보면 남자는 벌써 방을 빠져나간 거다.

시아는 방 한쪽 구석에 모아두었던 자기 물건들을 본다. 그대로 그 자리에 놓여있다. 시아의 팬티 위에 있는 귀고리 두 개가 보인다. 작지만 명색이 다이아몬드인데……

귀고리 아래 작은 메모지 한 장이 있다.

-다음에 다시 만난다면 아까 했던 말, 들통 난 일이 뭔지 말해줘야 해요.-

시아는 피식 웃으면서 귀고리를 귀에 꽂는다. 다시 만날 일은 만에 하나 없을 거다. 곁에서 잠자던 남자가 일어나 옷을 입고 문을 열고 방을 빠져나가도 모르고 잠을 잔 자기 꼴이 마음에 들 리가 없다. 언제나 그랬지만 시아는 자기 자신이 마음에 드는 데라곤 한 군데도 없다.

시아는 핸드폰을 꺼내 시간을 체크한다. 샤워할 시간은 충분하다. 목욕탕 바닥이 뽀송뽀송한 걸 보면 남자는 샤워도 하지 않고 급하게 달아난 모양이다. 다른 약속이 있었는지도 모르지.

천천히 샤워를 하고 거울 앞에 섰다. 드라이어로 머리카락을 말리면서 거울 속의 자기 얼굴을 살핀다.

예쁘지는 않지만 못생긴 얼굴은 아니다. 그건 남자들을 반하게 할 자신은 없지만 남자들이 피할 만큼 혐오스런 얼굴은 아니란 의미다. 요즘 남자들이 암내를 풍기듯이 여자들은 조금씩 파워풀해지고 있다.

오늘의 놀이에선 누가 이익이었을까. 영문 모르고 끌려와 만오천 원을 뺏기고 시아한테 어처구니없이 당하고 만 그 남자의 일진은 사나웠을까 아니면 횡재였을까.

학설에 따르면 여자는 남자가 느끼는 쾌락을 두 배로 느낀다는데 그렇다면 같은 액수를 투자한 사업이라면 남자의 이익에 비해 시아의 이익은 두 배다.

바티칸 선언문엔 "그 어떤 즐거움도 절대 미루면 안 된다"고 기록하고 있다. 에로틱한 쾌락은 인간 내면의 갖가지 행복을 측

정하는 척도로 존재한다. 시아는 지금 얼마큼 행복한가.

시아는 약속장소로 이동한다. 걸어서 십분 거리다. 시아는 핸드백에서 아이팟을 꺼내 이어폰을 귀에 깊숙이 밀어 넣는다. 요요마의 첼로를 찾아 볼륨을 높인다. 며칠 전에 친구가 넣어 준 음악이다. 그 친구의 음악적 사치는 시아의 열등감을 두 배로 늘린다.

시아는 그런 열등감을 즐기면서 친구를 사귄다. 시아가 잘 생긴 남자를 무조건 탐내는 이유도 그런 거다.

물 한 병을 산다. 2% 산소라고 쓰여 있다. 100년 전 대동강 물을 팔던 김 선달이 원조이고 호텔에서 파는 값으로 한 병에 6천원을 받는 스위스 에비앙 물장수는 현대판 김 선달이다. 이 물은 그냥 물에 2%의 산소를 섞었다는 업그레이드된 물이다. 몸에 얼마나 좋을라나.

M빌딩 앞에 구릿빛 돌덩이 몇 개를 아무렇게나 굴려놓은 조형물이 있다. 시아는 그 돌 한 덩어리를 깔고 앉아서 물 한 병을 다 마신다.

물을 향해 뛰어내린 다이버는 절대로 멈출 수 없다.

시아는 다이버처럼 세상으로 돌진한다. 물이 얼마나 깊은지 생각하지 않는다.

9층 버튼을 눌렀다. 엘리베이터는 9층을 지나치고 10층에서 멈춘다. 9층은 그냥 통과하도록 되어있다. 하는 수 없이 계단으로 내려간다. 통로가 유리문으로 막혀있다. 유리문은 자동으로 열린다. 시아는 문 앞 책상에 꼿꼿하게 앉아있는 여직원에게 7시에 찾아뵙기로 약속이 되어있는 사람이라고 알린다.

메모 되어있는지 시아를 안으로 안내한다.

방 전체를 차지한 넓은 회의테이블이 있고 그 중 의자 하나를 권한다. 시아는 의자에 앉아서 기다린다. 녹차 한잔을 시아 앞에 놓고 여직원은 밖으로 나간다. 분위기로 봐서 무겁고 어두운 느낌이다.

안에서 30대 후반 말끔한 차림의 직원이 나와 시아를 반긴다.

"최 시아 씨가 오거든 만나보라고 우리 회장님이 말씀 주시고 나가셨습니다."

잘되었다 싶다. 비즈니스 목적으로 만나 일을 처리할 일이기 때문에 중간에 일 처리를 할 사람이 나서준다면 말이 훨씬 쉬워진다. 거절할 경우도 있고 말하기 곤란한 문제가 생길 수도 있다.

"회장님께서 보고 가신 그림이 이건데요."

시아는 노트북을 열고 키를 두드려 그림을 찾아 보인다.

우시장의 소들을 그린 그림이다. 장사꾼의 모습은 빼고 소들로만 화폭을 꽉 채운 그림이다.

"멋지군요. 우리 회장님 취향에 꼭 맞는 그림이군요."

"회장님께선 시골 출신이세요?"

"서울 사람 중에 시골 사람 아닌 사람이 얼마나 됩니까? 게다가 출세한 사람 중에 시골 사람 아닌 사람이 있습니까? 대통령 중에 시골 출신이 아닌 사람 있으면 말해 보십시오."

시아는 피식 웃기만 했을 뿐 아무 대꾸도 하지 않았다.

말이 많은 사람은 다루기 좋다. 접근하기도 쉽고 말을 많이 하다 보면 스스로 책임져야 할 실수를 저지르고 만다. 시아는 비서가 더 많은 말을 하도록 내버려둔다.

"실은 우리 회장님께선 그림이 마음에 든다 안 든다만 말씀하실 뿐 그림을 구입하는 문제는 제가 해결합니다. 그 얘기는 그림값 깎는 역할을 제가 맡게 되어있단 말이지요."

비서는 화면에 가득 찬 황소들을 한 마리씩 한 마리씩 살피면서 입을 연신 움직인다.

"이걸 저 큰 스크린으로 보여 드리고 싶은데 그렇게 해 주실 수 있으세요?"

"그렇게 장치 해보겠습니다. 실은 실제 그림을 보는 게 제일 좋은데 말입니다."

"그러심 저의 갤러리에 한번 들리세요."

"아 아닙니다. 우리 회장님이 고르신 건데 제가 다시 보는 건 아무 의미가 없습니다."

커다란 스크린 안에서 그림의 소들은 살아있는 것처럼 보인다. 새벽의 찬 공기가 그대로 소들의 하얀 입김으로 표현된다.

"추운 겨울에 그린 그림인가봅니다."

"아무래도 농번기엔 소를 사고팔지는 않겠죠?"

"몇 호짜리 그림인가요?"

"육백 호랍니다."

"호당 얼마짜리 화가인가요?"

"이런 대작들은 호수대로 따질 수 없어요. 작가가 받고 싶은 그림 값에 화랑이 먹을 이윤만 붙이는 거죠. 경우에 따라서는 이윤을 안 붙이고 중개하기도 하죠."

"가만 있자 . 자세히 보니까 그림이 네 쪽으로 나뉘어 있군요."

"대개 그렇게 해요. 화실의 조건이나 작업상의 어려움을 덜기 위해서기도 하고 운반하기도 수월해지죠."

"네 쪽을 따로따로 봐 봅시다."

비서가 시키는 대로 시아는 화면을 나누었다.

"두 쪽씩 붙여 봅시다."

"이렇게요?" "이렇게 두 쪽만 걸어도 훌륭한 그림이 되겠는데요? 두 작품이 되는 셈이지요?"

"그렇게 보이세요?"

"우린 이렇게 하고 싶은데요. 그림의 두 쪽만 사면 안 됩니까?"

시아는 웃기만 했다. 이런 남자한테 뭐라고 말하면 알아들을 수 있는지 조금 뒤로 물러서서 생각해본다.

그의 생각도 아주 틀린 생각은 아니다. 많은 사람들이 그렇게 생각할 수 있는 일이다.

그렇지만 여기서 화를 내면 시아가 불리해진다.

세상일들 중에서 융통성이 없는 건 예술뿐이다. 작가가 이거다 하면 이것일 수밖에 다른 해석은 없다. 사람이 자기 인생을 사는 데도 이거다 하고 정한다면 그렇게 살아가는 걸 아무도 말릴 수 없는 것처럼.

"네 쪽 그림을 두 쪽 값에 드릴게요. 그렇게 하면 되시겠어요?"

"얼만데요?"

"이억짜리 그림을 일억에 드리지요."

"시원시원한 아가씨군요. 큰 사업가가 되겠습니다."

"예술품에 값을 매긴다는 게 이상하지 않아요? 공짜로 얻을 수도 있고 수억 원에도 못살 수도 있죠. 우리처럼 예술품을 돈으로 흥정하는 사람 사이에서만 통하는 거죠. 작가가 이런 흥정을 옆에서 봤다면 벌써 뛰쳐나갔을 테죠."

뺨치고 얼러주고 시아는 비서를 마음대로 다룬다. 이 그림은 십 년 전에 화가한테서 빚으로 받은 그림이다. 팔리지도 않고 창고의 자리만 차지하고 있을 뿐 아무도 거들떠보지도 않던 그림이다. 어떻게 해서 창고 깊숙한 곳에 있던 그림이 회장의 눈에 띄게 되었는지 모른다.

화가는 이미 그림을 접고 미국으로 이민 가서 곰탕집을 경영하면서 근근이 살아가고 있다. 말하자면 예술적 확신이나 고집이 있는 화가도 아니고 재능이 뛰어난 화가도 아니다.

그저 그림을 잘 그리는 화가일 뿐이다. 이런 얘기를 고객한테 할 필요는 없다.

어쩌다가 임자를 만나 햇빛을 보게 된 것이다. 그림으로는 행운이고 갤러리로서도 운이 좋은 거다.

그림값을 알고 있는 비서는 일억 원이란 제의에 더 다른 의견이 있을 리 없다. 더욱이 회장이 찍은 그림이기에 흥정하기가 쉽다.

"결재를 받아 빠른 시일 안에 그림값을 지불하고 그림을 인수하겠습니다."

"그림값은 언제고 약속대로 주시면 되고 그림은 액자도 끼워야하고 시일이 좀 걸려요. 누구나 그림 임자가 되면 하루라도 먼저 걸어놓고 싶어 하죠."

시아의 속셈은 달랐다. 이들이 마음이 변할까 두렵기 때문에 그림을 한시라도 빨리 옮겨 놓아야 한다.

"만족할만한 그림 값이면 회장님이 더 기뻐하실 걸요."

"감사합니다. 제가 저녁을 살까요?"

"그림값을 반으로 깎았는데 제가 대접하죠."

시아는 마음만 먹으면 방아쇠를 당긴다. 다이빙을 하듯 물의 깊이를 따지지 않는다. 물론 일억 원에 그림을 넘긴 것이 잘한 일인지 잘 못한 일인지 아직 모른다. 어쨌거나 내정가의 밑바닥 시세로 결말을 내버렸다. 이미 저지른 일이다. 더 받을 수도 있었단 후회가 잠시 들긴 했지만 지나간 일이다.

아르키메데스는 돌을 던진 사람이 그 돌을 잡기란 절대로 불가능한 것이라고 말했다. 그렇다면 일억 원짜리 그림 거래에 대해서 시아가 미련을 가지면 안 된다. 돌을 던졌을 뿐이다.

M빌딩 지하에는 크고 작은 식당들이 들어차있다. 이태리식당으로 안내한다.

누구도 눈여겨보지 않는 우시장 그림을 고른 사람이 어떤 사람인지 궁금해진다. 물론 촌놈일 테고 나이도 그런대로 들었을 테고 돈을 어쩌다가 많이 벌어 나중엔 돈이 돈을 벌어 이렇게 근사한 빌딩의 주인이 되었을 것이다.

"회장님이 어떤 분인지 한번 뵙고 싶어요."

"앞으로 기회가 있을 겁니다. 그림 올 때 같이 오시지요. 어디

에다가 어떻게 자리 잡아야 하는지 조언도 해줄 겸해서 한 번쯤
더 와야 하지 않겠습니까?"

"그때엔 아마 우리 갤러리 원장님이 오시겠지요."

"그렇겠군요. 회장님과는 각별한 사이신 것 같은데."

그렇다면 왜 시아를 보내서 흥정하라고 했을까. 서로 돈을 가
지고 밀고 당기는 게 거북한 사이이기 때문일까. 아니면 그림을
반으로 잘라서 걸겠다는 생각을 할 정도로 무지몽매한 사람들이
기에 아예 시아를 보내 흥정을 시킨 것일까.

아무튼 시아는 책임완수를 한 셈이다. 창고 안에서 먼지 뒤집
어쓰고 곰팡이 필 정도로 해묵은 그림은 명작이거나 장물이거나
이 그림처럼 임자를 못 만날 운명을 지닌 그림이다.

흥정은 일사천리로 이루어졌고 시아는 기분 좋게 와인을 마
실 판이다.

"취향대로 와인을 고르시지요."

"네에. 실은 전 와인을 잘 몰라요."

와인 리스트를 열심히 들여다보지만 아는 이름이 하나도 없
다. 이럴 때는 가만히 있어야 한다. 대중식당의 벽에 붙인 몇 가
지 메뉴 판에서 고르라면 쉽게 고를 수 있었겠지만 정말 모르는
이름뿐이다.

"제가 고를까요? 아가씨들의 입에 맞을만한 것들을 알고 있
으니까요."

시아는 그의 직책이 비서라는 걸 깜박 잊고 있었다. 상대방을

절대로 불편하게 하지 않는 것이 그의 임무다. 송아지 고기에 버섯을 얹어 구운 요리와 완두 스프를 주문한다.

"이런 요리면 오늘 잘 어울릴 것 같지 않습니까? 우시장 그림을 기념하며 송아지요리를 먹는다. 괜찮죠?"

"그렇군요. 선생님은 무척 감각이 뛰어나신 분 같아요. 육백 호짜리 그림을 두 쪽씩 갈라서 걸겠다는 아이디어며 흥정 속도를 올리면서도 만족할만한 결과를 내는 걸 보면 제가 배울 점이 많아요."

칭찬인지 욕인지 모르지만 그런 말조차 기분 나쁘지 않게 전하는 걸 보면 시아의 수완도 보통은 아니다.

"우리 갤러리엔 좋은 그림이 많아요. 회장님 방이 다소 삭막한 분위기던데 자그마한 그림 한 점 걸어보세요. 훨씬 행복해지실 걸요."

"우리 회장님 성품이 다소 삭막하신 편입니다. 혹시 작은 그림 한 점 덤으로 주실 수는 없습니까?"

M빌딩 로비의 천정이 높아서 그림이 더욱 빛날 것이다. 작가가 이렇게 좋은 자리에 걸린 자기 작품을 보았더라면 기뻐했을 텐데. 지금은 작가의 연락처마저 없다. 시아는 문득 이 그림의 작가를 찾아봐야겠다는 생각이 든다. 출신학교나 출생지만 알면 우선 방향이 서는 셈이다. 원장에게 물으면 쉽게 알 수 있겠지만 시아는 혼자 힘으로 그를 찾아보겠다는 생각을 해본다.

그림 아래쪽 구석에 붉은 페인트로 쓴 작가의 사인이 있었던 것 같다. 어설픈 사인의 형태로 봐서 작가로서의 자리를 차지하지 못했을 때 그린 것이기 쉽다. 습작을 겨우 면한 상태라고 하겠다. 그러나 그림으로써는 흠 잡을 데 없는 구도로 완성되어 있다.

"빌딩을 이용하는 많은 사람들을 행복하게 할 거에요. 출퇴근하던 사람들이 발을 멈추고 그림을 감상한다면 도시의 삭막함을 잊을 수 있을 거에요. 조용하고 평온하고 그러나 삶의 열기가 느껴지는 기분 좋은 그림이죠.

맨 그림으로 창고 벽에 기대어 두었을 때 박제되었던 소들이 체온을 얻어 살아날 것이다.

　열 살배기 시아는 맨발에 검정색 고무신을 신고 풀밭에서 쪼그리고 앉아 놀고 있다. 짧은 단발머리에 실 핀으로 앞머리를 올려붙인 게 무척 영악해 보인다. 좀 떨어진 곳에서 소가 풀을 뜯고 있다. 학교에서 돌아오면 소에게 풀을 뜯기는 일은 시아 몫이다. 시아는 가끔씩 소를 살핀다. 아직 일할 나이의 소는 아니다. 이마에 차돌만 한 뿔이 하얗게 솟아나고 있다. 시아가 할아버지 집에 올 때 같이 온 송아지니까 한 살이 채 안 되었을 거다.

　막연하게 시아는 소, 소는 시아라고 생각한다. 시아가 배고프면 소도 배고플 것이고 시아가 졸리면 소도 졸릴 거라고 생각한다. 시아가 외로우면 소도 외롭고 시아가 아프면 소도 어딘가 아픈 것 같다.

　시아는 여자인데 소는 여자일까 남자일까. 소는 풀을 뜯다가 가끔씩 비게 질을 한다.

해가 서산 등성이에 시아의 키만큼 남겨놓고 걸리면 집으로 돌아갈 시간이다. 시아는 서산에 걸린 해를 자꾸만 바라본다. 해가 기울기 시작하면 잠깐 사이에 산 너머로 뚝 떨어진다. 물에 빠지듯이 산 너머로 빠져버린다. 순식간에 사방이 어두워지고 강둑길이 갑자기 무서워진다.

어두워지기 전에 강둑길을 벗어나야 한다. 구름 많이 낀 날은 더 일찍 어둠이 짙어진다. 시아는 나무 등걸에 묶었던 밧줄을 풀어 손에 감는다. 소는 영물이어서 갈 길을 미리 알고 집 쪽으로 머리를 돌린다. 소가 앞장선다. 소는 시아의 발걸음에 맞춰서 천천히 걸어간다. 목에 건 소 방울소리가 어떤 땐 노래처럼 들리기도 하고 어떤 땐 슬픈 상여꾼 소리처럼 들리기도 한다.

서벅서벅 발길에 풀잎 스치는 소리가 들린다. 시아의 발소리 같기도 하고 누군가 뒤에서 따라오는 것 같기도 하다. 시아는 천천히 걸어본다. 그러면서 발소리를 듣는다. 자기의 발소리인지 다른 사람의 발소리인지 확인하려고 한다. 분명 시아의 발소리는 아니다. 사박거리는 작은 발소리가 아니라 서벅거리는 남자의 발소리다.

시아는 다시 시아는 걸음을 재촉했다. 송아지도 빨리 쫓아온다. 서벅거리는 걸음도 빨라진다. 등 뒤에 바짝 붙어오는 느낌이다. 마치 커다란 손으로 뒷덜미를 움켜잡고 끌어당길 것 만 같다.

아무리 발을 재촉해도 뒤에서 쫓아오는 걸음에 떨어진 거리가 조금씩 먹혀들고 이젠 그의 어깨와 나란히 줄을 맞췄다. 시아는 고개를 돌리지 못하고 숨을 죽이고 여전히 걸음을 빠르게 옮긴다. 그의 팔이 시아의 목덜미를 감을 때까지 걸음을 멈추지 않는다. 겁에 질려 고개도 돌리지 못한다. 몸은 앞으로 걸어가고 있지만 혼이 나간 채 몸이 굳어져 부서질 것 같다.

남자의 발소리가 바로 옆에서 들린다. 시아는 자기가 걷고 있는지 그 자리에 멈춰서 있는지 느낌이 없다. 귀신이 있다면 이런 느낌일 것이다. 실체가 없이 기운 만으로 덮쳐오는 것 같은 써늘함 같은 것 말이다.

시아는 소리도 지를 수 없다. 입속으로만 할아버지를 외쳐 불렀다. 목소리가 입 밖으로 나오질 않는다. 마치 진공 상태의 유리 전구 속에 갇혀 있는 것 같다.

"너, 이 동네 사니?"

그 발소리의 주인이 말을 건넨다. 남자라기보다 소년의 목소리다. 다소 나이가 든 소년일 것 같다. 열아홉쯤 아니 그보다는 좀 더 나이가 든 아저씨일 것 같다.

"너의 집이 어디야? 새로 이사 왔지? 못 보던 아이 같은데 말이야."

"이름이 뭐지? 몇 살이야?

계속 물었지만 시아는 벙어리처럼 입이 붙어버려 대답을 할 수가 없었다.

어디선가 소리 없이 슬그머니 나타난 이 아저씨가 무섭다. 그의 옆얼굴을 살짝 훔쳐봤다. 짧게 깎은 머리가 고등학생 같기도 했지만 그보다 더 나이가 들었을는지도 모른다.

어두워지기 전에 진작 집에 갈 걸 그랬다. 그렇지만 집에 혼자 있는 것보다 풀밭에서 소하고 노는 게 났다. 거긴 바람도 있고 산 뒤로 넘어가는 석양도 있다. 하늘에 떠다니는 구름이 가지각색 그림이 되어 보여주니 심심하지 않다. 해 저무는 줄 모르고 놀다가 언제나 집에 가는 시간이 늦어지곤 한다.

소가 집을 찾아가는데 시아는 그냥 줄을 잡고 따라가기만 한다. 동네 길로 들어서니까 그제야 마음이 놓인다. 멀리 대문이 보이고 대문 앞에 할아버지가 나와 시아를 기다리고 있다.

시아는 큰 소리로 할아버지를 불렀다. 마구 뛰던 가슴이 푸욱 가라앉는다.

"왜 이리 늦느냐?"

할아버지가 걱정해서 하는 말인데도 시아는 갑자기 심통이 난다. 다른 애들은 학교에서 돌아오면 얼싸 안아 맞아들이면서 맛있는 간식거리를 내주는 엄마가 있지만 시아가 학교에서 집에 와도 간식은커녕 반기는 사람 하나 없다.

숙제도 해야 하는데 책가방을 마루에 동댕이치고 그 길로 뒷산에 올라가야 하는 거다. 산에 소를 버려둔 채 학교 운동장으로 내려가 친구들하고 실컷 놀다가 소를 찾으러 산으로 올라 가곤 했다.

날이 어두워지면 소는 움직이지도 않고 풀 먹던 그 자리에 가만히 서 있다. 오늘은 운동장에 내려가 놀지도 않았는데 어두워지고 말았다. 해가 많이 짧아진 탓이다.

뒤따라 온 아저씨는 시아가 집으로 들어가는 걸 잠시 걸음을 멈추고 서서 보다가 집 앞을 지나쳐 갔다.

"저 청년이 누구 아냐? 이름이 뭐더라."

"할아버지 아는 사람이야?"

"음, 생각이 잘 안 나네. 어서 들어가자. 배고프지, 밥 먹자."

시아는 할아버지가 지어 놓은 밥을 그릇에 떠서 상에 차려놓기만 하면 된다. 김치하고 잡어조림 한가지뿐이다. 일 년이 넘어도 내내 밥상은 똑같았다. 마치 식당에서 같은 식단을 주문해 먹는 것처럼 같은 것이다. 신기하게도 일 년 열두 달 같은 밥상을 받으면서 할아버지도 시아도 물리지도 않고 잘도 먹는다. 할아버지가 할 줄 아는 반찬은 생선 조림 한 가지뿐이고 때맞춰 동네 아줌마가 와서 담가주는 막 김치를 같이 올리면 만족이다.

할아버지는 생선 머리와 꽁지 쪽을 차지하고 가운데 토막은 시아 몫이다. 시아가 생선 머리를 먹다가 목에 가시라도 걸린다면 병원 비가 더 들 거라는 걱정 때문이지 어두일미여서 할아버지가 차지해야 한다는 생각은 전혀 아니다. 할아버지는 꼬리 쪽으로 붙은 생선토막에서 살을 발라서 껍질을 벗기고 장을 발라서 시아의 밥그릇에 올려 놓아준다. 시아는 그 생선살을 집어 할아버지의 밥그릇 위에 다시 올려준다.

"어서 너 먹어."

말할 때마다 나오는 기침을 참으며 바람 새는 목소리로 할아버지는 퉁명스럽게 말을 많이 한다. 하지만 늘 아이답지 않게 말이 없는 시아한테 끊임없이 말을 건다. 겉으로 보이는 핏줄로 시아를 묶어놓고 그 핏줄에 피를 흐르게 해서 자신의 존재를 확인시키려 한다.

뜨거운 걸 만져도 차가운 걸 만져도 아무 감각이 없는 나뭇가지 같은 손가락으로 아침마다 머리를 빗겨주고 옷자락을 묶어준다. 할아버지의 거친 손가락에서 나오는 사랑의 따스함이 고마워 시아는 눈물 난다. 위탁 가정에선 못 느꼈던 정이다.

"할아버지 건 할아버지가 먹어."

시아는 올라오는 슬픔을 흐트러뜨리려고 목멘 소리로 퉁명스럽게 말한다.

"난 이제 늙어서 많이 먹을 필요가 없어. 내가 죽을 일밖에 더 남았냐?"

"할아버지 죽으면, 그럼 시아는 어쩌는데?"

겨우 참고 있던 서러움이 한꺼번에 터져 나온다. 밥 숟가락을 입에 넣은 채 소리 내어 운다. 입안에 있던 밥을 씹고 힘들게 삼키고 나서 주먹으로 눈물을 닦아낸다.

"그래, 그래. 울지 마라. 내가 너 땜에 하는 수 없이 안 죽고 오래 살아야겠다."

할아버지는 두텁고 거친 손바닥으로 시아의 뺨에 흘러내린 눈물을 닦아준다. 흙먼지 때에 찌든 작업 장갑을 낀 손 같다.

시아는 다시 밥을 한입 잔뜩 떠 넣는다. 언제 울었냐는 듯이 금방 철없이 행복한 얼굴이 된다. 어항에 나가봐도 시아 할아버지만큼 나이 많은 남자는 없다.

할아버지의 생은 8년 전 여름 태풍 루사에 아들 며느리 다 잃고 남에게 빌려주었던 배를 되받아서 일을 나가기로 했다. 그 첫날부터 그게 무리라는 걸 깨달았지만 견뎌보기로 했다. 평생 하던 일을 못한대서야 말이 안 된다. 나중에는 남의 배에서 일하면 된다.

바다가 뒤집히고 산이 무너지고 길이 땅속으로 곤두박질친 다음 동해 일대엔 살아남았다고 하기보다 세상에 버려진 사람들이 울 수도 없어 진흙탕에 주저앉아 하늘만 바라보고 있었다. 그 뒤 노인은 아들 며느리 제사 같은 건 지내지 않는다. 아비보다 더 먼저 세상 버린 게 뭘 잘한 일이라고 기억하고 있어야 하는 건가. 더 이상 세상에 미련도 없다. 바랄 것도 기다릴 것도 없다. 시아한테도 아들 며느리 얘기나 태풍 얘기는 꺼내지도 않는다. 바다에 떠다니는 고기 배에 목숨 줄을 매달아 놓고 있을 뿐이다.

지난 겨울에는 고아원에 맡겨 키운 열 살배기 손녀를 데리고 왔다. 피붙이라곤 손녀딸 하나밖에 없는데 죽기 전 얼마 동안이라도 함께 지내고 싶었다. 그래도 할 일이 남아있다면 저 아이가 저 혼자 밥 벌어먹을 나이가 되는 날까지 만이라도 버틸 수 있다면 좋겠다. 욕심 사나운 일이란 걸 안다. 그게 불가하다면 하늘에 따를 수밖에 없는 일이다.

　무더운 여름방학이 끝나고 시아는 학교에 간다. 더 없이 지루하고 지내기 힘든 여름이었다. 아직 여름 더위가 남아있는데도 사람들은 가을이란다. 하긴 풀벌레 소리가 더 요란해지고 해가 하늘 아래쪽으로 기울어진 걸 보면 틀림없이 가을이 왔나보다. 바다 빛깔도 조금은 더 무거운 푸른빛이다. 빨리 가을이 지나고 겨울이 왔으면 좋겠다. 그래야 소 풀 먹이러 산에 오르지 않아도 되니까. 시아의 고향 동해는 산과 바다가 붙어있어 좌우로 고개만 돌리면 바다가 되었다 산이 되었다 한다. 바다에는 오징어잡이 배들이 수평선 위에 올라 있다.

　새로 생긴 동네가 산을 파먹어 들어가면서 푸르렀던 산이 희끗희끗 색깔을 바꾼다.

　소 풀 먹이는 일만 아니라면 부모 없이 할아버지하고 둘이 사는 것도 나쁘지는 않다. 이래도 오냐 저래도 오냐 해주는 할아버지는 시아가 공부를 못한다고 야단치길 하나 학교에 가기 싫어 늦잠을 잔다고 닦달하길 하나. 시아는 할아버지의 여왕이다. 어떤 땐 소가 죽어버리기라도 하면 좋겠다고 생각하다가도 목줄에 달린 방울 소리만 멀리서 들려도 시아는 마음이 저려온다. 시아 보다 더 큰 덩치지만 짐승이기 때문에 제 맘대로 못하고 사람 손에 매달려 노예처럼 일하는 게 불쌍하다.

시아가 소 풀 먹이는 일을 싫어하는데 소는 시아하고 산에 가는 걸 좋아한다. 시아가 학교에서 돌아오길 기다려주는 건 소뿐이다. 책가방을 마루에 던져 놓고 외양간에 묶어둔 줄을 잡으면 소는 먼저 앞장서서 산으로 걸어간다. 앞길도 안보고 수걱수걱 고개를 끄덕이면서 천천히 걸어간다.

길모퉁이를 돌면 산으로 올라가는 길과 읍내로 가는 갈림길이 나온다. 학교에서 돌아오는 아이들이 장난치며 마주 온다. 시아는 소 뒤로 숨는다. 아이들과 눈을 마주치기 싫다. 소의 둥그스름한 배 퉁구리 뒤로 시아의 온몸이 가리어진다. 아이들이 소를 비켜간다. 가끔 지나가는 소가 똥을 떨어뜨리며 장난칠 때도 있다. 그럴까 봐 아이들은 소 옆을 재빨리 지나쳐간다. 아니면 또 소뿔에 받히기라도 하면 큰일이다. 아이들이 그렇게 빨리 지나쳐버리는 게 천만다행이다. 따지고 보면 창피할 건 아니다. 이젠 부모 없는 처지도 창피할 일이 아니란 걸 알았다. 사람은 누구나 자기가 하고 싶은 대로 되는 게 아니라는 걸 시아는 일찍부터 깨달았다. 길에서 가느다란 막대기를 하나 주워들고 소를 몰고 간다. 막대기를 잡고 갈 때와 막대기 없이 갈 때와 소의 걸음 걸이가 달라진다. 막대기를 손에 들었다는 것만 소에게 보이기만 해도 소는 딴생각을 하지 않는다.

갑자기 소가 가던 길을 벗어나 한쪽으로 빗겨 선다. 순간 시아 옆으로 오토바이가 지나쳐간다. 먼지가 일어 앞이 보이질 않는다. 먼지 속에서 오토바이소리가 멈추더니 시아 앞으로 머리를 돌려세운다. 소도 그 자리에 멈춰 선다. 먼지가 가라앉으며 먼지 속에서 오토바이 위에 탔던 사람이 내린다. 짙은 선글라스를 쓰고 야구 모자를 눌러쓴 낯선 사람이다. 덜컹 심장이 멈추고 숨이 막힌다. 소를 버리고 도망간다면 소를 잃을 것이고 있는 힘을 다해 맞서 싸워도 결국은 지고 말 것이다. 이럴 때 학교에서 돌아오는 아이들이라도 만난다면 좋으련만. 한 무더기 아이들도 조금 아까 지나가버렸다.

꼼짝 못하고 서 있던 잠깐 사이에 시아는 많은 궁리를 하였다.

세상은 마음대로 되는 게 아니라는 걸 ……

선글라스를 벗고 얼굴을 보인다. 모르는 얼굴이다. 그가 웃는다. 며칠 전에 해 질 녘에 봤던 사람이란 걸 기억해냈다.

"아저씨 이 동네에 살아?"

시아는 두려움을 견디기 위해 먼저 말을 걸었다. 그가 오토바이에서 내렸다.

시아 곁에서 보폭을 맞춘다.

"매일 소 풀 먹이러 가니?"

"아저씨는 매일 밥 안 먹어?"

"매일 먹지. 하루 세끼씩 다 찾아 먹지."

"그 봐."

"넌 참 착하다. 친구들하고 놀고 싶을 텐데 소 풀 먹이러 가잖아."

착하다는 말은 불쌍하다는 말과 같은 걸로 안다. 동네 여자들이나 할아버지 친구들이 시아한테 늘 하는 말이다. 착하다고 하는 말은 듣기도 싫다. 착한 아이가 되는 건 싫다. 슬그머니 이 사람한테는 착한 아이가 되지 말아야지 하는 오기가 생긴다.

"또 보자." 그 사람은 오토바이에 올라 먼지를 일으키며 사라졌다. 길에 먼지가 덮이고 먼지 위로 작은 점으로 가물거리더니 파묻혀버렸다.

학교 운동장이 나무 사이로 보이는 산에 올라 소를 놓아준다. 학교에 가서 놀다 와도 된다. 딱지치기하는 남자아이들이 남아 있을 거다. 시아는 주머니를 뒤져본다. 우유광고지로 접은 딱지 석 장이 있다. 잃어도 석 장인데 한번 붙어볼까 하고 학교 운동장으로 단숨에 달려 내려갔다. 시아가 아끼는 딱지들이다. 시아가 딱지치기에 끼어들면 끝판은 뻔하다. 그 판에 있는 딱지는 모두 시아 것이 된다. 딱지를 바닥에 내려치는 힘이 바람으로 변하며 땅에 있던 딱지를 뒤집는다. 아무리 큰 딱지도 소용이 없다. 훌떡 훌떡 뒤집히게 되어있다.

사내아이들이 딱지놀이를 하고 있는 뒤편에 다가가서 그 상황을 살핀다.

아이들이 끼워줄 때를 기다린다. 그중에 한두 명은 시아 편이고 나머지 다른 아이들은 시아를 두려워한다. 시아에게 딱지치기는 칠 때뿐이지 늘어난 딱지에도 욕심이 없다. 자기 딱지만 남기고 도로 땅바닥에 쏟아놓곤 자리를 떠난다. 딱지가 뒤집힐 때의 시원함을 즐기는 것이지 다른 것은 없다. 딱지 잃었다고 훌쩍이는 사내 녀석을 보면 토할 것 같다. 엉덩이를 발길로 힘껏 차주곤 주머니에 있던 딱지를 땅바닥에 뿌려버린다.

오늘은 딱지치기 말고 다른 놀이를 해볼까. 시아가 공부는 못해도 놀이에는 지지 않는다. 집 뺏기 놀이를 한다. 밀치고 잡아당기고 몸싸움으로 밀어붙인다. 시아의 티셔츠가 늘어나다 못해 찢어지고 만다. 상대 아이의 손아귀가 센 탓도 있지만 시아가 워낙 강한 힘으로 버티다가 티셔츠가 찢어지고 말았다. 시아는 바느질도 못하는 데 걱정이다. 날이 어둑어둑해질 테니까 창피할 건 없지만 할아버지 일을 한 가지 더 만들어주게 생겼다. 그러지 않아도 할아버지 시력이 부쩍 나빠져서 생선가시도 잘 바르지 못하는데 그에게 바느질은 정말 어려운 일인 것 같았다.

어떻게든 시아 혼자서 티셔츠를 꿰매야 한다. 찢어진 티셔츠 자락을 움켜잡고 산으로 올라간다. 고맙게도 소는 그리 멀리 가지 않고 그 자리에 머물러 있었다. 시아가 줄을 잡자 소는 기다리고 있었다는 듯이 집으로 머리를 돌렸다.

"착하기도 하지, 불쌍하게도."

마루 끝에 앉아 시아를 기다리고 있는 할아버지가 시아가 웅크리고 들어서자 놀란 목소리로 묻는다.

"어디 아프냐?"

"아니, 나뭇가지에 걸려서 옷이 찢어졌어. 할아버지 이거 꿰맬 수 있어?"

"그런 거 난 못한다. 그냥 버리면 되. 새 옷 사줄게."

"아까운데……"

살아가는 방법은 간단하다. 어려운 건 안 하는 거다.

그날 시아는 혼자서 밥을 먹었다. 몸이 안 좋다면서 할아버지는 일찍 자리에 누웠다. 어두워진 마루 끝에 걸터앉아 시아는 아무도 없는 세상을 예감한다. 칠흑 같은 바다를 발견했던 어느 여름밤처럼 두려웠다. 태풍 루사가 들이닥쳤던 그날 얘기를 동네 어른들이 수군대던 소리로 기억한다. 그와 같은 두려움이었다. 아무도 없는 폐허의 땅덩어리가 하늘 끝에서 무너져간다.

"할아버지 약 사올까? 무슨 약을 달라면 되?"

"아니다. 약은 무슨 약. 한 잠자고 나면 될 거야."

어둠 속에서 오토바이 소리가 가까워지다가 대문 앞에서 멈춘다. 시아는 대문 쪽으로 뛰어나갔다. 헤드라이트에 눈이 부셔 확인할 수는 없었지만 분명 선글라스 아저씨다.

"어두운데 왜 전등도 안 켜고 있니?"

"우리 할아버지가 아파. 약 사러 가야 해."

"어디가 아프시다든?"

“한 잠자면 날 꺼라 했어.”

“그럼 감기 몸살일걸. 내가 약 사다 줄게. 기다려.”

오토바이가 어둠 속으로 사라진 뒤 시아는 수를 손으로 세어 가며 그가 돌아오길 기다렸다. 무섭도록 무거운 적막을 깨고 오토바이 소리가 가까워졌다. 마당 한가운데 헤드라이트 빛이 가로지를 때까지 시아는 움직일 수가 없었다. 기다리고 있긴 하지만 그가 나타나자 할아버지하고만 있던 집 안보다 더 무서운 생각이 들었다.

그가 오토바이 헤드라이트를 켜둔 채로 주머니에서 약봉지를 꺼내준다.

“하루에 세 번 식후에 드시라고 해. 난 간다.”

시아는 얼결에 약봉지를 받아들었지만 약값을 치러야 한다는 생각은 그가 가고 난 다음에야 떠올랐다. 언제 만나게 될지 모르는 사람인데 어쩌나. 할아버지한테 어떻게 변명을 해야 하나. 또 거짓말을 할 수밖에 없다.

“할아버지 약 먹어. 약 사왔어.”

할아버지는 끙끙대며 일어나 앉는다.

“무슨 병인 줄 알고 약을 사왔어?”

“감기몸살일 거 라고 ……”

“아이고 착한 것. 강아지 새끼 보다 낫구먼.”

할아버지는 한입에 약을 털어 넣곤 물을 마신다. 아직 물을 다 삼키기 전에 문득 동작을 멈춘다.

"약값은?"

"내일 갖다 준다고 했는데."

점점 거짓말이 커져간다. 이제 더 이상은 버티기 힘들다고 생각했을 때 시아는 벌떡 일어나 마루로 나왔다.

시아는 마루 끝에 앉았다. 희미한 밤하늘 위로 별빛이 희미하게 나타나기 시작한다. 시아는 세상에 혼자라는 슬픔이 하늘로부터 내려와 몸을 적신다.

할아버지가 그 약을 먹고 내일 아침에는 거뜬히 일어났으면 좋겠다. 할아버지가 없는 세상을 상상이나 했을까.

아직도 시아의 귀엔 오토바이의 굉음이 사라지기 전 상태로 나직하게 남아 있다.

그는 누구일까. 그는 처음부터 두려움과 무서움을 앞세워 나타나곤 했다. 그러나 그의 얼굴은 온화하고 포근했다. 목소리는 깊고 맑았다. 그가 떠난 뒤엔 아늑하고 편안한 기운이 오랫동안 남아있었다.

일층 엘리베이터 옆 아가약국 주인이 이제 막 문을 연다. 이미 약국 내부의 정리를 끝낸 다음에야 유리문에 드리웠던 하얀 스크린을 말아 올린다. 약국 주인이 두 번째 하는 건 카운터 왼쪽에 놓인 긴 어항에 물고기 밥을 던져주는 일이다. 그때 첫 손님으로 시아가 들어선다.

어항엔 같은 종류 물고기들만 있다. 세 마리뿐이다. 얼굴이 다 다르게 생겼다. 아래턱이 선반처럼 삐죽 나와 있다. 노랑 비늘이 예쁜 피라냐가 제일 먼저 다가와 시아를 반긴다. 식인어라는 섬뜩한 이름에 어울리지 않게 애교 만점이다.

시아가 어항의 유리를 손톱으로 똑똑 두드리며 불러본다. 다른 녀석들은 본체도 하지 않지만 유독 한 녀석만이 시아의 손톱에 입을 바짝 댄다.

"얘는 날 알아봐요."

"글쎄, 그럴까? 빨간 손톱을 좋아하는 건지 모르지."

"피 색깔이니까요? 만일 내 손을 넣으면 얘가 진짜 뜯어먹을까요?"

"어째 아침부터 화두가 빗나간 것 같구만."

"얘가 삼겹살을 좋아한다는 거 아세요?"

"그래? 그래서 식인어인가? 무슨 약 줄까?"

"저번에 그 약 말고 확실하게 효과 있는 거 없어요?"

"비만 치료 약? 그런 거 너무 좋아하지 말어. 나중에 큰 일 나려구."

"그런 걱정은 제가 해요. 없으면 전에 그 약을 더 주시든가요."

"요즘 아가씨들은 모두 이상해. 죄다 살이 쪘다고 안달을 하니까. 그 이상 날씬하면 뭐해?"

"벗어 보면 살이 많다구요."

약국 주인은 그다음 말은 먹어버렸다. 더 이상 장단을 맞추다간 시아의 입에서 무슨 말이 나올지 겁이 난다.

"오늘 주문하면 수요일까지는 들어 올 텐데, 이번엔 처방전을 떼 와야 해."

"저번에 드린 처방전으로 해주시면 안 되세요? 결국 같은 건데요. 어차피 가짜인 거 잘 아시면서. 약이 들어오거든 다음 금요일 갤러리에 올라오셔서 차 드세요. 그때 약도 가지고 오세요."

18층 꼭대기에 올림픽공원이 내려다보이는 은하 갤러리가 있다. 거기서 시아가 일하고 있다. 차와 케이크 간단한 스낵도 있다. 케이크는 인근에 있는 E호텔 베이커리에서 공급을 받고 샌드위치는 갤러리의 원장이 집에서 만들어온다. 이윤을 내려고 만드는 것 같지는 않고 그 여자의 취미로 매일매일 다른 종류의 샌드위치가 준비된다. 원가가 많이 드는 샌드위치여서 인기가 좋다. 갤러리 원장과 시아를 위해 마련하는 점심식사다. 빌딩 안에 다른 회사 직원들의 기대 속에 갤러리의 샌드위치는 매일 진화한다. 어떤 직원은 브런치 먹는 기쁨으로 출근한다는 말로 샌드위치를 칭찬한다. 갤러리가 문을 열자마자 어김없이 들어오는 첫 손님이 있다. 그림엔 관심이 없고 오직 샌드위치와 시아한테만 집중한다. 해물샌드위치에다 아프리카커피 킬리만자로를 주문해 놓곤 갤러리 안을 한 바퀴 빙 돌며 그림을 감상한다. 샌드위치만 먹기 위해 들리는 손님은 그리 환영받지 못하지만 그렇다고 푸대접하지는 않는다. 갤러리가 가지고 있는 기본 교양이랄까. 갤러리의 원장이나 시아의 공통점은 사람을 유난히 좋아한다는 것이다. 좋아하는 정도가 치사할 정도다.

거기선 갤러리기획전은 그리 많지 않고 초대전이나 소장 작품을 상설 전시하는 편이다. 갤러리의 소장 작품은 위탁받은 작품도 있지만 대부분 원장이 소장하고 있는 작품이다. 작고한 Y화백의 작품들이다. Y화백이 세상을 뜰 때 그 많은 유작들을 내연의 처였던 여인에게 남겼다. 법적 유가족이었던 늙은 아내와 딸에겐 그림 한 점도 남기지 않았다는 사실이 당시 세상을 떠들썩하게 만들었다. 그가 살아있는 동안에는 한 작품도 돈을 받고 팔지 않았던 고집불통의 화가로도 유명했다. 그 고집불통의 성격대로 그는 찢어지게 가난했고 친구도 없이 살았다. 작업실에만 일 년 열두 달 내내 숨죽이고 그림만 그리던 그가 언제 어떻게 이 여인을 만나 어떤 사랑을 했는지 세상에 알려지지 않았다.

아무도 그들의 얘기를 아는 사람이 없다. 다만 한 가지 그가 남긴 유작 중에 여인의 누드화 한 점이 있는데 그 모델이 바로 그 여인, 이 갤러리의 원장이다. 신비한 그 누드화는 Y화백의 추모 전에만 며칠 동안 전시할 뿐이다. 그 때마다 Y화백의 그 유명한 그림을 보기 위해 몰려드는 관객들로 이 빌딩 엘리베이터가 마비될 정도다. 그 기간이 지나고 나면 죽은 듯이 조용해진다. 이 빌딩 안 사람들도 올라오지 않는다. 갤러리가 있는지조차 모르고 지낸다.

몇 달 동안 바뀐 그림이 없는데도 오늘 새로 보는 그림을 감상하듯 천천히 꼼꼼히 둘러본다. 그가 세 켤레 오천 원에 파는 싸구려 양말을 생산하는 공장 사장이라는 걸 안 지는 얼마 되지 않는다. 화장실 청소하는 아줌마가 별의별 정보를 다 얻어다 준다. 갤러리 원장의 오래된 스캔들도 청소 아줌마가 말해줘서 알게 되었지만 모르고 지냈을 때보다 좋을 건 없다. 원장이 미스 서울 미인콘테스트에 출전했을 때 심사 위원이었던 Y화백과의 스캔들로 실격판정을 받았다는 얘기다. 어쩐지 예쁘다 했네 라는 간단한 느낌뿐이다. 그 스캔들이 나쁘다 좋다 판정하지는 않는다.

시아는 킬리만자로 원두를 그라인더에 갈아 드립퍼에 담는다. 커피는 마실때 보다 드립퍼에 옮겨 담을 때의 향이 더 좋다. 꼭지 긴 드립포트로 뜨거운 물을 천천히 부어가며 커피를 우려낸다. 시아는 그 일을 무척 즐긴다. 기다리는 시간이 이처럼 즐겁다면 산다는 일이 그리 힘들 것 같지는 않다. 그럴 때엔 마치 바리스타가 된 듯 착각한다. 갤러리가 아니라 전문커피숍에서 일하고 있는 것으로 생각되기도 한다. 손님이 커피를 주문하면 으레 석 잔을 뽑는다.

양말 공장 사장이 샌드위치를 한입 크게 베어 물고 나서 커피를 마신다. 마치 물에 밥 말아 먹듯 한다. 그가 엄지손가락을 추겨 올려세우며 커피와 샌드위치 맛이 그만이라는기분을 전한다.

어떻게 냄새를 맡았는지 이 갤러리엔 무식한 남자들만 꼬인다. 적당히 그들의 치기를 부추겨주면 그림을 알건 모르건 팔아주기도 한다. 요즘처럼 금융침체가 오래 계속되고 있지만 그들의 금궤에는 먼지 싸인 돈들이 적지 않다. 마땅한 투자 대상을 찾지 못하고 있을 때 그들의 호기심을 건드린다면 미술사업도 쉽게 성공할 수도 있다. 위기는 기회라고 하는 말을 늘 생각하면서 원장은 어떤 부류의 사람들도 모여들게 하는 수를 노리고 있다.

얼굴 반반한 여자가 나이 들면 못생긴 여자들 보다 더 천기가 흐른다. 인물만 믿고 속을 가꾸지 않고 살아온 탓일까. 아니면 원장은 이제 더 이상 다른 남자들의 관심이 필요 없는지도 모른다. 한 남자의 전부를 받아 본 여자는 죽은 나무토막처럼 무생

물로 변할 수도 있겠다.

원장은 남자들이 모여들면 오히려 안으로 깊숙이 숨는다. 원장이 자리를 맡긴 사이에 시아는 마음껏 사업적 수완을 닦는 기회를 얻는다.

시아는 며칠 전에 팔린 소 그림을 세워둔 갤러리 바깥쪽 통로로 양말 공장 사장을 데리고 간다. 화면을 덮고 있는 비닐을 뜯어낸다. 그 안에 하얀 종이 포장지를 찢어낸다.

누런 황소들 점박이 젖소들이 빈틈도 없이 겹쳐서 서 있다.

"멋진 그림이군. 이건 왜 여기에 쳐 박아둔 거요?"

"처박긴요. 너무 큰 작품이라 둘 장소가 없어요. 며칠 전에 팔렸어요. 경제에 눈이 밝은 사람들은 요즘 경제가 불안하니까 그림에 투자하나 봐요. 그림은 영원한 가치를 가지죠. 유행도 없죠, 썩지도 않죠. 그림이란 산 값보다 아래로 내려가는 법은 없죠."

"이 그림은 얼마에 팔린 거요?"

"일억에요."

시아는 이 그림은 되돌려 팔아보자는 욕심이 들었다. 어떤 사람이 가지고 있어도 마찬가지일 터이고 반드시 원장이 작업해놓은 임자한테 그림을 넘겨야 한다는 이유도 없다. 원장이 계획한 값보다 더 받아주면 된다.

그렇게 미끼를 던져두고 시아는 그림에 대하여 일절 입을 떼지 않는다. 양말 공장사장은 매일 브런치를 먹으러 올라오고 시아는 여전히 커피를 드립하고 샌드위치를 접시에 담아 내놓는다. 끈질긴 기다림 끝에 아주 작은 균열이 보이기 시작한다. 그 그림을 다시 한 번 보여 달라 부탁한다. 별생각 없이 그림과 만났지만 이번엔 다른 시선으로 보고 싶은 모양이다. 더 좋아 보일 수도 있고 그 반대일 수도 있다. 시아는 속내를 감추고 시큰둥하게 대답한다. 액자를 맡기는 날 더 자세히 볼 수 있을 것이라고 던지듯 말한다. 액자를 맡긴다는 것은 그림이 나가는 날이다. 액자를 끼운 다음 다시는 갤러리로 돌아올 리가 없다. 양말 공장 사장은 조금씩 초조해지기 시작한다.

양말 공장사장은 그림 속의 먼지라도 찾아낼 듯이 샅샅이 살핀다. 소를 그린 작업은 눈물 나도록 정성 들인 걸 알 수 있다. 소의 빳빳한 누런 털을 한 개씩 한 개씩 세워 그린 것이다.

"뭘 찾으세요? 화가의 지문 같은 거 찾으세요?"

"한 올 한 올 그린 소털을 봤어요. 진짜 털 같아서 쓰다듬어 보고 싶을 정도인데요. 대단한 그림이군."

"미술적 감각이 남다르시네요. 거의 전문가 수준이세요. 큰 그림은 멀리 떨어져서 봐야 하잖아요? 다행히도 이 그림이 걸릴 장소는 대형빌딩의 로비거든요."

대형이라는 말에 힘을 주었다. 양말 공장 사장의 자존심을 건드리는 말이 될 것이다.

5

할아버지가 아직도 개운치 않은 몸을 끌고 어항으로 나갈 채비를 한다. 낡은 비닐 검정가방에 수건과 장갑을 챙겨 넣고 찬밥 덩어리에 고추장 한 숟가락 박아 넣고 마른 김으로 둘둘 만다. 점심밥이다.

"약값이 얼마라고 했냐?"

할아버지가 묻는 말을 못 들은 체한다. 약값을 얼마라고 해야 할지 생각할 시간이 필요하다. 천 원짜리 두 장을 건네준다.

"이거면 될 거다. 거스름돈 주거든 과자 사 먹고."

"할아버지 인제 안 아파?"

"괜찮다."

시아는 할아버지의 걸음걸이가 평상시 같지 않음을 눈치 챘다. 몸이 몹시 무거워 보인다. 오른손으로 뒷머리를 받쳐 들고 걸어가는 걸 보면 머리가 흔들리는 두통이 있는 것 같다. 몸이 아픈데 어떻게 일을 할까. 사람들은 왜 힘들게 일하며 살아야 하는 걸까. 먹고 살려고 고생하는 것일까.

시아는 오늘도 학교 가기 싫어진다. 할아버지가 아픈데 왜 시아가 맥이 빠지는 걸까. 학교에 가서 공부하는 이유를 모르겠다. 학교 가는 길 반대쪽에 있는 마트로 달려간다. 그쪽으로 가야 할아버지가 나간 어항 반대쪽이 된다. 학교 안 간 다고 잔소리 들을 걸 염려하는 건 아니지만 조금은 켕기는 데가 있다. 시아는 과자 대신에 플라스틱 머리띠와 머리핀 두 개를 골랐다. 여러 가지 색깔을 머리에 끼워 거울에 비춰본다. 진한 색깔 보다 밝은 색깔이 시아 얼굴에 잘 어울리는 것 같다. 시아는 두 개를 골라 들고 마트 주인아저씨 의견을 묻는다. 다 좋다 다 좋아라고 귀찮다는 듯이 대꾸한다. 시아는 골랐던 물건들을 도로 제자리에 두고 마트를 나온다. 사고 싶은 생각이 없어진다. 아이라고 무시하는 가게에선 안 산다. 병신. 시아는 큰 소리로 욕을 하고나니까 속이 시원하다. 돌아오는 길에 골목 안 구멍가게에서 과자 한 봉지 산다. 머리띠는 나중에 역 앞 큰 마트에 가서 사는 게 더 좋다. 마루 끝에 앉아서 과자를 먹는다. 오토바이 소리가 열려있는 대문 앞에서 멈춘다. 오토바이를 대문 밖에 세워두고 그가 헬멧을 벗으며 들어선다. 그는 점점 가까운 사람으로 익숙해진다. 그가 시아 옆으로 나란히 마루 끝에 걸터앉는다. 시아가 들고 있는 과자 봉지에서 과자 한 개를 꺼내 먹는다. 시아는 과자 봉지를 그에게 가까이 내민다.

"아니야. 너 먹어. 너 왜 학교 안 갔어?"

"가기 싫으면 난 안가."

"그럼 안 되지. 학교는 한 번 빠지면 자꾸만 빠지게 되는 거야."

"우리 할아버지는 아무 말도 안 해. 내 맘대로 하래. 세상 뭐든지."

"그건 아니다. 하고 싶은 대로만 한다면 그건 짐승이지. 할아버지는 그 약 드시고 좀 좋아지셨구?"

"음. 그런 거 같아. 할아버지는 아침에 일 나갔어. 그 약값 얼만데?"

"됐어. 난 간다. 내일은 학교에 갈 거지?"

그는 시아의 대답을 듣지 않고 갔다. 학교에 갈지 안 갈지 모른다고 화를 내려고 했는데 잘 된 일이다. 그 말을 들었으면 그가 섭섭했을 거다. 약값은 고스란히 남은 셈이다. 계속 머리띠에서 생각이 떠나지 않는다. 시아는 머리띠를 사러 역전 대형마트로 간다. 마음에 드는 건 돈이 모자라고 싼 것들은 마음에 들지 않는다. 한참을 고르다가 집으로 그냥 돌아온다. 세상 모르면 쉽게 만족할 수 있지만 이 세상엔 알지 못하는 곳에 더 많은 것들이 존재한다는 것을 알게 된다. 머리띠 한 개만 해도 그렇다.

같은 교실에서 두 개 학년을 모아놓고 가르치는 작은 학교다. 1, 6학년 2, 4 학년 3, 5학년을 합반시켰다. 그래야 싸우지 않고 공부에 방해도 받지 않고 공부할 수 있다는 교장의 아이디어다. 어떻게 합반을 하든지 정신집중이 안 되기는 마찬가지다. 시아는 4학년이지만 2학년 교과서 설명할 때 들어도 모르겠고 4학년 치도 잘 모르기는 마찬가지다. 지금까지 예습 복습은커녕 숙제를 해 간 적이 한 번도 없다. 공책도 제대로 교과별로 나누어 놓고 쓰지 않는다. 공부를 어떻게 하는 건지 알지 못한다.

시아가 학교에 취미가 없는 건 당연한 일이고 왜 학교에 다니는지도 모른다. 세계지도에 있는 나라들이 정말 존재하는 것인지 알 수 없다. 지구는 둥글다는데 어떻게 한 장 위에 세계를 그려 넣을 수 있는지 알 수 없다. 공처럼 생긴 지구 위에 있는 바닷물이 밖으로 쏟아지지 않는 건지 모르겠다. 시아는 다른 과목에는 전혀 흥미가 없고 그래도 조금 구미가 당기는 것이 있다면 지도가 있는 시간이다.

한국 땅이 어떻게 생겼는지 시아가 살고 있는 동해가 어디에 위치하고 있는지 알 수 있는 게 신기하다. 할아버지가 얘기하는 먼바다가 수평선 너머에 있다는 건 할아버지가 탄 고깃배가 수평선을 넘어간 다음 보이지 않는 걸로 확실하게 알 수 있었다. 할아버지의 배가 수평선 너머로 사라졌다가도 되돌아오는 걸 보면 분명 바다는 끝없이 이어진 게 틀림없다.

바다를 아는 사람은 세상의 작은 일상에 매달리지 않는다. 바닷속에 사는 물고기나 뭍에 사는 사람이나 하루하루 살아가는 게 행운이다. 시아네 집은 어느 날 단 한 바람 태풍에 휘몰려가고 일곱 식구들 가운데 달랑 할아버지와 시아만 남았다. 어떻게 살아남게 되었는지 기억에도 없다. 물론 다른 사람한테 설명할 수도 없는 일이다. 온 세상이 아수라장이 되었고 통곡으로 세상이 가득 찼다.

일곱 식구들 가운데에서 가장 나이 많은 할아버지와 가장 어린 한 살배기 시아만 살아남게 되었다. 할아버지는 시아를 안고 뿌리째 뽑혀 땅에 누운 나무에 기대앉았다. 살길이 막막해 식구들 죽을 때 같이 죽지 못한 걸 한탄했다. 이틀 동안 비가 그렇게 퍼붓더니 한 움큼의 실타래처럼 눈에 보이는 바람이 몰아 부치더니 산이며 집이며 바람길을 가로막는 것이 있으면 모두 치워 버리고 동북쪽으로 빠져나갔다. 지금도 몸이 피곤한 날엔 악몽에 시달린다. 바람에 날려 공중으로 올라가 떠도는 꿈이다. 그러다가 보이지도 않는 수천 길 아래로 떨어진다. 비명을 지르는데 비명소리가 입 밖으로 나가지 못하고 벙어리처럼 웅얼거린다. 식은땀으로 옷이 흠뻑 젖고 다음 날 아침엔 온몸이 매 맞은 사람처럼 천근만근 일어날 수가 없이 무겁다.

아무것도 모르는 시아는 곁에서 평화로운 잠 속에서 쑥쑥 자란다. 거친 손으로 시아의 뺨을 어루만지며 할아버지는 한숨을 내쉰다.

너 때문에 죽지도 못하겠다, 죽을 수도 없어. 애기가 들을까 봐 입속으로만 말한다.

값진 인간들은 다 몰아가고 값없는 인간만 쓰레기처럼 남았다.

앞 못 보는 심 봉사도 딸을 잘 길렀는데 두 눈과 사지가 멀쩡한데 손녀딸 하나 못 키운대서야 말이 되는가.

한 타래 바람에도 세상이 휘말려 가는데 사람 목숨이 뭐 그리 대단한가. 사는 일이 뭐 별건가. 먹고 산다는 게 신에게 구걸하는 거나 마찬가지다.

결국 부서진 고깃배를 돈 주고 수리해서 남에게 빌려주었다. 아직 몸을 움직일 수 있고 늘 하던 일이라 몸에 밴 듯 익숙한 노동으로 하루 벌어 하루 사는 오징어잡이 뱃일을 하기로 하였다. 조금 받으면 조금 먹고 많이 받으면 많이 먹는 삶이 천사들의 소꿉장난 같아 행복했다. 주머니에 돈 한 푼도 없는 삶이 이렇게 편안한 마음을 가지게 할 줄은 꿈에도 몰랐다.

시아가 커서 시집갈 때까지 살 자신은 없지만 그 아이가 쌀 씻어 밥을 지을 수 있는 나이까지만이라도 살아야겠다.

시아가 학교에 가는 건 할아버지의 꿈 밖의 것이었고 말귀를 알아듣는 것만이라도 고맙다. 다행하게도 시아가 학교 문턱을 넘나들더니 이름자도 쓰고 글을 읽고 쓴다. 나중에 돈 벌어 은행에 갈 일이 있어도 제 손으로 서류를 쓸 수 있을 게 아닌가. 신통하고 방통하다.

할아버지가 오징어 다섯 마리를 비닐 줄에 꿰어가지고 돌아왔다.

"소 풀 먹였냐?"

"음"

"이렇게 일찍? 오늘 학교 안 갔구나?"

"음 , 할아버지 땜에."

"할아버지가 왜?"

"할아버지가 아프니까."

"어이구 내 새끼, 할아버지가 시아 땜에 죽지도 못하지. 그 오징어, 순덕이네 갖다 줘라. 그럼 반찬을 만들어 한 그릇 줄 거다."

시아는 할아버지가 마당에 있는 수돗가에 던져놓은 오징어를 들고 순덕이네로 간다. 할아버지가 밥을 짓는 동안 순덕이네가 오징어 반찬을 만들어 준다. 무를 넣고 맛있게 졸였다. 시아가 시간 맞춰 반찬을 가지러 간다. 때로 만드는 게 늦어지면 시아는 순덕이네 대문 밖에서 놀면서 기다렸다가 받아오곤 했다.

밥상엔 김치 한 가지 오징어조림 한 가지뿐이다.

물을 흥건하게 부어서인지 국 같기도 하고 찌개 같기도 하다.

할아버지는 입맛이 도는지 밥 한 그릇을 거뜬히 비운다. 시아는 이제야 마음이 놓인다. 종일 할아버지 걱정을 한 건 아니지만 할아버지 없는 세상은 상상할 수도 없다. 시아는 다시 머리띠 생각을 하기 시작했다. 내일은 머리띠를 사고야 말 거다.

학교에서 그림물감을 가져오라는데 새로 사야 한다고 구실을 꾸며댔다.

"얼마면 되냐?"

"마트에 가봐야 알아."

"지금 나하고 같이 갈까?"

"아니. 내일 아침 학교 가는 길에 살래. 이천 원만 줘. 남으면 가져올게."

"그래 그래라. 그림 그리는 거 잘 배워둬라. 나중에 다 써먹을 데가 있을 테니까."

할아버지는 입안에 들어있는 밥풀을 밥상 위로 튀겨가면서 열심히 설명한다. 그렇지만 할아버지가 말하는 내용은 언제나 들으나 마나 한 것들이다. 시아한테 조금도 소용이 없을뿐더러 하나도 새로운 얘기가 아니다. 그림물감도 아예 없는 얘기이고 그 위에 그림을 잘 그려야 한다는 것도 또한 필요 없는 얘기다. 시아한테는 내일 아침 마음에 드는 머리띠를 사기만 하면 된다. 할아버지와 마주 앉아서 밥을 먹으며 주고받는 얘기는 그냥 하늘에 구름 몰고 가는 바람처럼 보이지 않게 지나갈 뿐이다.

학교 가는 시간을 피해서 마트로 가고 있다. 주머니엔 만 원 가까운 큰돈이 들어있다. 시아가 태어나서 처음으로 만져 본 돈으론 제일 많은 액수다. 갑자기 배짱이 두둑해진다. 머리띠를 사지 말고 돈을 모아야지 하는 생각이 든다. 돈이 나올 데라곤 할아버지 주머니 속밖에 없지만 티끌 모아 태산이라고 했잖아. 돈을 모아두면 반드시 쓸데가 있을 거야. 그림 그리는 솜씨도 쓸데가 있을 거라고 했는데 돈은 더 유용하다.

이왕 집을 나섰으니까 마트에 가서 머리띠는 그냥 구경만 하고 오자. 돈이 없을 땐 이것도 가지고 싶고 저것도 가지고 싶지만 돈이 주머니에 두둑하게 들어있을 때엔 보이는 물건들이 여간해서는 마음에 들지 않는다. 머리띠는 가져서 뭘 한다는 거야.

마트 앞에서 유리문에 붙은 광고들을 읽는다. 라면 두 개 묶은 그림에 플러스 두 개, 그러니까 반값이라는 내용이다. 사두면 이익이다. 라면은 언제나 필요한 것이니까.

라면 두 묶음을 사 들고 나오는데 문 앞에 세워둔 오토바이가 눈에 익다. 오토바이가 아니고 헬멧의 그림이 눈에 익다. 하얀 헬 멧 위에 그려져 있는 천둥 칠 때 하늘에 번쩍이는 번개그림이다. 마루 끝에 벗어놓았던 그 아저씨의 헬멧에서 보았던 그림이다.

"너 오늘도 학교에 또 안 갔구나. 여기서 뭐 해?"

시아는 돌아보지도 않고 가던 길을 걷는다.

"학교에 데려다 줄게, 뒤에 타."

"책가방도 없는데 학교에 어떻게 가?"

"집에 가서 가지고 가면 되지."

"늦었어."

"늦어도 안 가는 거 보다 낫지."

"싫어. 아저씨가 왜 이래라저래라 해?"

"요게 맹랑하네. 어서 타라면 타."

그의 목소리에 더 이상 거부할 수 없는 힘이 들어있었다. 시 아는 라면을 안고 오토바이 뒤에 올라탄다. 휘익 한 바람 달리니 까 집 앞이다. 시아가 책가방을 들고 나올 때 까지 대문 밖에서 기다리고 있다.

시아의 책가방을 받아 뒷자리 트렁크에 넣으며 그는 말한다.

"남들은 학교 가서 공부하는데 마트에 라면이나 사러 가고 산에 가서 소 풀이나 먹이면서 살면 뭐가 될 건데?"

시아는 지금 나쁜 아이가 되어 어디론가 잡혀가는 꼴이 된다.

그는 교문 앞에서 머뭇거리는 시아를 마주 세워 놓고 바람에 흐트러진 머리를 가다듬고 머리핀을 다시 꽂아준다.

"학교 끝날 때 올게."

그가 바람을 일으키며 급히 돌아가 버리고 시아는 교문 앞에 혼자 남았다. 늦더라도 안 가는 것보다 날 거라는 그의 말이 들리는 것 같다. 하긴 지각하는 아이들이 많이 있었다. 늦으면 안 가곤 했는데 그러다 보니까 결석일수가 늘어갔다. 공부하기 싫어서 안 가고 늦어서 안 가고 아파서 안 가고 비 와서 안 가고 추워서 안 가고 더워서 안 가고……

학교 가기에 알맞은 날이 며칠 없다. 학교에 가는 날보다 안 가는 날이 더 많아진 셈이다.

끝나는 시간에 그가 올 것 같아서 시아는 아이들 사이로 숨어서 교문을 나섰다. 오토바이는 보이지 않았다. 그가 끝날 때 온다는 말은 거짓말이었을 거다. 그가 학교 끝나는 시간을 어떻게 알까. 일하다가 늦어질 수도 있다. 시아는 자기도 모르게 그가 오길 기다리고 있었다.

6

"오늘은 색다른 커피를 드셔 보실래요?"

"좋지요."

"아래층 약국 선생님이 올라오신다는데 그분이 좋아하는 블루마운틴 커피를 뽑을 모양인데요. 괜찮으시죠?"

괜찮으냐고 물은 건 커피 값이 비싼데 괜찮으냐고 묻는 거다. 아무래도 커피를 즐기지 않는 양말 공장사장에겐 한잔에 3만 원짜리 블루마운틴은 지나친 것이다. 미리 커피 값을 알려야 할 것 같기도 하고 커피 값을 알린다고 마시지 않겠다고 할 사람이 아니란 걸 알기 때문에 굳이 커피 값을 알릴 필요가 없을 것 같기도 하다.

시아는 블루마운틴이라고 적힌 참나무 커피통에서 커피콩을 덜어내 그라인더에 넣는다. 수입한 채로 밀봉된 커피통에도 진짜 블루마운틴 커피란 없다고 하는데 블루마운틴 커피는 블루마운틴을 찾는 바보를 위한 블루마운틴 커피다.

그때 자동문이 열리며 약국 남자가 나타난다. 약국을 열기 전에 커피 먼저 마시러 올라가는 날로 정해 놓은 금요일이다. 그러니까 일주일에 한 번이다. 사람들은 쓸데없이 별것도 아닌 것에 규칙을 정해 두고 자기 자신을 매어놓고 힘들고 귀찮게 살아가곤 하는데 그건 사람이 하는 일 중에 제일 멍청한 일이다.

어쩌면 세상일이 다 그런 일일 수 있는지도 모른다. 연애도 결혼도 그렇다.

약국 선생님은 올림픽 공원이 내려다보이는 창가에 자리를 잡는다. 그의 약국이 일 층이어서 하루 종일 대로에 지나다니는 차량이나 사람들만 보면서 지내는 게 답답하다. 갤러리에 올라오면 항상 공원이 한눈에 보이는 이 자리를 차지하곤 한다. 이 자리에 앉아있는 동안 공원을 천천히 산책하는 기분이다. 먼저 올라와서 자리 잡고 있는 양말 공장사장과는 등을 대고 앉았다. 서로 얼굴을 마주하지 않게 되는 자리를 잡는 건 상대를 의식하고 있다는 증거다. 딱히 인사는 없지만 대충 무얼 하는 사람이라는 걸 서로 알고 있는 것 같았다. 양말 공장사장이 약국에 몇 번 들렀을 테지만 인사 없이 얼굴은 알고 있는 사이일 것이다.

그들은 블루마운틴 커피를 마신다. 양말 공장사장은 샌드위치도 곁들였다. 양말 공장사장이 살아가는 유일한 낙이 매일 아침 갤러리에 올라와 샌드위치를 먹는 일이라고 입버릇처럼 말한다. 하루도 그 말을 빼놓은 적이 없다.

시아는 그의 말이 쓸데없는 말이라 생각하면서도 그 말에 꼬박꼬박 고맙단 인사를 한다.

"오늘 커피 맛은 어떠세요?"

"커피가 커피지 특별한 거 있나?"

"나중에 시간 내서 커피 강의를 해드려야겠네요."

"나 참, 지금까지 소주 강의 맥주 강의 같은 것 들어본 적 없어도 잘 마시고 살지. 커피도 마찬가지지."

"하긴 그래요."

시아는 내키지 않지만 양말 공장사장의 의견에 동의한다. 생각이 다를 뿐이지 옳고 그름이 있을 수는 없다. 커피에 대한 상식이 모자란다고 커피를 마실 자격이 없다든가 커피 맛을 즐길 수 없지는 않다.

"한 가지 물어봅시다. 소 그림말이요 나중에 팔면 얼마나 값이 오르겠소?"

"그야 그림을 살 사람 맘이죠."

"아니 내 말은 투자가치가 있냐는 거요."

"적어도 그림에 투자하면 밑지지는 않죠. 어떤 투자도 손해 볼 수도 있는 거 아니에요? 그러니까 그림이란 안전한 투자라는 거죠."

양말 공장사장은 이제 시아의 미끼를 물었다. 점점 단단하게 물도록 줄을 당겼다 풀었다 하는 건 시아의 전술에 달렸다. 얼마를 더 올려 받을 수 있는지 머릿속으로 계산해 본다. 그렇지만 서두르지는 말아야 한다.

"약국 선생님한테 커피 더 갖다 드려야 해요. 잠깐만 계세요. 사장님도 커피 리필 해 드려요? 내가 까페 종업원인지 갤러리 큐레이터인지 알 수 없다니까요. 정말 바빠 죽겠어요."

"미스 최가 지나치게 유능한 게 흠이지."

"그냥 일이 재미있어서 열심히 하는 거죠. 뭘 ."

약국 선생한테로 자리를 옮긴다. 며칠 전에 주문한 비만치료제 약을 가지고 왔는지 알아봐야 한다. 처방전 없이 약을 받으려니까 신세를 지는 셈이다.

리필 커피를 들고 약국 선생님 테이블로 간다. 블루마운틴 커피는 리필해줄 수 없지만 이 경우는 예외다. 원두 200그램에 10만원이나 하는 금가루 같은 커피를 리필까지 해주면 원칙적으로 안 되는 것인 줄 알면서 시아는 큰맘 먹고 인심 쓴다.

시아가 약국선생의 자리로 리필 커피를 들고 갔을 때 테이블 위에 이미 약봉지가 놓여있다.

"조건이 있지. 이거 한 달 치 30정인데 더 이상 복용하지 않기야. 잘못하면 건강에 이상이 오니까."

"알아요. 고마워요. 이 약 얼마예요? 저번에 값 그대로예요?"

"됐어, 그 대신 마지막이라 구. 다시는 이런 약 부탁하지 마. 오늘 커피는 예술이구만."

"정말요? 저도 그럼 본격적으로 바리스타 커피학원에 다닐까 봐요."

"됐어. 이 정도면 이 갤러리 까페에 적당해. 근데 내일 뭐해? 토요일인데."

"별다른 스케줄 없어요. 땀 빼러 찜질방에 가서 시체놀이나 할까 해요."

"요즘 젊은이들은 참 이상하지. 냄새나는 찜질방을 왜 좋아할까."

"시간 잘 가잖아요? 힘도 돈도 안 들이고 살 빼고. 선생님은 찜질방에 가 보셨어요?"

"아니. 나는 한 번도 가 본 적이 없지."

"가 보시지도 않고 어떻게 냄새나는지 아세요?"

"안 가 봐도 알 수 있지. 땀이란 으레 냄새나는 거잖아? 사랑하는 사람이라면 땀 냄새도 향기롭겠지만."

얘기가 이상한 데로 빠지고 있다. 시아는 약봉지를 가지고 자리에서 일어난다.

"커피 맛있게 드시고 가세요. 저 뒷자리 사장님하고 중요한 비즈니스가 있어요."

"응, 그러지. 퇴근할 때 약국에 들렀다가 가도록 해요. 할 얘기가 남았으니까."

"그 때까지 잊지 않으면 들릴게요."

양말 공장사장은 커피도 샌드위치도 다 비워놓고 시아를 기다리고 있었다. 약국 선생님이 갤러리 밖으로 완전히 사라질 때까지 문쪽을 바라본다.

"저 인간 정말 맘에 안 들어. 약장사가 머리는 왜 기른대? 머리 기르는 것까지는 용서가 되지만 고무줄로 묶는 건 또 뭐야?"

"마음에 안 드시면 그 약국에 안 가시면 되죠."

"물론 그 약국에 안 가지. 불행하게도 지하주차장에서 자꾸 보게 되는 거야. 원수 외나무다리에서 만난다잖소?"

"원수까지야 될 거 있어요?

"저 인간은 지하주차장에 하구 많은 자리 중에 꼭 내 차 옆에만 세운단 말이야."

"약국 선생님 차인지 어떻게 아세요?"

"차? 차 같으면 기분 나쁠 거 없지. 할리데이비슨 알지?"

"그게 뭔데요? 벤츠보다 비싼 차예요?"

"차가 아니라니까, 오토바이야. 부르릉대며 떼로 몰려다니는 오토바이들 못 봤어? 나이도 먹을 만큼 먹은 인간이 애들처럼 오토바이가 뭐야 오토바이가."

"멋있잖아요? 그게 뭐 뜲으세요? 여자들처럼 예민하시네요."

"언젠가 그 인간의 오토바이가 내 차에 상처를 냈단 말이지. 확증이 없어서 말을 못해."

"따지지 그랬어요?"

"글쎄, 확증이 없다니까."

"나중에 기회 있을 때 내가 잡아드릴게요."

일단 시아는 양말 공장 사장의 편을 들어야 한다. 이제 막 벌일 그림 비즈니스를 위해서 총집중해야 한다. 처음엔 공이 저절로 굴러가는 대로 내버려두었다가 속도가 나면 그때 가서 방향을 조절하기로 한다.

"커피 리필해 드려요?"

"그러지. 맛이 독특하구만."

시아는 자꾸만 뜸을 들인다. 그림 파는 일이 그리 급하지 않은 것처럼 보이기 위해 자꾸만 다른 데로 관심을 돌린다. 양말 공장사장의 대답도 듣지 않고 커피콩을 새로 믹서에 넣고 돌린다. 블루마운틴 맛을 알지도 못하는 사람한테는 아무 콩이나 마찬가지다. 이것저것 섞인 하우스 브랜드 콩으로 갈아낸다. 새로 드립한 커피를 컵에 담아 가지고 간다.

"블루마운틴이 어디 있는 줄 아세요?"

"글쎄. 미국 북부 어디쯤에 있을 것 같은데. 아니면 캐나다 어디쯤에."

"추운 데서 커피 나온다는 얘기 들어보셨어요?"

"난 워낙 커피에 대해선 무식하니까."

양말 공장사장이 커피에 대해서만 무식한 건 아니다. 입을 열었다 하면 무식한 냄새가 구린내처럼 뿜어 나온다. 돈이란 눈이 멀어서 제가 있을 자리를 모르고 굴러다닌다. 에르메스 타이를 매고 로렉스 시계 금 딱지를 찼지만 하나도 멋져보이질 않는다. 이렇게 생긴 남자가 돈이 있다고 알려주는 표본인 것처럼 보여준다.

"블루마운틴 커피는요 중앙아메리카 자메이카 섬에서 나는

데 그 섬에 있는 블루마운틴이란 산 이름을 붙인 거래요. 영국의
엘리자베스여왕이 좋아하는 커피라나요. 너무 귀하고 비싸서 가
짜가 많대요.”

“그럼 이건 진짠가?”

“진짜거니 하고 드세요.”

세상에 있는 무엇이든 진짜든 가짜든 별 의미가 없다. 요즘
짝퉁이라는 것 때문에 세상이 시끄럽지만 진짜는 진짜인 그것이
고 가짜는 가짜인 그거다. 가짜가 진짜일 수 없고 진짜가 가짜일
수 없다. 양말 공장사장은 눈을 감고 블루마운틴 맛을 음미한다.
하우스 커피를 드립했는데 그 맛에서 블루마운틴이 진짜인지 가
짜인지를 음미하려는 것처럼 모두 우스운 일이다.

“소 그림말이요 내게 넘겨주겠소?”

“팔린 그림이라고 말씀드렸잖아요? 그걸 어떻게 취소해요?”

“그건 미스 최의 능력에 달렸지. 난 돈으로 메우면 될 것이고.
얼마에 계약했소?”

“계약금 같은 거 없이 팔린 거예요. 그래서 더 어렵죠. 계약금
을 배상하면 될 수도 있지만 그것도 아니니까요. 그러지 말고 다
른 그림으로 고르시면 안 되세요?”

“난 꼭 소 그림을 가지고 싶다니까.”

정말 이상하다. 사람들 심리는 꼭 그렇다. 팔린 그림이라고
하면 욕심이 생기는 모양이다. 그래서 가끔 전략적으로 안 팔린
그림에 점을 찍어두기도 한다. 얼마나 좋은 그림이기에 팔렸을

66

까 하는 생각이 들 것이다. 그래서 유부남 유부녀가 더 매력 있는가. 시아는 자신의 능력을 실험대에 올려놓고 싶어진다. 양말 공장사장한테 받을 값을 미리 정하고 계약금을 받은 뒤에 먼저 임자한테 그림을 넘기지 않을 방법만 찾으면 된다. 갤러리에 손해를 끼치지 않고 시아가 챙길 이익을 최대화한다.

천만 원을 벌까 이천만 원을 더 붙일까. 시간이 갈수록 점점 배짱이 커진다. 천만 원 이천만 원에 속을 끓일 필요 없다. 이왕 속임수를 써서 돈을 챙기려면 한 번에 큰돈을 벌어야겠단 생각을 한다.

"작업을 해 놓고 금액을 말씀드릴게요. 가능한지도 모르면서 우리 마음대로 값을 정할 수는 없죠."

이렇게 말하면서도 머릿속으로 방법을 그리고 있다. 그림에 하자가 발견되어 고객한테 넘길 수 없는 사정이고 어쩔 수 없이 거래를 취소할 수밖에 없다고 일방적으로 통고를 한 다음 그쪽의 반응을 보면서 다음 순서를 기다리기로 한다.

아니면 직접 찾아가서 정중하게 사과하도록 한다. 비록 계약금을 받은 건 아니지만 서로 믿고 거래한 것이라 곤경에 빠질 수도 있다.

작품에 하자가 있다면 그만큼 값을 깎는 한이 있어도 기어코 그 작품을 사겠다고 하는 경우도 예상해야 한다. 한번 마음에 담았던 그림에 대해서 별난 애착이 생길 수도 있다. 이런 경우 값을 깎지도 않고 그냥 가지겠다고 할지도 모른다. 그렇게 되면 시아의 계획이 수포로 돌아가고 만다. 모처럼 돈이 생길 기회를 놓치고 만다. 돈을 버는 사업은 모든 게 모험이다. 미리 계산하고 벼르지 말고 과감하게 부딪혀보는 거다.

먼저 갤러리 원장의 허락을 받아야 한다. 원장의 인맥으로 팔아 놓은 작품이다. 최저가격을 정하지만 그 이상을 받는 건 시아의 재량권 안에 있다. 그렇지만 다른 사람한테 넘긴다는 건 또 다른 문제가 된다. 아주 조심스럽게 접근하기로 한다. 어려운 일은 내일로 미루자.

7

올림픽 공원 나무들이 도시 빌딩 그림자 아래 잠기면 검푸른 색깔로 바뀐다. 퇴근시간이다. 더 이상 갤러리에 손님 오길 기다릴 필요가 없다. 빌딩 안 사람들 중에 갤러리에 들릴 사람들은 아무도 없다. 오후 서너 시쯤 일하다가 잠시 쉬는 시간에 머리를 식히러 올라오는 간부직원들의 발길이 끊어지면 갤러리의 문을 닫아도 그만이지만 습관적으로 여섯 시 까지는 갤러리 안에서 머뭇거리게 된다.

간혹 어느 회사 대표가 약속 없이 지나는 길에 들러 원장한테 저녁을 사겠다고 한다면 그때 문이 닫혀있다면 크게 손해 볼 일이 생기곤 한다. 운명을 믿는 여자들은 이런 우연한 기회를 기다리기도 하지만 그런 기회가 왔을 때 놓쳐서는 안 된다. 시아도 그런 기회를 기다리며 사는 여자다.

바다에 배 띄우고 낚시를 던져놓고 고기가 물리길 기다리는 낚시꾼처럼 신경 써야 할 일이 한두 가지가 아니다. 원장이 기다림에 지친 하루를 단념하고 아무렇지도 않은 모습으로 갤러리를 나가면 시아는 그때부터 천천히 갤러리 안을 정리하고 그림에 맞춰놓았던 스포트라이트를 끄고 보안셔터를 내린다.

시아는 아래층으로 내려간다. 엘리베이터에서 내려 왼쪽으로 고개를 돌리면 아가약국이다. 유리문 바깥쪽에서 약국 안을 들여다본다. 약국 선생님은 하얀 가운을 입은 채 안쪽에 있는 TV를 보고 있다. 유리창 밖에 있는 시아를 발견하곤 안으로 들어오라고 손짓한다.

시아가 약국으로 들어서자 온장고 안에 있던 홍삼탕을 꺼내 마개를 딴다. 약국에 들어온 손님한테 하던 습관대로다.

"저한테 하실 말씀이 뭐죠?"

"성미가 급하시군. 그거나 어서 마셔요. 그리고 좀 앉아요."

"약속 있어요."

"아무 데도 갈 데가 없는 여자들이 약속이 있다고 서두르지."

들켜버린 거다. 이 남자도 단수가 높다. 시아는 피식 웃는다. 이기지 못할 바에는 미리 항복하는 게 낫다. 어떻게 해도 한 수 낮으면 항상 당하게 마련이다.

"내일 나하고 내달릴까? 찜질방 보다 백배 재미있을 거야."

"어디로요?"

"그야 내 맘이지. 목숨을 걸고 달리는 건데 아마 취미에 맞을 걸?"

"목숨 걸 데가 그렇게 없을까 봐요?"

"약 안 먹고도 체중 줄여줄게."

"어떻게요?"

"내게 맡겨보라니까요. 내일 열 시쯤 지하 4층 주차장 B55 기둥으로 와요. 간편한 바지 점퍼차림으로."

내일 하루는 신 나게 살 수 있을 것 같다. 약국선생님의 말대로 목숨 걸고 내달린다면 그보다 더 스릴 있는 일은 없을 테니까.

검은색 미끈한 할리데이비슨이 굉음을 내며 팔당을 지나 강을 끼고 달린다. 시아는 약국선생님의 등에 붙어 강물 위를 달리는 수상스키를 탄 느낌이다. 커브 길을 돌 때는 더 편안하다. 경기도에서 충청도로 넘어가는 고갯길 휴게소에서 멈춘다. 비슷한 할리데이비슨 몇 대가 이미 정류해있다. 검정색 가죽 장화, 새까만 선글라스에 올챙이 무늬 머리띠를 맨 남자들이 할리데이비슨에 기대서 담배를 피우고 있다. 동행한 여자들 역시 같은 차림이다. 모두 여자 하나씩을 뒤에 달고 다닌다.

"나 없었으면 선생님은 큰일 날 뻔했네요."

"난 나 혼자서도 잘 다니지."

"그러면 스타일이 안 날 것 같은데요?"

약국선생님은 점퍼 주머니에서 작은 담배 갑을 꺼낸다.

"나도 한 대 주세요."

"담배 태나?"

"세상에 사람이 할 수 있는 일은 죄다 해보기로 했어요."

담배를 한 가치 뽑아 불을 붙여 시아한테 건넨다.

“이건 처음 보는 담배네요.”

“필터 없는 일제 담배 호프야. 이것도 할리 족들이 즐기는 스타일이지.”

“지켜야 할 법들이 많은가보네요. 재미있어요. 또 다른 건 뭔데요?”

“차차 알게 되지. 한꺼번에 다 알면 재미없지.”

둘러봐도 혼자서 다니는 남자는 없다. 어떻게 해서든 여자를 구해서 뒷자리에 매달고 다니는 게 무슨 법칙이나 되는 것처럼 알고 있다. 남자들은 청년이라 하기에는 좀 나이가 든 중년 남자들인데 뒷자리에 탄 여자들은 시아 나이 또래 어린 여자들이다. 모르고 살던 세상이 또 있었다. 약국에 박혀 하루 종일 진열장의 약들을 뒤적이고 진열장 아래쪽에 있는 TV나 보다가 가끔 올림픽공원의 풍경을 내려다보고 싶어 빌딩 꼭대기에 있는 갤러리에 올라와 커피 마시는 게 고작인 남자인 줄로만 알았는데 할리데이비슨은 시아의 뒤통수를 깨는 일이다.

“이렇게 질주하면서 주말을 보내지 않으면 난 오래전에 미쳤을 거야. 내가 왜 약학을 공부했을까 하고 내 인생을 저주하기도 했지.”

꽁지머리를 매고 할리데이비슨에 여자 매달고 멋지게 사는 남자도 인생이 저주스럽다는데 세상살이에 만족할 사람이 어디 있다는 건가.

갑자기 우울해지더니 달릴 마음이 식었는지 약국선생님은

헬멧을 벗고 휴게소 안으로 들어간다. 뒤에서 보면 그런대로 멋진 남자다. 나이가 좀 많을 뿐 기분은 아직 청춘이다.

"우리 여기서 좀 쉬었다 가지. 만두 좋아하나?"

길에 나서면 길순이가 된다. 안심 스테이크를 어느 정도 익힐지 와인은 스위트한 걸로 아니면 드라이한 걸로 할까를 머리 아프게 골라야 하는 고민은 하지 않아도 된다.

노랑 물감에 잠긴 단무지와 스팀에 쪄낸 냉동만두와 김밥 한 줄로 점심을 때운다. 만두 한 개 통째로 입에 넣고 씹는 동안 단무지를 집어 먹을 준비를 한 다음 입안이 다 비기 전에 김밥 한 덩어리를 넣는다. 게걸스럽게 김밥 한 줄 만두 한 팩씩을 다 먹어치우고 나서 햇볕 잘 드는 곳에 놓인 벤치에 앉아 다시 담배를 피워 물었다.

시아한테도 불붙인 담배를 권한다.

"갤러리에서 일하는 게 답답하지? 내가 보기엔 미스 최 성미에 안 맞아 보이는데."

"어쭙잖게 그림 공부를 한 여자치곤 괜찮은 직장이죠. 월급 받고 판매수당도 받고 기회 되면 다른 아르바이트도 하거든요."

"어떤 아르바이트를 하나?"

"예를 들면 할리데이비슨을 같이 타고 내달리는 일 같은 거요."

"솔직해서 좋군. 시간당 얼마지?"

"일의 종류에 따라 다르죠. 이마트 계산대에서 하는 작업 수당하고 할리데이비슨에 매달려 목숨 걸고 내달리는 작업수당하고는 같을 수 없죠."

　작업수당은 고용인이 정하는 게 좋을까 피고용자가 정하는 게 좋을까. 어느 쪽이 정하든 양쪽이 합의가 되느냐가 중요하다. 상식선이라는 것도 있고 예외라는 이유가 더 강하게 작용하는 것이 사람과 사람 사이의 일이다.

　"출발할까?"

　"한 시간만 더 달리면 산속 호수가 나오지. 거기까지만 갔다가 돌아오지."

　"좋아요."

　시아가 피우다 만 담배 꽁초까지 받아서 재떨이에 버린다. 시아의 머리에 헬멧을 씌워주고 단단히 밴드를 조이더니 두 손으로 시아의 얼굴을 잡는다. 시선 가까이에 약국선생님의 얼굴이 들어온다. 오십 살은 돼 보인다. 건물 안에선 형광등과 백열등이 비추는 조명이어서 잘 보이지 않았던 탄력 없는 피부에 자잘한 주름이 햇빛 아래서 선명하게 보인다. 갑자기 싫단 느낌이 든다. 할리데이비슨이든 뭐든 지금 내달리는 행위는 있는 힘 다해 중년으로 가는 시간을 밀어내려는 안간힘으로 보인다. 나이가 든다는 건 여자든 남자든 쓸쓸한 일이다. 헬멧을 쓴 뒤 시아를 번쩍 들어 안아 먼저 태운다. 차라리 등 뒤에서 매달려 가는 게 낫다. 두꺼운 가죽점퍼의 미끈한 촉감이 얼굴에 닿는 게 행복하다. 스피드에 균형을 잃지 않으려고 힘을 줄 때 잠시 남자를 느끼기도 하지만 오십이 가까운 남자라는 생각은 없어지지 않는다. 시아 나이 두 배도 넘는다.

조금씩 할리의 속력에 익숙해지면서 팔에 힘을 풀기 시작한다. 처음에 붙잡았던 힘의 반만으로도 안정감이 온다. 아주 편안해지고 할리의 유동에 몸을 맡기게 된다. 할리는 달리는 중에 말이 필요 없어 좋다.

'나는 자유 한다' 라는 제목의 컴퓨터 그림이 생각난다. 물속에 가부좌자세로 앉아있는 여자 그림이다. 머리카락은 모두 물 위로 올라가있는데 몸은 짙은 초록색 물 바닥에 돌처럼 가라앉아있는 모습이다.

잘 알려진 작가의 그림은 아니었지만 '나는 자유 한다'란 짙은 초록색 그림이 좀처럼 잊혀 지지 않는다. 시아는 지금 할리 위에서 물속에 앉아있던 그림의 여인처럼 자유하며 앉아있다.

할리는 호수가 내려다보이는 행복한 펜션 앞으로 올라간다. 할리가 굉음을 내며 정차한다.

만삭의 여인이 텃밭 쪽에서 기우뚱거리며 돌아 나오며 반긴다. 그들은 서로 아는 사이 같다. 시아가 시선을 돌린 채 호수를 본다. 시아가 눈치채지 못하는 사이에 여인은 안으로 들어가 버리고 약국 선생님은 할리를 세워둔 바로 앞에 방문을 연다. 시아를 할리에서 안아 내려 아예 방안에 들여놓는다. 방안 마루에 던져놓고 신발을 벗겨준다. 마루에 등을 붙이고 길게 누우니 온몸을 조이던 긴장이 풀린다. 이대로 누워있으면 곧 깊은 잠에 빠질 것 같다. 온몸 위로 바위에 짓눌린 것처럼 무겁다. 그 무게는 아늑한 굴속으로 몸을 밀어 넣는다. 무게 아래서 편안하다. 눈을 떠봐야지 마음먹지만 눈이 떠지지 않는다. 보따리처럼 어딘가에 던져지고 시아는 정육점 살코기처럼 늘어진다. 내 몸이 내 것이 아니다. 멀리서 바라볼 수 있는 다른 물건이다. 가뿐하게 들려 침대에 던져진다. 잠시 뒤에 바람 소리인 듯 물소리인 듯 멀어지다 다가오다 반복된다. 바람과 물이 겹쳐지면서 잔잔하게 물결치는 호수 위에 누운 것 같다. 배 위도 아니고 물 위도 아니다. 해저에 뿌리를 박고 물결에 흔들리는 해초의 움직임을 몸으로 느낀다. 해초 사이를 헤엄치고 다니는 작은 물고기의 유영을 보다가 뮬 고기가 스쳐 가는 매끄러운 촉감을 느낀다. 비늘의 순방향이다. 마냥 기분이 좋다. 물고기는 깊은 물 속으로 숨어버리고 해초는 물결에 흔들리면서 물고기가 다시 나타나길 기다린다. 흔들림이 멈춘다. 잠시 뒤 물고기는 해초의 머리카락을 몸으로 감고 돌아내려간다.

"그만 자요."

손바닥으로 부드럽게 얼굴을 두드리며 잠을 깨운다. 시아는 눈을 뜬다. 이젠 눈이 떠진다. 온몸을 짓누르던 피로감도 깨끗이 사라지고 물결 속의 흔들림도 멈췄다. 침대 끝에 걸터앉아 있는 남자의 얼굴이 역광으로 잘 보이지 않는다. 넓은 어깨가 창문을 가리고 서 있다. 할리로 내달리던 남자의 미끄러운 가죽옷을 기억한다.

호숫가 보이는 펜션 앞에 할리를 세우고 문안에 내던져지던 것 가지는 알겠다.

그 다음 어떻게 되었지? 눈을 뜨기 전까지 물속에서 해초가 되어 흔들리고 있던 기억이 난다.

"물속에서 물고기하고 재미있게 놀았어요. 혹시 그 물고기가 선생님이었어요?"

"내가 어떻게 물고기가 되겠나? 약국 어항 속에 있던 피라냐는 아니구?"

"잠깐만요."

시아는 두 손으로 머리를 움켜잡고 생각을 정리한다. 아무래도 깊은 물 속에서 흔들리며 놀던 시간과 지금 누워있는 침대 위의 상태가 구분이 되지 않는다. 어디서부터 뒤섞인 것일까.

"지금 몇 시예요?"

"해 질 녘이지."

"나, 몇 시간 잤어요?"

"세 시간 정도. 아주 잘 자던데?"

"내 옷 좀 던져주세요. 내가 언제 옷을 벗고 잤는지 모르겠네."

한 가지씩 순서대로 잘 골라 준다. 시아는 이불 속에서 손으로 솔기를 더듬어가며 옷을 입는다. 습관이다. 누가 가르쳐준 것도 아닌데 그렇게 편하게 잔다. 시아는 불편하게 사는 건 질색이다. 어렵지 않은 일이라면 저 하고 싶은 대로 산다. 무서울 거 없는 세상을 살아 온 지 오래다.

"잘 오셨소. 저놈 오늘 코뚜레를 꿸 건데 나 좀 도와 줄려우?"

아침부터 할아버지가 부엌에 들락거리며 무언가 부지런히 준비를 한다했는데 순덕이네가 들어서자 전에 없이 반긴다.

"에이그 머니나 나 그거 못해요."

순덕이네가 펄쩍 뛴다.

"잠깐 잡고만 있으면 된다니까. 잠깐이면 된다구요."

순덕이네는 머리 뒤로 오른팔을 높이 올려 손사래 치며 급하게 대문 밖으로 사라진다.

할아버지는 마루 끝에 앉아있는 시아를 흘깃 본다.

"그 왜 우리 집에 자주 들리는 청년 있지? 용수라고 했던가? 집이 어딘지 아냐?"

"응. 왜?"

"가서 할아버지가 부탁할 게 있으니까 안 바쁘면 잠깐 와달라고 해라."

용수는 하던 일을 접어두고 덜레덜레 시아 뒤를 쫓아온다.

"무슨 일인데? 혹시 할아버지가 다치신 건 아니지? 어디 올라갔다가 떨어지셨다 던지."

"그런 거 아니야. 나도 잘 몰라."

시아는 앞장서서 집으로 빨리 달아났다. 무슨 일인지 순덕이네가 거절하고 만 것 같으면 쉬운 일은 아닌 것 같다.

할아버지 앞에 용수를 데려다 놓곤 마루 끝으로 가 앉았다.

"날 좀 도와줄라나? 저놈한테 오늘 코뚜레를 뀈 참인데 잠깐 잡아만 주면 되는 거야."

"예. 해볼게요. 저 애가 몇 살인데 벌써 코뚜레를 해요?"

"일 년이 거의 다 되어오지. 자꾸 미뤄서 늦어졌지. 늦어질수록 저도 나도 힘들지. 시아 넌 대문 밖에 나가 있어."

시아가 천천히 일어서 대문 밖으로 나가며 외양간에 서 있는 소를 쳐다봤다. 그 애한테 무슨 일이 생기는 모양이다. 시아는 뭔지 모르지만 벌써부터 눈물이 난다.

대문에서 조금씩 먼 데로 걸음을 옮기는데 귀를 찢는 소의 비명이 들린다. 시아는 그 자리에 주저앉았다. 소를 죽이는 모양이다. 소의 절규가 머리를 때리고 가슴을 찢는다. 시아는 집으로 달려 들어갔다. 할아버지를 말려야 한다. 외양간 안에 소는 그대로 서 있다. 할아버지 손은 붉은 피투성이다. 용수의 셔츠에도 피가 튀어 온통 얼룩져있다.

아직도 소는 신음한다. 코에서 피가 흐르고 피범벅이 된 코에 나무 코뚜레가 꿰어져 있다. 시아는 크게 한숨을 내쉰다. 소의 절규는 사람들을 원망하고 소로 태어난 자기를 저주하며 조금씩 작아졌다. 시아가 마루 끝에서 울고 있을 때 용수는 마당에 있는 수돗가에서 피묻은 셔츠를 벗어놓고 손을 씻는다. 쭈글쭈글한 할아버지 몸 말고 젊은 남자의 벗은 몸을 처음으로 본다. 힘 있어 보이고 윤기마저 흐른다.

할아버지가 방으로 들어가 새 옷을 가지고 나온다.

"이거 맞을까 모르겠네. 집에 있던 건데 입어봐. 새것이야."

"아, 예."

"피묻은 셔츨랑 버려야지."

"빨아서 입을 수 있습니다."

"핏물은 잘 안 빠질 거야."

"빨아 보고요. 안 빠지면 버릴게요."

"울지 마, 시아야. 다 됐어. 이제 괜찮을 거야."

용수가 소한테 다가가 머리를 한번 쓰다듬어주곤 대문 쪽으로 간다.

아직도 시아는 눈물이 멈추지 않는다.

"나중에 내가 한 잔 삼세. 고마우이."

용수가 가고 난 다음에도 시아는 외양간 쪽을 볼 수가 없다.

며칠 동안 소는 여물도 먹지 않고 벽에 기대서 웅크린 채 고통스러워했다. 다 스러져가는 기운 없는 울음을 울다가 어쩌다가 외양간 벽에 닿아 코뚜레가 코청을 건드리면 몹시 고통스러워 고개를 흔든다. 엄마를 부르는지 또다시 목쉰 소리로 운다. 코로 흐르는 피를 혀로 핥는다. 그러다 잘 못 건드리기라도 하면 신음한다.

시아는 할아버지를 원망했다. 어떻게 자기 집 소를 송곳으로 코청을 뚫을 수 있는지.

소의 절규는 오랫동안 시아의 귀에서 사라지지 않는다. 한겨울이 다 가도록 그 충격은 시아의 마음을 흔들어댔다. 시아의 인생을 바꿔놓았다. 할아버지도 싫고 시골에 사는 것조차 싫다. 그날 이후 용수는 할아버지를 도와 시아네 집 안팎 일을 돌봐주었다.

어항에서 얻어 온 안줏거리가 좋은 날엔 할아버지는 으레 용수를 불러들였다. 안주로 들고 온 생선 손질은 순덕이네한테 부탁할 것도 없이 용수가 맡아 한다. 그들이 술을 주거니 받거니 하며 애기하는 동안 시아는 술상 머리에 붙어 앉아서 밥을 먹는다. 할아버지의 말수가 적어졌다 하면 술상을 물리기도 전에 벽에 기댄 채 잠이 들어 있곤 한다.

"용수 아저씨, 밥 줄까?"

"아니, 난 집에 가서 먹을게. 너도 대충 상 치우고 어서 자라. 내일 아침 학교 쪽으로 일 나가는데 태워다 줄게."

"걸어갈 거야."

"또 결석하려고 그러지 너?"

용수가 시아를 데리러 오는 날엔 학교에 안 갈 수가 없다. 대신 용수가 안 오는 날엔 마음 놓고 결석했다. 학교에 가는 건 별로 중요하지 않다.

잔뜩 하늘에 먹구름이 낀 걸 보니까 소나기가 한줄기 쏟아질 것 같다. 비 피할 자리를 미리 봐 두어야 한다. 산길 바로 옆에 움푹 파여 있는 작은 굴이 있다. 아이들은 그 굴을 송장 굴이라고도 하고 고려장 지낸 무덤 자리라고도 한다. 비를 맞으면 맞았지 거긴 들어가고 싶지 않다.

집으로 돌아가기엔 늦은 것 같다. 집에 가는 중간에 비를 만난다면 이도 저도 안 된다. 소나기는 곧 그치고 말 테니까.

오늘은 마음 단단히 먹고 송장 굴로 비를 피해 보리라 마음먹는다.

후두둑 큰 빗방울이 나뭇잎에 한두 방울 떨어진다. 곧 굵은 소나기가 퍼 불 모양이다. 시아는 소를 나무에 단단히 묶어 놓고 송장 굴로 들어간다.

입구는 좁은데 안으로 들어가 보니 꽤 넓다. 시원하다. 급한 김에 뛰어들어 왔지만 가쁜 숨을 고르고 나니까 어둡던 굴속이 보이기 시작한다.

나무뿌리가 허옇게 드러나 동굴 벽을 건너질러 뻗어있는 게 보인다. 마치 사람 뼈처럼 보이기도 한다.

"시아야, 시아야."

용수가 부르는 소리가 빗소리에 먹혀 잘 들리지 않는다. 시아는 일부러 대답하지 않는다. 시아가 대답을 해도 들리지 않을 테니까.

　처음엔 무섭다가 이젠 아늑하고 편안하다. 빗줄기가 점점 가늘어진다. 비가 완전히 멎는다 해도 여기 그냥 있고 싶다. 어딘가에 깊이 숨어버리고 싶을 때 여기 들어와 있어야겠다. 사람들이 송장 굴이라고 말하지만 그건 괜한 소문일 거다.

　소가 궁금해진다. 시아는 천천히 송장 굴 밖으로 나갔다.

　소나기를 흠뻑 맞은 소와 그 옆에 용수가 서 있다.

　"너 어디 있었니? 어떻게 비를 하나도 안 맞았니?"

　"안 가르쳐줄 거야. 용수 아저씬 바보같이 비를 다 맞았어?"

　용수는 비에 젖은 점퍼 주머니 속에 넣어 가져온 붕어빵 봉지를 내민다. 아직도 따끈하다.

　"먹어 봐."

　시아는 용수한테 같이 나누어 먹자는 말도 없이 붕어빵 두 개를 혼자서 다 먹어버린다. 그러잖아도 몹시 배가 고팠던 터였다. 다 먹고 나서 그제야 미안한 생각이 들었다.

　"내가 어디 있었는지 가르쳐줄까?"

　"거기가 어딘데?"

　"송장 굴."

　"다음엔 거기 들어가지 마라."

　"왜 들어가지 마래? 하나도 무섭지 않던데?"

　"나중에 시아가 크면 얘기해줄게."

　"그게 언제야, 내가 중학교에 들어가면?"

시아가 중학교 들어가던 날 할아버지와 용수는 양복을 입고 시아를 앞세우고 입학식에 참석했다. 아마 할아버지가 양복 입은 모습은 시아가 철들고 처음 보는 것 같다. 품도 헐렁하고 팔 기장도 길다. 그동안 할아버지가 늙어서 키도 줄고 체중도 많이 준 탓이다. 고깃배를 가지고 바다 일을 하며 돈을 잘 벌 때 할아버지의 건장한 모습이 이 어항에서 가장 멋졌다고 많은 사람들은 말한다.

아직도 칠순이 턱밑인 노인이라고 아무도 믿지 않는다. 젊은 시절의 모습만 기억해주는 동네 사람들이 있어 할아버지 자신도 그런 줄 알지만 겉모습도 마음도 이젠 어쩔 수 없는 노인이다.

입학식이 끝나 집으로 돌아오는 길에 시장에 들러 늦은 점심을 먹는다.

"인제 넌 중학생이 되었으니까 밥도 하고 빨래도 하고 집 안 청소도 해야지. 여자 나이 열네 살이면 옛날엔 시집도 갔지. 시집가서 시집살이도 했는데 나하고 단둘이 사는 집안일은 별것도 아니지."

학교 공부가 어려워질 테니까 집안일은 안 해도 된다는 말을 들을 줄 알았는데 그 반대다.

시장터에서 동네 노인들을 만나 술 한잔한다고 할아버지는 뒤로 남는다. 용수는 시아 입학선물을 사 준다며 역전 마트로 갔다.

"예쁜 옷 사줄까?"

"아니, 나이키 운동화 신고 싶어."

"마음에 드는 걸로 골라 봐."

"비싼데 두?"

"음. 괜찮아."

"아니야, 할아버지한테 사 달랠 거야."

그렇지만 할아버지한테는 그런 운동화를 사달라는 말을 하면 안 된다. 할아버지는 옛날 사람이니까 나이키 같은 건 모르고 살아온 사람이다. 구두보다 비싼 운동화가 있다는 걸 이해할 수가 없을 거다. 시아가 고른 건 빨간색 바탕에 핑크색 가죽으로 나이키 상표를 크게 박아 놓은 신상품이어서 값이 제일 비싸다.

시아는 용수의 눈치를 살짝 본다. 용수는 지갑에서 돈을 꺼내 운동화값을 지불하면서 아까워하는 기분은 아닌 것 같다. 배달 일을 한다는데 수입이 괜찮은 모양이다.

"할아버지한테 혼날지도 몰라. 용수 아저씨한테 비싼 운동화 사 달랬다고."

"할아버지한테 내가 미리 말할게"

"한 치수 더 큰 걸로 살 걸 그랬나."

"운동화가 작아서 못 신을 만큼 시아가 빨리 자라면 그때 새 걸로 또 사줄게."

"왜 또 사주는데?"

"난 동생이 없거든."

집에 돌아와 마루 위에서 다시 신어본다. 아마 할아버지가 골라주었다면 벗겨질 정도로 큰 치수로 샀을 거다. 발에 꼭 맞는 새 신발을 한 번도 신어본 적이 없다. 다 해어져 버릴 때가 되어서야 발에 맞곤 했다.

"송장 굴 얘기 오늘 해줄 거야?"

"무서운 얘긴 데두?"

언젠가 시아도 알게 될 얘기고 알아야 할 얘기다. 할아버지는 차마 이 얘기를 시아한테 해 주지 못할지도 모른다.

2002년 8월 31일 제주도로 상륙한 태풍 루사가 경상북도해안을 끼고 강릉으로 들이닥쳤다. 강릉에서 속초로 올라가는 길목에 있는 동해를 휩쓸고 지나갔다.

그때 산이 무너지고 온 동네가 산사태로 무너져 내려온 흙더미에 묻혀버렸다. 동네 사람 수백 명이 생매장되고 나중에 신문에 보도된 기사를 보면 한 시간당 980 밀리미터 그러니까 일 미터나 되는 비가 쏟아졌다. 말이 일 미터지 큰 댐이 터져서 동네로 쏟아져 내린 것이나 같다.

태풍이 빠르게 지나가고 반 시간도 채 안 되는 동안에 퍼부은 비는 산에 있던 나무들을 쓰러뜨리고 산을 통째로 밀어버렸다. 동네를 빠져나가던 사람들까지도 덮쳤다. 소리 지를 사이도 없이 전주를 부여잡고 버티는 장년들마저 쓸어갔다. 전주 채로 흘러갔다. 물에 떠내려가는 집채 위에 올라 살려달라고 손을 흔드는 사람조차 얼마 못 가서 물에 잠기고 만다. 그 당시 처참한 광경을 기억하는 사람들은 시름시름 몇 년을 앓고 나서야 제정신을 차릴 지경이었다. 충격으로 동네엔 미쳐 돌아다니는 사람도 많이 생겨났다. 무더운 여름에 악취는 악취대로 풍겼고 그 속에서 병균이 퍼졌다. 매일 소독차가 와서 디디티를 뿌려대지만 소용없이 여기저기서 전염병이 퍼졌다.

도청도 군청도 사람 손이 모자라 일손을 놓고 있는 것처럼 보였다.

그때 시아는 한 살이었다. 무너진 흙더미 속에서 나무 옷장 틈에 끼어 살아남은 아이다.

할아버지는 소등에 매달려 떠내려가다가 어디론가 던져져 목숨을 건졌다. 동네 사람 열 명 중에 일곱이 희생된 무서운 재앙이었다. 시아는 재앙이 무언지 모를 나이에 루사를 겪어 기억도 하지 못한다. 그때 부모를 한꺼번에 잃고 고아원 위탁모에게 맡겨졌다. 할아버지는 유아를 키울 수 없었다. 곧 데려온다는 게 6년이나 걸렸다.

한창 젊은 나이의 아들 며느리가 사라지고 식구 중 쓸데없는 두 사람만 세상에 남았다. 그래도 목숨은 모질어서 두 사람은 어찌어찌 살아간다. 동해엔 이런 집이 한두 집이 아니었다. 그때 용수 부모와 동생도 그렇게 실종되었다. 흔적도 없이 식구들과 집이 사라지고 그날 친구들과 여름캠핑을 다녀온 용수만 홀로 남았다. 그때 열여섯 살이었다. 수해 난민으로 고아로 어떻게 살았는지 기억에 없다. 용수를 살갑게 도와줄 친척도 살아남지 않았고 설사 있었다 해도 용수를 도와줄 힘도 없었을 것이다. 만나기만 하면 살아남은 사람들은 어떻게든 살아가기 마련이란 말을 한숨 섞어가며 내뱉었다. 그 말을 얼마나 많이 들었는지 당시 유행가처럼 기억된다.

여름날 땡볕 아래서 무너진 흙더미 속을 파헤친다. 매몰된 식구들을 찾느라 땀과 눈물로 범벅이 된 채 정신없이 삽질을 하였다. 그러는 동안 제 식구들 아닌 다른 사람을 찾기도 했다. 그래도 다행인 건 한군데에서 시체가 무더기로 발견된다는 거다.

열여섯 살 용수도 식구들을 찾으려고 흙더미를 파헤쳤다. 어디까지 흘러내려갔는지 알 수 없어서 집 근처보다는 더 멀리 가서 삽질을 해본다. 며칠 뒤 포크래인이 투입되고 지친 사람들은 삽질을 멈추었다. 근처에서 지켜보기만 하였다. 몸이 고달플 때엔 슬픈 것도 몰랐지만 이젠 기진맥진 서 있기 조차 힘들었다. 흙더미 깊숙이에 묻힌 시체들만 못 찾았고 웬만한 시체들은 다 찾았다.

한동안 죽은 혼을 불러 묻힌 곳을 안다는 무당들이 모여들기도 했다.

할아버지는 아들 며느리를 화장해서 산에 뿌렸다. 부모 앞서 가는 자식들을 누가 제를 지낼 것인가. 그 마을 대부분 사람들이 화장으로 장례를 치렀다. 묘지도 구할 수가 없었고 죽은 귀신을 모시기보다 당장 살아있는 사람도 먹고살기 힘든 지경이었다.

몇 년이 지나는 동안 아직도 미련이 남은 사람들이 시간 될 때마다 아니면 마음이 아플 때마다 삽을 들고 산으로 올라가 산등성이를 파본다. 딱히 어디쯤이라고 짐작이 가는 곳도 아닌 자리를 파보는 것이다. 꿈에 보였다는 자리일 수도 있다.

귀신은 없다고도 할 수 없어 육신 있는 자리를 알리고 싶어 한다는 것이다.

그때 생긴 구멍들이 송장 굴이다. 그 구멍에서 시체를 찾았는지 못 찾았는지는 알 수 없다.

그렇지만 사람들은 그 구덩이들을 그렇게 부른다.

"우린 앞으로 부모님 제사를 모시게 되면 같이 제사를 지내자 같은 날이니까. 알았지? 자, 약속."

용수가 새끼손가락을 내민다. 시아는 손을 뒤로 감춘다.

"우리 할아버지는 우리 엄마 아버지 제사지내지 않는다고 했어. 나도 그럴 거야."

"넌 해야 해. 딸이니까."

"몰라. 싫어."

시아는 얼굴도 본 적이 없는 부모가 지금은 조금도 보고 싶지 않다. 이 세상엔 할아버지만 있으면 된다.

9

원장은 갤러리 안쪽 방에서 인터넷을 뒤적이고 있다.

"커피 드려요?"

"손님이 오면 우리 커피도 같이 내리지."

"의논드릴 게 있어요. 소 작품을 일억에 보내기로 조율했다는 거 아시죠?"

"음, 그런데 무슨 문제가 생겼어?"

"계약금을 받으셨나요?"

원장의 표정이 약간 긴장한다. 시아의 획책을 예감하는 것일까. 손해 볼 건 없는 장사니까 자신 있게 진행하면 된다.

"아니, 오래전부터 홍 회장이 뭔가 한 가지 우릴 도와주고 싶어 했는데 그림을 사주는 걸로 정한 거야. 동정으로 떠맡는 건데 계약금은 무슨. 그림값도 여유 자금 돌아 가는 대로 받기로 했지. 그게 일 년이 걸릴지 이년이 걸릴지 모를 일이지. 사실 우린 그 작품을 보관하기도 힘들었잖아. 최 부장이 잘 거래한 거야. 일억이 거저 생긴 건데. 돈 들어오면 리베이트를 섭섭지 않게 줄게."

"그렇다면 다른 고객이 현금으로 지불한다면 그 작품을 그쪽으로 넘겨도 될까요?"

"당연하지. 난 홍 회장한테 신세 지지 않아서 좋고 게다가 확실한 현금이 들어와서 좋지. 최 부장은 능력 있어. 그런데 그게 누구야? 아니 내가 굳이 알 필요 없지."

"홍 회장님한텐 원장님이 말씀드려주세요. 그럼 저는 이쪽 작업을 진행하겠어요."

"지금 당장 전화 걸어야지. 홍 회장도 내심으론 좋아하실 걸."

모든 조건이 잘 맞아 들어간다. 땀 한 방울 흘리지 않고 천만 원 이상 챙길 수 있게 되었다. 잘하면 그 이상을 벌 수도 있겠지만 무리하지 않는 게 좋다.

어떤 일이든 간단하고 쉽게 처리하는 게 좋다. 깊이 생각하지 않는 거다. 시아는 한쪽 발을 짚을 수만 있다면 다른 한쪽 발을 짚을 징검다리를 미리 준비하지 않고 냇물을 건너온 셈이다. 그렇게 살아왔지만 아직 한 번도 물에 빠진 적 없다.

브런치를 먹을 시간이다. 양말 공장사장이 어김없이 갤러리로 올라온다. 중요한 순간이 온 것이다. 잠깐 시아의 심장이 멈춘다. 이제부터 아주 조심스럽게 기회를 놓치지 말고 새를 잡듯이 침착하게 행동해야 한다. 새를 잡을 때 너무 힘을 주면 새가 죽는다. 급하게 손을 내밀면 놀라서 달아날 것이다. 빠르지도 않

게 느리지도 않게 강하지도 않고 약하지도 않게 움직이자. 안단
테 정도 빠르게 피아노 정도로, 돌체, 부드럽고 아름답게.

시아는 커피 원두통을 살핀다. 한참 고민하다가 안쪽 원장한
테로 간다.

"원장님 오늘 아침엔 어떤 커피를 갈까요?"

"손님 좋으신 대로 해. 난 아무거나 다 좋으니까. 커피 맛이
다르면 얼마나 다를까."

"저 손님은 아무 커피나 다 좋아해요. 오늘은 우리 마음대로
마시면 안 될까요?"

"최 부장 마음대로 뽑지."

원장은 현금으로 일억씩이나 들어올 거래를 추진하고 있는
시아한테 기분 좋게 해 주고 싶은 모양이다.

시아는 조금 맥박이 정상으로 가라앉는 걸 느낀다. 첫 사업치
곤 금액이 크다.

"왜 연락이 없었지?"

"주말이었고 어제는 월요일이었고 사업하시는 분이 으레 월
화는 바쁘실 것 같아서 오늘부터 일을 추진시키려고 마음먹고
있었어요."

"무슨 일이든 추진력을 잃기 전에 끝내는 게 중요하지. 난 사
업을 그렇게 해왔거든."

"그럼 지금부터 거래를 하겠습니다. 명함 한 장 주세요."

"전에도 명함을 건넨 것 같은데."

양말 공장사장은 중얼중얼하며 루이비통 지갑에서 명함을 꺼내 시아한테 건넨다.

"이번엔 정확한 연락처가 필요해서죠."

시아는 그가 세 켤레 오천 원짜리 양말을 만드는 공장사장이라는 것밖에 모르고 있다.

명함에 적힌 한자가 어려워서 읽을 수가 없다.

"이거 어떻게 읽어요?"

"내 명함을 받은 사람은 열이면 열 사람 다 내게 묻지. 안 묻는 사람들은 건성으로 받고 돌아서서 쓰레기통에 던질 사람들이지. 그 대신 한번 묻고 나면 절대 잊어버리지 않거든."

"처음 보는 글자네요. 세 글자 모두 쉬워 보이는데 다 모르겠어요."

"모태경이라 읽지."

"요즘 젊은 사람들은 거의 한자 까막눈이야. 제 애비 이름도 못쓴다니까. 심하면 제 이름도 못 쓰는 거야. 한자를 쓸 땐 그림 그리듯 그리지."

"모牟 짜는 소 울음 모 태兌 짜는 기쁠 태 경耕 짜는 밭갈 경. 말하자면 소로 밭을 가니 기쁘다는 뜻일까."

"모 사장님 성함은 정말 한번 들으면 잊지 않겠어요."

"정말 그렇지?"

무식해보이던 그가 어려운 이름 석 자만으로 아는 것이 많을 것 같은 느낌이다. 그래서 소 그림을 산다고 했을까. 어수룩해 보이지만 만만하지 않을 사람이라면 조심해야 한다.

싸구려 양말을 생산하는 양말 공장사장이 곧 상품과 같지는 않을 수도 있다. 호빵 장수 아버지가 박사를 만들어내고 쓰레기 하치장에서 쓰레기를 뒤지며 살아가는 남자가 고급아파트에서 살기도 한다.

케냐AA커피 원두를 갈며 시아는 마음을 가라앉힌다. 커피 원두 가루가 뜨거운 물에 젖어가는 걸 보며 진정되어간다. 어떻게 해야 시아가 의도한 대로 모 사장을 끌고 갈 수 있는지를 생각한다. 어렵게 계획하지 말고 단순하게 공략하기로 한다. 단순하고 쉽게.

"얼마를 더 붙이겠다고 모 사장님이 뜻을 밝히는 것이 순서겠죠?"

"일억에 5백만 원을 더 주지."

시아는 모 사장의 첫 마디에 협상이 쉽지 않을 거라 예상했다. 시아가 상대할 수 있는 상대가 아니다. 태권도의 단수로 치면 시아는 초단도 못 미치는 급수인데 모 사장은 단수도 고단수다.

시아가 아무 대꾸도 하지 않자 모 사장이 웃는다. 그 웃음에는 시아를 달래겠다는 의미도 있었고 한번 농담을 해본 것인데 시아가 너무 심각하게 반응한 건 당연하다는 의미이기도 하다.

얼마를 요구해야 일이 틀어지지 않고 최대치를 얻을 수 있을까.

시아는 살얼음판을 걷는 것처럼 시간을 먹어가며 산다. 뿌리 없는 수초같이 아무것도 의지할 데 없고 지금까지 지어 온 삶의 집이 늘 흔들리고 있다. 매 순간 여기서 끝이 날 수도 있다는 불안을 안고 산다. 늘 심장이 불규칙하게 뛰고 있다. 시아가 여기까지 온건 서커스 하듯 살아온 결과다.

이 협상이 결렬 되면 다시는 기어오르지 못할 깊은 낭떠러지로 떨어지고 말 것이다. 그러다가도 어떻게든 되겠지 하는 배짱이 안에서 기어오르면 터질 듯 뛰던 심장이 조용해 지곤 한다.

"그럼 일억의 10%면 적당하겠지?"

모 사장이 협상의 가능성을 보인다.

"우리 원장님이 그만한 돈에 의리를 저버릴 분으로 보이세요?"

"그럼 그 의리를 얼마면 팔겠다는 거요? 우리 쉽게 얘기합시다."

싸구려 양말 공장사장답다. 장사치처럼 마구 대들기로 마음먹은 모양이다. 시아 같은 애송이는 손안에 넣고 주무를 수 있는 사업가다.

시아도 막 나갈 수밖에 없다. 아무래도 원장이 없는 자리에서 협상을 하는 게 편할 것 같다.

"오늘 저녁 시간 있으세요? 부드러운 자리에서 말씀 나누죠. 저는 이렇게 사업적인 게 싫어요. 작품을 이런 식으로 팔아본 적이 없거든요."

협상이 잘되는 만큼 시아 몫이 클 것이다. 단 어려움이 없는 건 아니다. 돈이란 자기 손에 들어왔을 때라야 확실한 자기 것이다. 아무리 협상이 잘되었다고 해도 작품대금을 받지 못하는 사고가 생긴다면 더 큰 고난을 당하게 되는 것이다.

가끔 미술작품에는 그런 위험이 따르기 마련이다. 시아가 갤러리의 큐레이터로 신분의 옷을 갈아입었을 때 처음엔 크고 작은 실수를 많이 경험했다. 월급보다 큰 리베이트를 받기도 했지만 그 이상으로 책임져야 하는 경우도 많았다. 심지어는 작품을 되돌려 오는 경우도 있다. 양품점도 아닌 예술작품을 다루는 거래여서 되 물릴 경우에도 깨끗이 처리해야 할 때가 있다. 물론 더 큰 미끼를 물리는 경우가 되기도 하지만.

이젠 실수를 하지 않도록 안전장치를 찾는데 더 많이 신경을 곤두세우고 일을 추진한다.

이번 소 그림도 그리 만만한 작업은 아닐 것이다. 없는 것에서 있는 것을 만들어 가지는 일이기 때문이다. 더 사실적으로 말하면 사기성이 짙은 작업이기 때문이다. 어쩌다 찾아온 행운인데 잘 처리해야 할 것이다.

모 사장은 강변에 있는 W호텔에서 멋진 저녁을 대접 하겠다 했다. 협상할 때 먹는 식사는 그 안에 다 포함되는 것이라고 알면 틀림없다. 그 사치스런 분위기에 마음이 흔들리거나 주의력을 잃으면 안 된다.

"이 근처에 요즘 대박 난 삼겹살집이 있다는데 거기 가보고 싶어요. 어른들은 기름진 걸 꺼려하긴 하지만요."

"미스 최가 좋다면 그렇게 하지."

양보하는 척하지만 아마도 촌스러운 모 사장은 소주에 삼겹살 취향일 것이다.

시아의 작전대로 상대가 끌려온다. 식사메뉴를 잡는데 우선 성공이다. 부담스런 식사 값으로 입장이 바뀔 수 있다는 걸 조심해야 한다.

우선 이마가 마주 닿을 정도로 가까이 앉아서 대화를 한다면 여자가 유리하다. 좁은 공간에서는 여자가 훨씬 단단해지기 때문이다. 넓은 공간보다 좁은 공간처리 능력이 뛰어난 게 여자다. 상대적으로 목소리 크기가 거의 같아지는 조건이 된다.

시아가 마음속으로 정해놓은 가격은 이천만 원이다. 적정한 가격이란 이유는 먼저 구매한 A가 만약 계약금을 걸었을 경우 그림값의 10%는 걸었다 치고 그것을 배상해야 한다면 20%가 되어야 한다. 또 다른 해석은 원장과의 친분이 있는 홍 회장한테 넘기는 그림의 값과 모 사장한테 주는 값은 달라야 한다. 더 받아야 한다는 조건이라면 얼마를 더 받아야 할 것인지를 생각해 본다.

처음 시아가 홍 회장한테 내밀었던 그림 값은 이억 원이었다. 그렇다면 그 중간인 일억 오천만 원의 가능성은 있는 값이다. 받고 싶은 값을 다 받을 수는 없다. 많이 양보해서 이천만 원은 안심하고 양심에 가책 없이 받을 을 수 있는 액수가 된다.

숯불에 삼겹살을 열심히 구우면서도 시아는 머릿속으로 복잡하게 그림값을 계산하고 있었다.

"그림값 계산이 나왔는가?"

모 사장은 시아의 표정만으로도 무슨 생각을 하고 있는지 알았다. 시아는 또 웃을 수밖에. 또 들켜버린 셈이다. 아무리 약은 체해도 시아는 아직 술수가 왕초보다.

"뜸들이지 말고 간단하게 말해보시오. 난 달라는 대로 줄 각오를 하고 있으니까."

여기서 마음이 약해지면 안 된다고 다짐하지만 시아는 배짱이 약한 탓에 크게 양보하고 만다.

"이천만 원을 얹어주세요. 이유를 말씀드려요?"

"알겠소. 내 평생 그림은 처음 사보는 건데 왜 이렇게 기분이 좋아지는지 모르겠군. 소 그림하고 내 궁합이 잘 맞는가보네."

"회사에 그 작품을 걸면 더 행복해지실 거예요. 회사 운도 바뀔 수 있어요."

"지금은 회사도 잘 나가고 있지. 아무튼 통장 번호를 주시오."

"죄송하지만 그림 대금은 현금으로 주시면 좋겠어요. 우린 통장거래는 잘 안 해요. 이유는 잘 아시잖아요? 세금계산서 필요하세요?"

"영수증 같은 거 필요 없고 그림을 되 물릴 일 없으니까. 그럼 내일 오후에 우리 회사로 내려오시오."

"액자는 우리 마음대로 할까요 아니면 모 사장님께서 직접 고르실래요?"

"그건 그림 전문가 미스 최한테 맡기겠소."

"걱정하지 않으셔도 될 거에요. 저도 그림을 아끼는 마음은 모 사장님 못지않을 거에요."

　　요즘 같은 불경기에 어쭙잖은 그림을 일억에 팔고 이천만 원을 따로 챙길 수 있었던 건 시아의 수완이라기보다 횡재수가 있었다고 봐야 한다. 원장한테 리베이트 까지 받을 테니까. 리베이트는 사양할까도 생각했지만 독한 맘 먹고 받아 챙기기로 한다.

　　이런 기회가 일생에 한두 번 올까 말까 한 것이다. 시아가 돈 없어 거리에 나선다 해도 도와줄 사람은 아무도 없다. 시아는 내일이란 게 없이 떠돌며 살아왔다. 그래도 지금은 월세 단칸방이라도 있다. 며칠씩 밥도 굶어 봤다. 돈 천 원도 없어 꼼짝달싹하지 못하고 방에만 갇혀 살아보기도 했다.

　　앞으로 그렇게 깊은 수렁에 다시 빠진다면 헤어나지 못할 것이다. 철이 들어가면서 세상에 대한 두려움도 조금씩 커진다. 언제나 시아는 나뭇가지 사이에 얹어놓은 까치집에 올라앉은 것처럼 불안한 상태의 시간을 살아가고 있다. 어디서 갑자기 강풍이 불어와 까치집을 날려버릴지도 모른다.

　　까치집에 사는 것 같은 상태가 열 달째다. 시아가 이 갤러리에 잡을 얻은 이후로 계속 이어지고 있다.

　　갤러리에 올라오는 손님이 커피를 원하면 커피를 뽑아 주고 작품을 보러 온 손님이 작품가격을 물으면 메모해둔 대로 알려 주는 일을 한다. 처음엔 그 정도의 일만 맡겼던 원장이 시아의 미술적 센스와 상업적 수완이 뛰어나다는 걸 인정하곤 본격적인 갤러리의 큐레이터 일을 맡긴다. 원장이 직접 나서지 않아야 할 경우에 시아가 일을 처리하곤 하는데 원장의 마음에 쏙 들었다.

이건 정말 우연이었고 시아도 모르고 있던 재능이었다.

대학은커녕 고등학교 문턱도 못 넘어 본 시아가 미대를 중퇴한 걸로 알려져 있다. 이런 말이 시아 입에서 나온 적이 없었지만 여러 번 그렇지 않다고 변명할 기회가 있었는데도 번번이 그대로 넘겨버린 것이 죄가 될 수도 있다.

어느 날 오후 술 마시기엔 좀 이른 시간에 시아는 호프집으로 들어갔다. 이미 어두운 구석에서 혼자 맥주를 마시던 남자를 만났다. 어디서든 사람을 만날 수 있듯이 그저 같은 시간에 호프를 마시던 사람이다.

남자는 호프 한잔을 단숨에 들이키더니 그를 빤히 바라보고 있는 시아더러 이 근처에서 헤매며 먹고 노는 사람이냐고 농담을 건다. 시아는 조용히 웃는다.

"일을 좀 해보지 않을래요? 척 보니까 먹고 노는 행복한 아가씨 같은데, 일도 좀 하면서 놀면 더 재미있을 텐데요."

갤러리 까페에서 커피를 뽑는 일과 하루에 한두 명 올까 말까 한 갤러리를 지키는 일이라고 했다. 여섯 시면 시계처럼 퇴근하고 점심은 먹여준다는 조건이었다.

인터넷을 매일 뒤져봐도 찾지 못하는 직장을 생판 처음 본 남자 그것도 호프집에서 오다가다 만난 사람이 농담처럼 던진 말이다.

"일 년에 3천 명이 넘는 미대 졸업생이 나오지. 그 애들이 다 화가가 되느냐 하면 어림도 없지. 누가 알아주지도 않는 천재들이 세월이 가고 나이 들면 결국 이 동네에서 미술학원을 열고 레슨하고 아니면 술장수 하지. 그것도 아니면 아가씨처럼 종일 이 거리 저 거리 거지처럼 떠돌지. 저희들은 영원한 예술가라고 말하는 거야. 봐봐, 저 노인도 한때는 화가지망생이었지.”

카운터에 앉아 호프를 마시고 있는 구질구질해 보이는 흰머리의 노인을 가리켰다. 거의 걸인에 가깝다.

시아는 어쩌다가 자기도 모르는 사이에 미술공부를 하다가 낙오된 거지예술가가 되어버렸다.

차라리 거지예술가인체 해볼까. 그것조차도 시아한텐 사치스러운 껍질이다.

“한 달 일하다가 마음에 안 들면 그만둬도 하는 수 없지. 요즘은 일자리도 구하기 어렵지만 사람 구하기는 더 어렵지. 난 그냥 연결만 시켜줄 뿐이라구. 마음 내키면 이 주소로 찾아가 원장을 만나봐. 크게 기대하지는 말구. 잘하면 두 사람 성질이 잘 어울릴 것 같은데.”

푸실푸실한 재생종이 나프킨에다 전화번호 한 개를 적어준다.

이상한 날이다. 그날 처음 만난 남자한테 잡도 소개받고 맥주도 얻어먹었다. 시아는 남자들한테 아주 편안한 여자로 느껴질 것이다. 최악의 경우 옷만 벗으면 될 것을 불편하게 경계하거나 까칠하게 대접할 필요가 없다. 그렇다고 헤픈 여자로 보이고 싶지는 않다. 시아 나름으로 남자를 고르는 취향이 꽤 까다롭다.

분명한 건 시아가 결정해야 한다. 가물가물 촛불이 꺼져갈 때쯤이면 누군가 산소를 공급해주어 불꽃을 다시 살려놓는다. 그 불꽃을 살려 놓는 이가 누구일까.

처음 기대하지 말란 말대로 헛걸음칠 걸 각오하고 찾아간 그 갤러리에서 시아는 벌써 일 년째 일하고 있다. 그동안 그 남자가 갤러리에 놀러 오는 일도 없었고 전화를 걸어오는 일도 없었다. 원장의 태도로 보면 그 남자를 그리 중요한 인물로 대접하지 않는 듯했다. 호프집으로 그 남자를 찾아서 뒤 번 가봤지만 만나지 못했다. 그 동네에서 표구와 그림물감을 도매하는 남자라는 것까지는 알아냈다. 시아 인생에 산소를 후욱 불어넣고 가버린 것 같았다. 시아는 그런 걸 남자 복이라고 생각한다. 시아 주위엔 보이지 않는 남자 귀신들이 빙빙 돌고 있다. 때론 꽹과리를 두드리며 춤을 추는 농악패거리처럼 때론 야구장스탠드에서 웃통 벗고 소리치는 응원단처럼 무리지어 몰려온다. 남자들은 누구나 시아가 가진 것 이상으로 봐주고 시아의 더럽고 나쁜 점은 눈에 보이지 않는 모양이다.

그때 그 남자가 원장한테 시아를 소개할 때 아마도 이렇게 말했을 것이다. 미대 근처에서 유명한 화가가 못 된 걸 한탄하며 떠돌다 망가져가는 아가씨라고, 여러모로 유용하게 부려 먹을 수 있는 아가씨라고.

갤러리에서 일하게 된 이후로 시아는 타의 또는 자의로 자연스럽게 새로운 신분으로 살고 있다. 얻어 입은 남의 옷이지만 그런대로 자연스레 어울리는 것 같다. 그렇지만 자연스럽게 어울려 보이려면 늘 긴장하고 살아야 한다. 마치 높은 나무 꼭대기에 지은 까치집에 사는 새들처럼 떨어지지 않기 위해 가슴 조이고 살아야 한다.

모 사장이 직원을 불러 갤러리까지 호위해준다. 하도 험한 세상이라 18층까지 올라오는 사이에도 무슨 일이 일어날지 모르기 때문이다. 시아도 일억 넘는 현금을 만져보기는 처음이다. 남의 돈이지만 가슴도 손도 떨린다. 갤러리로 들어오자 갤러리 문을 잠근다. 원장한테 인계하기 전까지는 마무리 지었다고 할 수 없는 일이다. 원장도 갤러리를 오픈한 이래로 처음으로 거액을 만져보는 일이어서 기대하며 돌아오고 있을 것이다. 약간 흥분도 되고 불안한 마음을 누르면서 돌아오고 있을 것이다.

원장은 잠겨져있는 문 앞에서 약간 당황한다. 시아가 안에서 원장을 확인하곤 잠금장치를 연다.

"놀랐잖아."

"불안해서요."

"잘했어."

쓰레기통에서 현금 봉투를 꺼내 원장한테 건넨다.

"누가 알아요? 도둑이 든다 해도 쓰레기통을 뒤지지는 않을 거 아니에요?"

"모르는 소리, 사람의 생각은 다 같다는 걸 알아? 쓰레기통을 제일 먼저 뒤져볼걸."

원장은 다소 떨리는 손으로 돈다발을 확인한다. 은행에서 묶은 다발 그대로다. 5만 원권 백 장 묶음 스무 개, 그중에서 한 다발을 꺼내 시아한테 준다.

"수고 많았어."

"감사합니다."

"지금 몇 시지?"

"세신데요."

"입금시키고 올래?"

"제가요? 원장님이 하세요."

"최 부장이 입금시키고 와."

시아는 은행으로 내려간다. 많은 돈이란 좋은 것만도 아니다. 무겁고 거추장스럽고 부담스럽다. 돈이 많아서 불행하다는 걸 조금은 알 것 같다. 지나치게 많은 것보다 없는 편이 낫다. 은행 창구에 가서 돈다발을 은행직원한테 넘길 때까지 몹시 불안한 상태였다.

이제야 개운하다. 이래가지곤 큰돈 벌긴 틀렸다는 생각이 들었다. 돈은 무섭다.

중학교에 입학한 지 열흘도 채 안 되던 날 신발장 구석 켠 자리에 눈에 안 띄게 감춰놓았던 시아의 운동화가 없어졌다. 아이들 모두가 신고 싶어 탐내는 비싼 신발이었던 탓이다. 운동화는 남녀구분이 없는 것이라 꼭 여학생이 가져갔다고 할 수는 없다. 시아는 교실 앞문으로 들어가 아직 집에 가지 않고 남아있는 아이들을 향해서 소리쳤다.

"내 신발 내놔! 누가 내 신발 훔쳐갔어? 누구냐구?"

시아는 울면서 악을 쓰며 발을 동동 굴렀다. 아무도 시아를 위로하지 않는다. 조금 거리를 두고 멀뚱하게 바라보고 있을 뿐이다. 아직 서로 얼굴도 익히지 않은 터에 신발이 없어진 사건이 터진 건 정말 막막한 일이다. 시아는 교무실로 가서 담임선생한테 일렀지만 해결되질 않았다. 꼭 우리 반 아이들의 짓이라고 할 수도 없는 일이라고 시아를 설득시키려 한다. 선생은 펑펑 우는 시아를 달래고 실내화를 신겨서 겨우 집으로 돌려보냈다.

그 다음 날도 다음다음 날도 시아는 학교에 가지 않았다. 학교가 싫어졌다. 그보다도 반 아이들의 얼굴조차 보기 싫어졌다. 중학교에 들어가면 공부에 재미 붙이고 새로운 친구들도 사귀면서 놀아야지 하고 마음먹었는데 한꺼번에 꿈이 사라지고 말았다. 시아는 고립되어 혼자만의 세상으로 숨어버린다.

외양간 청소를 하고 있을 때 누군가 시아의 이름을 부르는 여자의 목소리가 들렸다. 마당 안으로 천천히 들어오는 손님은 담임선생이다. 시아는 외양간 어두운 구석으로 숨는다.

할아버지가 방문을 열고 내다본다.

그들은 마루 끝에 마주 앉더니 들리지는 않지만 시아의 신발 사건에 대하여 얘기하고 있을 것이다. 할아버지는 대문 밖까지 선생을 배웅하곤 곧장 외양간으로 다가온다.

"선생이 왔는데 숨는 건 못된 짓이지."

"보기도 싫으니까."

"선생이 네 신발을 가져갔다는 거야?"

"찾아줄 생각도 하지 않았잖아."

"선생이 도둑 잡는 경찰이냐?"

"몰라. 그딴 학교 가기도 싫어."

"학교 가기 싫으니까 핑계만 찾지? 그러니까 그렇게 비싼 신발을 누가 사래?"

화살이 용수한테로 가는 건 싫다. 그래서 신발 잃어버린 걸 말하지 않으려고 했는데 선생이 찾아와서까지 일을 벌여놓고 간다. 학교에서 학생이 신발을 잃어버린 책임을 다른 사람한테 떠넘기려고 하는 수작이다. 누가 모를까봐서. 학교 아이들도 싫고 선생도 싫다. 도무지 학교가 싫다. 또다시 초등학교 때 버릇이 나온다. 중학교에 가서는 좀 잘 지내보려고 했지만 무엇인지 훼방을 놓는 것 같다.

아무래도 시아가 좋아하는 자리는 학교가 아닌 것은 분명하다. 학교만 가면 좋지 않은 일이 벌어지곤 한다. 할아버지한테 떠밀려 학교에 가긴 갔지만 아이들 얼굴이 모두 도둑놈으로 보이는 건 견디기 힘든 일이다. 시아는 시간마다 다른 교실의 신발장을 살펴본다. 도둑이 그 신발을 신고 학교에 올 리가 없겠지만 시아는 신발에 대한 미련을 버릴 수가 없다. 발에 맞지 않는 큰 신발을 신어야 하는 건 당연하다. 할아버지가 사준 신발이기 때문이다. 반 아이들을 바라보는 시아의 시선은 의심과 적의에 차 있었다. 시아는 반에서 혼자 따돌림당하고 모든 아이들의 적이 되어갔다.

어느 날 시아의 집 마당에 흙탕물에 더러워진 시아의 신발 한 짝이 떨어져있다. 두 달 전에 학교에서 잃어버렸던 빨간색 운동화다. 훔쳐간 게 아니라 아이들이 짜고 감춰버린 것이다.

신발을 발견한 순간 시아는 갑자기 무서운 느낌이 들었다. 오싹하니 소름이 돋는다. 던져진 신발 한 짝은 신발이 아니라 뱀처럼 징그럽고 두려운 존재로 보인다. 무서워서 만질 수도 없다.

발로 차서 마당 한구석으로 던져버렸다. 어떻게 해야 할지 시아의 머리로는 궁리가 나질 않는다.

할아버지가 크게 화가 났다. 아침 일찍 시아를 앞세우고 학교로 달려갔다. 다짜고짜 교장실로 문을 벌컥 열어젖히고 들어섰다.

"이 학교는 아이들을 어떻게 가르치는 거요?"

들고 간 신발 한 짝을 교장 책상에 올려놓고 고함쳤다.

"진정하세요. 할아버진 누구세요?"

"내 손녀딸이 얼마 전에 학교에서 새 신발을 잃어버렸소. 아이들 마음이라 얼마나 신어보고 싶었으면 훔쳐갔을까 하고 속으로 미안한 마음도 없진 않았소. 그런데 어제 그 한 짝을 이렇게 더럽혀 가지고 우리 집 마당에 던지고 갔소. 아무래도 경찰을 불러야겠소."

"담임을 불러 자세히 설명을 들어봅시다."

"교장이 해결하시오. 담임은 이미 해결하지 못한 일이니까."

선생들이 교장실로 몰려들었다. 시아가 할아버지를 붙잡고 말리지만 할아버지는 길길이 뛰며 무식하게 고함을 지른다. 그렇지만 속으로는 후련한 느낌이 든다. 할아버지도 피가 뜨거운 사람이다. 옳지 않은 걸 그냥 넘기지 못하는 성미다.

"어떤 녀석인지 찾아내시오. 그리고 퇴학을 시키든지 경찰에 넘기든지 하시오."

"예, 예. 철저하게 조사해서 찾아내겠어요. 죄송합니다."

교장의 사과를 단단히 받아내곤 할아버지는 시아의 손을 잡고 집으로 돌아왔다.

"다른 학교로 전학을 하든지 그 못된 아이를 잡아내서 그 아이를 딴 학교로 보내든지 둘 중에 하라고 하자."

할아버지가 그처럼 멋진 사람인 줄 몰랐다.

"내가 젊었을 땐 어촌계장도 했다. 사람들이 다 날 무서워했지. 옳은 말만 했고 판가름을 명확하게 했거든. 겁먹지 마라. 해결이 잘 될 거야."

시아는 어쨌거나 당분간 학교에 안 가도 되는 게 더 기쁘다. 이제는 신발을 찾든 나쁜 짓을 한 녀석을 찾든 상관없다. 할아버지가 시아를 위해 학교에 가서 고함을 지르고 교장의 사과를 받아냈다는 것이 시원하다.

이제부터는 아이들 누구도 시아를 만만하게 보지 않을 것이며 선생들조차도 시아를 껄끄러워하면서 멀리했다. 되도록 일을 만들지 않도록 했다. 시아가 결석을 자주 하든 숙제를 하지 않고 오든 상관하지 않았다. 완전히 제외된 것이다. 얼마 동안은 그렇게 지내는 것이 편했지만 조금씩 쓸쓸해지다가 화가 났다.

빨리 여름방학이 되었으면 좋겠다. 아주 학교에 다니지 않았으면 좋겠다. 방학이 되려면 아직도 일주일하고 3일이나 더 남았다. 방학이 되면 무엇을 하고 싶은지에 대해서 글을 쓰고 그것을 나가서 발표하기로 했다. 아이들은 자기가 해온 숙제를 들고 나가서 큰 소리로 읽었다. 시아의 생각과 같은 아이는 한 명도 없었다. 모두 철없고 바보 같은 생각들이다. 아이들이 글을 읽을 때 시아는 딴생각을 하고 있었다. 이번 여름 방학엔 할아버지하고 같이 어항에 나가서 일하고 싶다. 돈 버는 일이라면 재미있을 것 같다. 어항에서 할 일이 없다면 용수 아저씨한테 다른 일을 부탁해봐야겠다.

어항에 있는 횟집에서 잔심부름을 할 수도 있다. 할아버지만 허락을 한다면 시아는 자기 힘으로 일거리를 찾아볼 수도 있다.

먼저 일거리를 알아보고 나서 나중에 할아버지의 허락을 받거나 떼를 쓸 수도 있다. 어항이라면 할아버지 몰래 있을 수 있는 데는 없을 것이다. 차라리 용수 아저씨가 소개해주는 쪽이 쉬울 수도 있다. 시아는 꿈을 꾼다. 돈을 많이 벌어서 무얼 할까. 사람들은 잘살기 위해서 공부를 열심히 한다지만 공부하지 않아도 잘 살 수 있는 길이 얼마든지 있을 것이다. 돈을 벌면 되니까.

나이 열세 살은 일할 나이가 아니라 많이 자라야 하는 나이라는 거다. 빵집 식당 마트 어묵공장들을 기웃거리며 들어가 말 붙이기 쉬운 주인을 만나면 말을 걸어보았지만 대꾸도 하지 않는다. 하루 만에 일해서 돈을 번다는 헛꿈을 털어버리고 다시 가라앉았다. 무엇을 할 수 있을까 무엇이 될까 시아 앞에 놓인 길 없는 희미한 세상을 바라본다. 목적도 없이 이유도 없이 세상 속으로 걸어가야 하는 것, 사람 사는 길은 그냥 살아가는 것뿐이다.

세상에 처음 던져진 거기서부터 제힘으로 또는 남의 힘을 빌어서라도 살아가도록 되어있는 자기 길이다.

이상하고 무서운 일이 시아한테도 일어났다.

초등학교 때 시청각교실에서 호기심과 수치스러움으로 범벅이 된 채 여자의 생리에 대해서 배운 적이 있다. 여자의 생리에 대해서 양호선생이 천연덕스럽게 가르쳤다. 언니나 본인의 경험으로 이미 알고 있던 아이도 있었고 시아처럼 언니도 없고 엄마도 없이 집안에 여자라곤 없는 집에서 자라서 아무것도 모르고 있는 아이들도 있었다. 그때 막연하게 알게 된 그 충격적인 일이 시아한테 언젠가 생길 것이라고 짐작하고 있긴 했지만 이렇게 아무 예고도 없이 닥칠 것이라고는 알지 못했다.

할아버지한테 알려야 하나마나. 할아버지는 시아한테 할아버지이기도 하고 아버지이기도 하고 엄마이기도 한 사람이다. 단 한 사람의 혈육이다.

저녁 내내 화장실을 드나들었다. 한 번 들어가선 나오지 못하고 앉아서 한참 동안 울었다.

여자로 태어난 게 오늘처럼 후회스럽고 부끄러웠던 건 처음이다. 방에 들어가 앉아있을 수도 없을 것 같았다. 하는 수 없이 화장실에 앉아서 시간을 보낼 수밖에 없다.

아랫목에 새우처럼 꼬부리고 벽 쪽으로 모로 누워있는 할아버지를 본다. 늘 시아 쪽으로 등을 돌리고 눕는다. 밤에 할아버지는 몹시 코를 고는데 시아도 잠이 들기 전까지는 시끄럽다 생각하지만 잠에 떨어지고 나면 아무 소리도 들리지 않게 된다.

할아버지는 벽을 향해 누운 채 아직 잠이 들지 않은 상태다. 시아가 살금살금 들어와 이불 속으로 몸을 미끄러뜨려 들어간다.

"할아버지, 자?"

"안 잔다. 먹은 게 체했냐? 왜 그리 화장실엘 들락거려? 속이 안 좋은 거야?"

어떻게 말할까. 배가 아프다고 하나 .

할아버지는 천천히 일어나 앉는다. 시아는 편안하게 누울 수도 없어서 다리를 꼬부리고 누웠다.

"왜 그러는 거야? 어디가 아파, 말을 해야 알지."

시아는 눈물이 난다. 오늘 처음으로 엄마가 없다는 것이 슬픔이라는 것을 알았다.

"엄마."

시아는 태어나서 처음으로 엄마를 부르며 울음을 터뜨린다.

할아버지는 이불을 덮어쓰고 우는 시아를 이불째로 끌어안아주며 다독거린다.

"아가야 울지 마라. 이 할아버지한테 다 말해라. 뭐든지 들어줄 테니까. 세상에 없는 어미는 뭣 하러 불러."

시아는 할아버지가 다독거릴수록 더 크게 흐느낀다.

"학교에서 뭔 일이 있었던 거야?"

할아버지는 이불자락을 열어젖히고 시아의 얼굴을 마주 본다. 눈물을 손으로 밀어준다. 그래도 시아의 눈물은 멎지 않는다.

"학교가 그렇게 싫으면 안 다녀도 된다. 공부가 뭐 별거냐? 못된 놈들 우리 시아를 왜 괴롭혀? 내일 내가 학교에 가서 또 혼을 내 주마. 울지 말래 두."

할아버지도 시아를 달래다 못해 이젠 화를 낸다.

시아도 이제 그만 할아버지 속을 썩여야겠단 생각이 든다. 고생만 하는 불쌍한 할아버지를 더 이상 괴롭히면 안 된다는 생각이 든다.

시아는 마음을 가다듬고 울음을 그치고 말을 꺼내려고 한다.

"피가 나."

"피? 어디? 다쳤어?"

할아버지가 당황하며 상처를 찾아 시아의 몸을 살피려고 한다.

"아니 다친 게 아니라 거기서 피가 나온다구."

할아버지는 눈을 감고 잠시 아무 말도 하지 않다가 다시 시아를 포근하게 안아준다.

"알았다 그래그래. 이럴 때 어미가 있어야 하는 건데. 그건 울 일이 아니야. 네가 다 자란 거야. 인제 어른이 된 거야. 가만있거라. 내가 마트에 갔다 오마."

할아버지는 급하게 밖으로 나갔다. 할아버지가 급히 움직이면 바람이 일었다. 날아다니는 것 같다.

얼마 뒤에 순덕이네가 방문을 열고 들어왔다. 할아버지가 순덕이네한테 부탁한 모양이다.

비닐봉지에 담아온 물건들을 이불 위에 꺼내놓고 설명한다.

"다 알아요. 학교에서 배웠어요. 거기 놓고 가세요."

순덕이네가 가엾다는 듯 혀를 차면서 사라지고 나서 시아는 낯선 그 물건들을 바라본다. 구질구질한 물건들이다. 무엇인가

어두운 곳으로부터 꿈틀거리며 접근해오는 불행의 기운이 시아
의 몸속으로 들어온다. 그리고 한숨이 나온다.

다 컸다 구?

바로 다음 날 아침에 소가 두 번째 새끼를 낳았다. 이번 송아
지가 좀 자라면 어미 소를 내다 팔 예정이다. 아마도 도살장에
보내는 모양이다.

2부

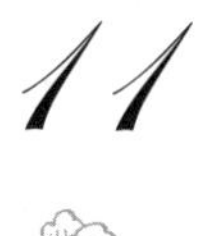

시아는 한 달째 학교에 가지 않고 집에서 놀았다. 할아버지도 시아가 하는 대로 내버려두고 만다. 공부하는 게 뭐 그리 중요한 건가 라고 생각한다. 오래 산 사람들은 다 그렇게 생각한다. 그 까짓 산수 문제 영어단어 몇 개 더 안다고 해서 사람 사는데 크게 영향을 미치지는 않는다. 일자무식한 놈도 돈 잘 벌고 몸 건강하면 되는 거다. 더욱이 시아 같은 여자아이는 사내 잘 만나서 시집만 잘 가면 그만이다. 시아는 제 어미 닮아서 인물이 곱상하니 아마도 사내 하나는 잘 만날 것 같은 생각이 든다. 모진 운명 타고나 어린 나이에 어미 아비 다 잃었는데 사내 복이라도 있어야 할 것 아닌가. 세상 모든 건 공평하다 하지 않았는가.

시아가 집안에 종일 구겨 박혀있는 건 모양 사납지만 집안 일에 취미라도 붙여서 밥 짓고 집 안 청소 잘해서 집안이 반들반들 윤이 나는 걸 보면 흐뭇해지기도 한다.

시아가 학교 공부에 취미 없는데 억지로 학교로 밀어 보낸다는 것이 가엾다는 생각이다.

그래서 늙은 부모가 아이를 망칠 수밖에 없다. 늙으면 세상 일이 모두 시들해서 중요한 게 한 가지도 없다. 그냥 사는 거다. 오랫동안 살아온 시간들을 돌이켜 봐도 그렇게 애써 살아온 결과가 아무것도 아니라는 걸 진작 알고 말았다.

그렇다고 집 밖에 나가서 돌아다니는 것도 아니고 학교에만 가지 않을 뿐이지 다른 걸로 속 썩이는 짓은 한 가지도 하지 않는다.

시아는 집안에 있는 듯 마는 듯 얌전하게 집 안에서만 지냈다.

가끔 용수가 빌려다 주는 만화로 된 역사책을 오래 걸려 읽었다. 한 번도 돌려줘야 한다는 날짜 안에 다 읽는 적이 없다. 그래도 싫다 하지 않고 끝까지 읽는 것만으로도 기특하다.

조심스럽게 학교에 다시 다니고 싶지 않느냐고 물으면 시아는 아무 대꾸도 하지 않는다. 이 아이가 커서 뭐가 되려고 그러는지 걱정된다. 철이 들어 후회할 나이가 되면 이미 늦어버려 돌이킬 수 없다는 걸 용수는 안다. 하다못해 시장 바닥에서 잔심부름하는 일을 하려고 해도 중학교는 나와야 한다는 걸 시아한테 일러 주고 싶었다.

언젠가는 시아 혼자서 세상을 살아가야 할 텐데 그때 가서 시간을 되돌릴 수 없는 것이다. 언제까지나 할아버지가 밥벌이를 할 수 있는 게 아니다. 곧 시아가 돈을 벌어 할아버지를 부양

118

해야만 할 때가 올 수도 있다.

그렇지만 지금부터 그런 걱정을 미리 안겨줄 필요는 없다. 그러지 않아도 불쌍하게 자라고 있는 아이다.

시아에게 무슨 희망이 있고 즐거움이 있을까. 그냥 하루하루를 살아가는 거다. 그렇다고 화가 나는 것도 아니다. 즐거운 일이 무엇인지도 모른다. 다른 길이 있다는 걸 알지 못하기 때문이다. 지금은 할아버지가 시아더러 가기 싫은 학교에 가서 앉아있으라고 하지 않는 것만으로 좋다.

시아는 할 일 없을 땐 방에 걸려있는 긴 거울을 방바닥에 내려놓고 마주 앉는다. 머리 가르마를 왼쪽으로 타서 빗어보고 두 갈래로 머리카락을 땋아본다. 그 끝머리에 고무줄로 묶는다.

머리숱이 너무 많아 두 갈래로 땋아 묶고 나면 팔이 저리다.

마당에서 용수가 부른다.

시아는 거울을 얼른 제자리에 걸어놓고 방문을 열고 내다본다. 뜨거운 붕어빵 봉지를 내민다.

"어쭈, 머리를 그렇게 땋으니까 아가씨처럼 예쁜데. 점심 먹었니? 붕어빵 먹을래?"

시아는 넙죽 빵 봉지를 받아 붕어빵 한 개를 꺼내 입에 가져간다.

"조심해. 뜨거울 거야. 입 델 텐데."

"나도 알아. 전에 뜨거워서 혼났거든. 용수 아저씨도 한 개 먹어."

"우린 그런 거 안 좋아해. 여자애들이나 좋아하지. 시아 먹으라고 사온 거야."

용수는 마루 끝에 걸터앉으며 방 안 벽에 걸린 시계를 본다. 오후 두 시다.

"너, 오늘도 학교 안 갔어?"

시아는 붕어빵을 한입 베어 물고는 먹고 있다는 핑계로 용수가 묻는 말에 대꾸하지 않는다. 댈 이유가 없다는 걸 안다. 용수도 다시는 묻지 않는다. 대문 쪽에 세워두었던 오토바이를 끌고 돌아서면서 그냥 손을 뒤로 저어 보인다. 용수가 조금은 화가 난 것 같다. 시아가 학교에 안 간 것하고 묻는 말에 대꾸하지 않은 것 두 가지 잘못을 저질렀기 때문이라는 걸 안다.

그렇지만 그건 용수가 화낸다고 말을 들을 시아가 아니다. 시아는 이 세상에서 무서울 게 아무것도 없다. 할아버지도 무섭지 않다.

심심하고 나른해진다. 붕어빵 한 봉지를 다 먹고 나머지 배를 물로 채우고 낮잠을 자고 일어나도 해는 아직도 중천에 있다.

할아버지만큼 늙으려면 얼마나 오래 걸려야 할까. 늙어서 죽으려면 또 얼마나 걸리는 걸까.

그래서 사람들은 쓸데없는 일로 시끄럽게 싸우며 떠들고 애쓰며 사는 모양이다.

시아는 이제부터 살살 돈 벌 궁리를 해봐야 할 것 같다. 어시장에 나가보면 잔심부름을 해주고 쉽게 돈을 벌 수 있을 것 같다. 할아버지만 허락한다면 간단하다. 아예 할아버지한테 일자리를 부탁하는 길이 더 빠를 것 같다. 그렇게만 되면 일자리를 구하는 것과 할아버지의 허락을 얻는 것이 동시에 해결되는 셈이다.

할아버지는 시아를 데리고 어시장으로 나간다. 시장 초입에서부터 주욱 훑어가며 구경시킨다.

"마음에 드는 집이 있으면 말해라. 무슨 일이든 시켜달라고 부탁해 볼 테니까. 이 할아비 말 한마디면 다 들어줄 사람들이니까."

어미 아비 없는 손녀딸을 불쌍해서라도 잘 키워보려 했지만 제가 싫다는데야 다른 약이 없다. 저하고 싶다는 대로 도와줄 수밖에.

시아는 규모도 크고 깨끗해 보이는 건어물가게를 찍는다. 주인인듯한 부부의 얼굴 표정이 마음에 든다. 두 사람 모두 비만한 체구다. 그리 까다로울 것 같지 않은 인상에 나이도 많아 보인다. 점포 밖에는 유리로 된 냉장 진열장이 차지하고 안쪽에는 건어물을 쌓아 놓고 매달아 놓아 잘 들여다보이지 않는다.

시아를 밖에 세워 놓고 할아버지는 점포 안으로 들어간다.

"저 아이가 학교에도 안 갈라 하고 집에서 노는 것도 이젠 싫증이 난 모양이니 아무 일이나 시켜만 주면 잘할 수 있을 거요. 돈은 어째도 좋으니 데리고만 있어주시오. 돈을 얹어달라면 그렇게라도 할 생각이요."

할아버지의 말에는 힘이 있다. 누구도 거절하거나 이유를 댈 여유를 주지 않는다. 잠시 뜸을 들이려는 사이에 할아버지는 밖에 있는 시아를 불러들인다.

"인사드려라. 이 아이가 내 손녀요. 눈치 빠르고 바지런하고 아마 시키는 대로 잘 할거라 믿소. 아님 당장 내일이라도 쫓아보내시오. 어미 없이 키워 버릇은 좀 없을 테지만서도 잘 가르쳐주시오."

할아버지는 시아를 일방적으로 던져 넣듯이 건어물 가게에 맡겨버린다. 오랫동안 안면 있는 사람들인데다가 할아버지의 부탁이라면 군말 없이 들어줄만한 사정이 있는 듯했다.

어시장에서는 어른으로 통하는데다가 항상 바른말로 신뢰를 받아온 어른이다.

지금은 시들한 일을 하고 있지만 한때는 커다란 고깃배를 가지고 큰소리치고 살았던 어른이라는 걸 모르는 사람이 없다.

"그 애기가 벌써 이렇게 컸습니까?"

여주인이 시아의 머리를 쓰다듬으며 감회어린 눈빛으로 살핀다.

그 애기란 말이 무슨 말인지 시아는 알아들었다. 태풍에 쓸려나간 흙더미 속 장롱 구석에서 찾아낸 애기란 뜻이다. 그때 동네 사람들은 고개를 저으며 운명이 기구한 애기 구경을 하였었다.

"그렇지. 벌써 십 년이 흘렀으니까."

"그나저나 무슨 일을 시켜야 할까요?"

"아무거나 시키면 잘 할거라니까요. 강아지보다 날 거요."

"너는 학교를 다녀야지 시장바닥에서 크면 어쩌냐?"

"내 말이 그 말이지요. 그러나 학교엔 취미가 영 없다니까 어쩌겠오?"

"알겠습니다. 어르신 말씀을 어떻게 거절하겠습니까? 내일부터 보내세요."

어시장에서 집으로 돌아오는 길에 국밥집에 들러 점심 겸 저녁을 먹었다. 심심하게 할아버지가 국밥만 떠먹는 걸 보다가 시아는 작은 소리로 묻는다.

"할아버지, 웬일로 소주는 안 드셔요?"

"안 마시는 날도 있어야지. 그게 뭐 좋은 거라고 매일 마시겠냐?"

"할아버지 화난 거 아니지요? 나 학교 안 간다고."

"공부가 뭐 밥 먹여 주냐? 사람이 사는데 저 좋아하는 거 하면서 살아야지. 공부가 하기 싫으면 못하는 거지. 그렇지만 언제라도 학교에 가고 싶어지면 말하거라. 그때 가서 학교에 다녀도 상관없는 거다. 알았지?"

시아는 뜨거운 국밥을 한입 가득 떠 넣고는 대답을 하지 않는다. 입안 가득 국밥이 들어있어서 대답을 못하는 것처럼 꾸몄지만 실은 대답이 하기 싫은 거다. 시아는 늘 그렇게 대꾸하지 않는 법을 몸에 익혔다. 다시는 학교에 다니고 싶은 마음이 눈곱만큼도 나지 않을 거다. 이제부터 다른 세상에서 마음대로 살아갈 거다.

한편으론 시아가 세상일에 일찍 눈을 뜬다는 건 잘 된 일이다.

만일 할아버지가 무슨 일이라도 당한다면 갑자기 세상에 홀로 던져질 텐데 조금씩 미리 철이 들어가는 것도 나쁜 일은 아니다.

건어물가게에 출근하던 날 시아는 할아버지 손을 잡고 깡충거리며 매달려갔다. 초등학교에 입학하던 날이 생각난다. 중학교에 입학하던 날도 생각난다. 어디든 새로운 자리에 서게 된다는 것은 흥분할만한 일이다. 집안에서 하루 종일 빈둥거리며 시간을 보내는 것보다 나쁠 건 없다. 점점 넓은 세상으로 나가는 것만은 틀림없다. 초등학교에서 중학교로 중학교에서 장터로 나가는 게 아닌가. 사람들을 더 많이 만날 수 있는 자리로 옮겨가고 있는 거다. 시아의 가슴은 마구 뛰고 있다. 무엇인지 모르지만 새로운 기운이 시아를 반기는 것 같았다. 이제 막 가게들이 문을 열고 안에 두었던 물건들을 길 밖으로 내다 진열하는 사람들의 어깨 위로 바다 위를 건너온 햇살이 비춘다. 맑고 깨끗한 삶의 은총이다. 매일매일 시아의 어깨 위에도 맑은 은총이 내릴 것이다.

시아가 일할 그 점포 앞에 닿았을 때엔 이미 개점정리를 다 끝내 놓고 주인아저씨는 종이컵에 커피를 타서 마시며 의자에 앉아있었다.

부자는 남보다 부지런하다는 걸 먼저 깨달았다. 다른 작은 점포들은 지금 막 점포를 펴는 중이었는데 이미 정리를 끝내 놓고 손님 맞을 준비를 하고 기다리고 있다.

“우리가 늦었구려.”

할아버지는 사과하는 말로 인사를 건넨다.

"아닙니다. 얘가 일찍 나와도 할 일이 없는데요, 뭘."

시아가 이 점포에 꼭 필요한 존재가 아님을 또 강조하는 셈이다. 할아버지도 그 뜻을 알아들었지만 그냥 넘겨버리는 것 같았다. 시아도 알아들을 수 있는 말을 할아버지가 못 알아들을 리가 없었다.

"내일부턴 더 일찍 보내겠소."

"예."

점포주인의 간단하고 귀찮다는 듯한 대꾸가 두 사람을 향해 펀치처럼 날아왔다.

시아 일만 아니었으면 할아버지가 이 남자한테 저자세가 되지 않아도 된다는 걸 시아는 눈치로 다 알고 있다.

세상은 모두 돈으로 질서가 만들어지는 게 분명하다. 나이도 아니고 학벌도 아니다.

그러지 않아도 늙어 초췌하게 보이는 할아버지의 모습이 그토록 활기를 주며 기운차게 비추는 햇살 아래서도 맥이 살아보이질 않는다.

점포 주인한테도 아니고 시아한테도 아닌 어정쩡한 인사를 건네고 할아버지는 부두 쪽으로 걸어간다. 시아는 할아버지의 사라져가는 모습을 보면서 처음으로 할아버지가 불쌍하다는 생각을 한다. 돈을 많이 벌어서 할아버지한테 갖다 드려야지 집에서 편히 쉬게 해 드리고싶단 생각을 한다.

무슨 일이 있어도 참고 견뎌야지 이제부터 할아버지를 위해 돈을 모을 거다.

"너 이름이 뭐라고 했지?"

"시아요. 최 시아에요."

"음, 시아. 시아야 뒤쪽에 돌아가면 잡동사니들이 쌓여있는데 신문지들만 골라 잘 펴서 물건 팔 때 포장지로 쓸 거니까 쓰기 편리하게 정리해라."

뒤쪽이라는 곳, 점포의 안쪽을 말하는 것인데 창고도 아니고 길고 좁은 공간에 잡다한 물건들이 어지럽게 채워져 있는 장소다. 당장 필요 없는 물건들을 되는대로 던져두고 점포의 이용면적을 조금이라도 넓히려는 목적으로 쓰이는 곳이다.

신문지라고 했지만 신문지 보다는 다른 쓰레기 같은 것들이 더 많다. 우선 그 안에서 신문지들을 골라내는 일을 한다. 그러면서 이것저것 같은 것들을 분류한다.

어둡고 좁은 자리에서 꼼짝달싹할 수 없이 같은 자세로 앉아서 일을 하게 된다. 다리가 저려온다. 어둡고 답답한 장소에서 오랫동안 일에 집중하다 보니까 눈도 어른거린다. 골라내려는 신문지보다 다른 것들이 더 많다. 상당히 긴 시간 일을 한 것 같은데 일한 성과는 별로 보이지 않는다. 이래서야 일을 한다고 돈을 받을 수 있을까.

"시아야. 이리 나와 점심 먹자."

점포 구석에 놓인 작은 테이블에 밥상을 차려 놓고 시아를 부른다. 언제 왔는지 아줌마가 집에서 점심을 날라 온 것 같았다. 커다란 얼굴에 하얗게 분을 발라 화장품 냄새를 몹시 풍긴다. 지금까지 시아는 이런 냄새를 한 번도 맡아 본 적이 없다. 처음에 그렇게 강렬하던 냄새가 솔솔 옅어지기 시작한다. 금세 화장품 냄새에 익숙해지고 있다.

"반찬은 없지만 시장에서 시켜 먹는 것보다 낫단다. 사 먹으면 조미료를 많이 넣어서 나중에는 암에 걸린다구 사장님은 절대로 밖에서 안 사 드셔. 호호호호호."

말은 시아 들으라고 하는데 시선은 사장님한테만 향하고 있다. 아줌마의 웃음소리가 오랫동안 그치지 않았다.

"애가 일을 잘 하는구만. 파고드는 성민지 한 번도 밖에 나오지 않고 구겨 박혀서 제 할 일만 하는 거야. 신통하기도 하지."

"하기야 최씨 아저씨가 보통 분이우? 부지런하기로 동해에서 이름난 분인데요. 이젠 늙어서 그렇게 밀려난 거지. 세월에 장사 있습디까?"

"태풍에 아들 며느리를 몽땅 잃고 저 노인이 어찌 사나 했는데 목숨이 질겨 오늘까지 살아 가시는구만."

시아를 앞에 놓고 지난 일을 들춰내며 주거니 받거니 밥상머리의 대화로 이어간다. 시아는 그 끔찍한 사건에 대해서 할아버지한테는 직접 들어본 적이 없는데 동네 사람들한테서 간접으로 들은 것만으로 철들어 경험한 것처럼 생생하다.

마치 출생의 비밀을 소상히 알고 있다는 듯 개구멍받이를 앞에 놓고 얘기하듯 한다. 밥이 목으로 넘어가지 않는다. 조미료를 넣지 않고 만들든 말든 오랜만에 식구들끼리 먹는 밥상 앞에 앉아서 숟가락을 잡은 것 같았는데 또 태풍 얘기가 나온다. 시아만 보면 사람들은 태풍을 생각하게 되는가 보다.

별일도 아닌 게 쉴 틈 없이 이어진다. 시킬 일도 없을 거라던 말은 헛말이었다. 이 구석에도 저 구석에도 시아의 손이 필요하다. 눈에 보이지 않는 일들이 생겨서 자리에 엉덩이 붙일 틈이 없다. 자동청소기처럼 굴러다녀야 한다.

시아가 부지런하게 움직인 보람 있어서 가게 안이 깔끔해졌고 좁았던 통로도 널찍해졌다. 놀고 난 뒤는 없어도 일한 뒤는 있다더니 시아 손이 간 자리는 윤기마저 돌았다. 어디서 이런 보물이 굴러들어왔는지 볼수록 신기한 생각이 드는지 시아한테서 눈을 떼지 못한다. 점심으로 찌개 한 가지뿐인데 지금까지 먹어보지 못한 맛이다. 시아가 얼마나 맛있게 먹는지 먹는 모습도 복스럽다. 한 가지가 맘에 들면 무슨 짓을 해도 흠이 되지 않는 게 사람의 간사한 기분이다.

일하는 시간이 점점 길어진다. 시키는 일만 하는 게 아니고 일을 찾아서 하다 보면 일이 제시간에 끝나지 않는다. 열다섯 살짜리 아이라고 생각되지 않을 만큼 숙성하다.

아무래도 부모 없이 자란 아이여서 올될 수도 있다. 어디 가나 기죽어 자라다 보면 자기 힘에 겨워도 견뎌내곤 한 탓이다. 웬만하면 조금 힘든 건 참고 만다.

128

어린 시아한테는 일이 힘에 겨웠다. 그래도 이를 악물고 견뎌
내기로 한다. 학교 가는 것보다 백배 나은 일이다. 하기 싫은 공
부를 하지 않아서 좋고 몇 푼이 될는지 날이 차면 월급을 받을
테고 하루 종일 사람 구경할 수 있는 게 무엇보다 좋다.

아주머니가 청바지 한 벌을 사 입혀준다. 시아는 들락거릴 때
마다 가게 유리창에 자기 모습을 비춰본다. 길지도 않고 짧지도
않은 촌티 나는 치마를 입었을 때보다 훨씬 몸매가 난다. 점점
학교 다니는 아이들하고는 모습이 달라지기 시작한다. 아가씨티
가 난다고 할까.

머리 손질도 아주머니를 따라가 미장원에서 자른다. 나이보
다 훨씬 숙성해 보인다.

이웃 가게 사람들이 시아가 변해가는 걸 보면서 놀란다. 시아
자신도 수직으로 오르는 변화의 높이를 느끼며 현기증을 느낀다.

가게 문을 닫고 집에 갈 시간에 용수 아저씨가 들렀다. 그의 오
토바이 뒷자리에 탄다. 시아는 처음으로 이런 생각을 한다. 이젠
오토바이 뒷자리에 매달려 다니는 건 하지 말아야 할 것 같다고.

동네 어귀에 와서 오토바이를 멈추고 시아가 내린다. 용수는
엔진을 끄고 오토바이를 끌고 천천히 시아의 걸음걸이에 맞춰
걷는다.

"일이 힘들지?"

"아니, 재미있어 ."

"일하는 게 재미있다니까 인젠 너는 학교에 다시 돌아가지

못하겠구나. 하긴 공부해서 뭘 하냐, 잘 살기만 하면 되는 거지."

"난 일해서 돈 많이 벌 거야. 돈 벌면 잘 살 수 있어."

"넌 아직 돈 벌 나이가 아니거든. 그냥 심심하니까 잠시 그렇게 지내는 거야. 어린애가 돈에 욕심내면 안 돼."

시아는 용수가 괜히 어른스러운 체하려고 그런 말을 하는 거라는 걸 다 알고 있다.

용수가 알고 있는 것처럼 시아는 절대로 다시는 학교에 돌아가지 않을 거다. 어시장에서 살아가는 기술을 다 배울 생각이다. 그곳에 모든 게 들어있다는 걸 알 수 있었다. 거기엔 돈이 있고 사람이 있고 시간이 있고 거짓이 있다. 그걸 다 배우면 살아갈 준비가 되는 셈이다.

내키지 않더라도 다른 사람의 마음에 들게 하는 방법을 알게 되고 결국은 그것이 나중에 이기는 길이라는 걸 알게 된다. 시아는 건어물가게 주인이 좋아할 일을 하루 한 가지씩 찾아서 해놓았다. 진열장 유리를 닦는 일은 생각지도 못했던 일이다. 바깥쪽 안쪽에서 유리를 닦아 놓으면 투명해서 진열장 안에 있는 식품이 보다 신선해 보인다. 성에도 잘 끼지 않는다.

"난 맘만 먹으면 뭐든지 잘할 수 있거든."

"나이에 딱 맞게 자라는 게 좋은 거야. 웃자라면 낫으로 베이게 되지. 좋은 열매를 맺지 못하게 되니까."

그래도 시아는 용수가 걱정한 대로 웃자란다. 어른인지 아이인지 모르게 제 나이보다 몸도 생각도 어른스러워진다.

130

어항은 해만 지면 캄캄한 바다가 코앞까지 덮인다. 자세히 살펴보지 않으면 배가 물 위에 떠있는 건지 그냥 부두에 묶여져 있는 건지 구분하기 힘들다.

주인아저씨가 가게 마감을 하고 셔터를 내린다.

시아는 시장 어귀에서 길이 갈린다.

주인아저씨는 시내로 들어가는 길로 꺾어져 가고 시아는 학교 뒤 산동네로 가는 길로 올라간다. 한 걸음만 올라가도 길은 어두워진다. 왼쪽으론 산 그림자가 울타리처럼 이어져있다. 사람 사는 동네가 아니다. 그래도 시아는 늘 다니던 길이기 때문에 조금도 겁나지 않는다. 그냥 조금 걸어 올라가기만 하면 집 앞에 닿는다. 눈감고도 갈 수 있는 길이다.

낮에 보면 파란색 나무 대문이 보이지만 밤엔 아무 색깔도 구분할 수가 없다. 그 파란 색깔 대문은 언제나 열려있었다. 이 집은 아무것도 가져갈 것이 없는 집이란 의미라고 할아버지가 우스갯소리로 말하는 걸 여러 번 들었다.

어두워서 보이지 않아도 파란 색깔의 나무 대문이 곧 나타날 것이라고 짐작한다. 발이 알고 있다. 산동네에서 맨 끝 집이다.

동네라곤 하지만 몇 채 안 되는 납작한 집들이 서로 들여다보이지 않게 방향을 잡고 앉혀져 있다. 그 집들은 옆집에서 무슨 일이 나도 알 수 없을 만큼 조금씩 떨어져 있다. 어차피 집이 들어선 땅만이 대지로 등기되어 있을 뿐 집 주변 땅들은 국유지로 된 산이다. 지난 태풍 때 집을 잃은 사람들에게 나누어준 집터인데 능력 있는 사람들은 이미 살기 불편한 산동네를 떠났다. 더러는 빈집도 있어 동네가 엉성해 보인다.

시아는 빈집 앞을 지나려면 낮에도 조금은 켕기는 무엇이 있다. 이런 어두운 밤엔 머리카락 끝이 쭈뼛쭈뼛 서기도 한다.

그럴 때 시아는 콧노래를 불러가며 아무렇지도 않은 듯 하늘을 쳐다본다. 별도 달도 없다. 그믐인가. 아니면 내일 비가 오려나.

그때 시익 땅바닥을 스쳐 가는 소리가 뒤에서 들린다. 발자국 소리 같지는 않은데 틀림없는 인기척이다. 시아의 뒷덜미에 한 줄 전기가 머리 쪽으로 올라간다. 다리가 땅에 붙는다. 걸음을 옮길 수가 없다. 콧노래도 부를 수 없다. 그 자리에 얼어붙는다. 고개조차 돌릴 수 없다. 이러다 그 자리에 쓰러질 것 같다. 자전거 한 대가 시아를 스치고 지나간다. 치르륵치르륵 또 다른 자전거가 시아 뒤에서 천천히 다가온다. 방금 스쳐 지나간 자전거가 시아의 앞을 가로막는다. 자전거 뒷자리에 타고 있던 사내아이 하나가 자전거에서 사뿐 뛰어내린다.

"타."

"싫어. 넌 뭐야?"

그 다음 말은 필요 없이 어둠 속에서 퍼득거리는 새의 추락처럼 잠시 흔들리다가 조용해지고 다시 자전거 여러 대의 바퀴 소리만 남는다.

시아는 떼로 몰려온 자전거 탄 사내아이들 힘에 들려 어디론가 끌려간다. 이미 자전거 떼는 시아네 집 앞을 지나 산속 숲길로 가고 있다. 어디쯤인지 짐작으로 알긴 하지만 아무도 없는 산속이라는 걸 깨닫고 소리 지를 수도 없다. 시아가 외쳐도 아무도 들을 수 없는 장소였다. 소리치면 소리칠수록 상황이 더 나빠질 뿐이라는 걸 알겠다.

시아는 죽은 셈 치고 조용히 기다렸다. 어떤 사건이 벌어질는지 짐작도 가지 않지만 설마 죽이기야 할까.

어둠 속에서 고만고만한 사내아이들 셋이서 시아를 가운데 놓고 포위한 채로 걸어간다. 아이들의 발소리가 땅을 훑고 가끔은 돌부리에 발이 걸리기도 한다. 조금씩 시야가 열린다.

그때 한 아이가 긴 헝겊으로 시아의 눈을 가린다. 이젠 뿌리치고 달아날 수도 없게 되었다. 포기한다. 어떤 일이 생기더라도 그냥 당할 수밖에 없다. 오르막길이다. 고개를 넘어가면 소 먹이던 산등성이쯤인 것 같다. 산등성이로 올라가기 전에 오른쪽 방향으로 꺾는다.

이 길도 알 것 같다. 좁은 산모퉁이 길이다. 두 사람이 나란히 걷기엔 좁은 산길이다. 사내아이들이 간격을 좁힌다.

시아를 가운데 놓고 몸을 바짝 붙이고 이동한다. 아무도 목소리를 내지 않는다. 가끔 돌부리에 걸려 균형을 잃는 녀석이 있다. 그렇지만 곧 안정된 대열로 행군한다. 마치 늪을 건너는 밀렵꾼들 같다. 어둠 속에서 이렇게 오랫동안 걸어가는 걸 보면 딱히 목적지가 없거나 마땅한 장소를 찾는 중인 것 같다. 이 녀석들은 시아보다 이 산길 지리에 더 어두운 모양이다. 시아 옆에서 옆구리를 바짝 붙이고 걷던 녀석이 시아를 오른쪽으로 밀어붙인다. 앞으로 가지 말고 방향을 틀자는 뜻이다. 오른쪽으로 방향을 틀어 발을 옮기려는 시아의 어깨를 잡아 세게 밀친다. 시아는 중심을 잃고 옆으로 넘어진다. 넘어지면서 나무에 머리를 부딪친다. 아프다. 나무보다 더 단단한 것에 부딪친 것 같다. 돌일까. 시아는 쓰러지면서 머리를 감싸 잡는다. 갑자기 귀에 들리던 소리가 잠잠해진다. 바람 소리도 느낄 수 없다. 어딘지 알 것 같다. 송장굴이다. 태풍 때 수 없이 생겼다는 산비탈에 패인 토굴들이다.

토굴 안에 시체가 쓸려 들어와 있어 사람들은 그 속에서 가족의 시체를 찾아냈다는 송장굴 말이다.

시아를 바로 눕히더니 무거운 몸으로 덮쳐 눌렀다. 한 손으로 시아의 가슴을 눌러 꼼짝할 수 없게 해 놓곤 한 손으로 시아의 바지를 벗긴다. 꼭 끼는 청바지가 그리 쉽게 벗겨지지 않는다.

한 팔로 누르고 있는 갈비뼈가 부러지는 모양이다. 우두둑 소리가 난다. 거칠게 숨을 몰아쉴 뿐 아무 소리도 내지 않는다. 바지가 벗겨지고 팬티가 찢겨진다. 발버둥치고 온몸을 뒤틀어 봐도 소용없다. 한 팔로 누르고 있는 힘은 마치 막대 못으로 가슴을 박인 듯 요지부동이다. 한 손으로 벨트를 풀고 바지를 내린다. 아래쪽에서 목까지 무언가 몽둥이 같은 물체가 밀고 올라오는 걸 느낀다. 이 자식들은 이 짓이 뭔데 이러고 싶을까. 더럽다. 온몸이 찢어발겨지는듯 아프다. 껍질을 벗기고 손톱을 뽑는 고문이 있다더니 이런 걸 두고 하는 말인가 보다. 시아는 이제 몸을 비틀 힘도 남아있지 않았다. 기진맥진 늘어져버렸다. 이대로 죽어버리자. 시체가 되어 아무것도 모르는 시간이 시아의 머릿속에서 지나가고 있다. 두 번째 녀석이 한 팔로 짓누르던 동작을 그대로 이어받아 누르면서 교대한다. 시아가 반항하는 힘이 떨어진 걸 확인한 녀석은 시아의 가슴을 짓누르던 한 팔을 걷어 들인다. 여유 있게 두 손으로 시아의 몸을 더듬는다. 시아는 이제 죽었다. 몸도 마음도 이 세상에 없다.

아무 감각이 없다. 무겁다는 느낌도 가슴을 거칠게 밀어 올리는 힘도 느끼지 못한다. 산산조각이 나서 가루로 흩어져 날리다가 땅으로 가라앉아버린다.

토굴마다 물에 쓸려 내려온 시체들이 박혀있었다더니 그 많은 시체들의 원혼들이 어디선가 지켜보다가 이 녀석들을 모조리 잡아 삼키면 좋겠다. 몸은 죽어 없어지고 혼은 토굴 안에 남아

있다가 이 녀석들에게 원수를 갚을 수 있을 거다.

시아는 긴 잠에서 깨어났다. 겨우 눈을 가늘게 뜬다. 치켜 올라가지 않는 눈꺼풀을 손가락으로 버티려 했지만 손을 눈으로 가져갈 수가 없다. 팔에 시멘트로 기브스를 한 것 같다. 무겁고 감각이 전혀 없다. 손가락 끝에 닿는 느낌이 없다. 땅속 깊은 곳에 파묻힌 것 같다. 누군가 시아를 땅속에 매장시키고 달아난 모양이다.

여보세요, 여보세요……

목소리가 나오질 않는다. 그냥 누워있자. 귀에 들리는 것이 무엇인가 귀를 기울여 보자. 아무것도.

대체 살아있는 것일까. 사람이 죽으면 이렇게 되는 모양이다. 여기가 지옥인가 천당인가. 숨을 쉰다. 살아있는 게 틀림없다. 그런데 왜 아무것도 보이지 않는 것일까. 장님이 된 걸까. 귀머거리가 된 것일까. 보이지도 않고 들리지도 않고 몸도 움직일 수가 없는 게, 목소리조차 나오질 않는다면 분명 살아있다고 할 수 없다.

간신히 팔을 올려 얼굴을 만져본다. 따뜻하다. 살아있다는 생각에 눈물이 쏟아진다. 요만큼만 살고 만다면 좀 억울하지. 몸을 일으켜본다. 머리가 땅바닥에 매어놓은 것처럼 움직일 수가 없다. 조금씩 발끼리 부딪쳐본다. 통증이 허리 쪽으로 기어오른다. 기어오른다 라기보다 길고 가느다란 쇠막대기가 아래쪽에서 위로 솟구치는 것 같다. 통증으로 비명을 질렀지만 밖으로 나오지 않는다. 진공상태처럼 소리가 전해지지 않는 것일까. 시체처럼 움직이지 않고 생각을 정리해본다. 여기가 어디인지부터 해결해야 할 문제인 것 같다. 어두운 곳, 빛이 들어오지 않는 장소, 동굴, 움막이다. 왜 여기 있는 것일까. 어떻게 언제부터 여기에 있었던 것일까. 갑자기 가슴이 조여드는 통증이 느껴진다. 무거운 돌에 짓눌린 느낌과 함께 갈비뼈가 부러져 살을 찢고 삐져나오는 아픔이다. 시아는 숨을 길게 들이쉰다. 가슴이 열리지 않는다. 폐가 닫혀버린 것 같다. 조금씩 조금씩 자주 숨을 들이쉰다. 아주 조금씩 숨이 깊어지는 걸 알 수 있다. 천천히 안으로 숨을 들여보낸다. 그때마다 아픔이 머리 위로 올라온다. 다시 그대로 잠에 빠진다. 땅속으로 가라앉는다. 이대로 땅에 묻혀버린다면 이게 바로 죽는 것이다. 죽기 싫지만 어쩔 수 없다. 여기서 어떻게 헤어나갈 방법이 없다. 그렇지만 죽는 것도 그렇게 무서운 게 아니라는 생각이 든다.

시아가 애기였을 때 홍수에 밀려 떠내려가다가 살아난 것처럼 살아있는 것이나 죽은 것이나 그 경계가 금을 긋듯이 분명한 것이 아닐 것이다. 살아있는 시간의 끝에 죽은 시간이 이어져 있으면서 다시 다른 세상으로 옮겨가는 것이다. 그냥 가만히 기다려 보는 거다. 지금도 이미 몸은 사라지고 영혼만 남아서 떠다니고 있는지도 모른다. 산으로 바다 위로 줄 끊어진 종이 연처럼 가볍게 날아다닌다. 평행으로 날다가 빙그르 돌아서 곤두박질하다가 다시 솟구쳐 오른다. 더 높은 곳에서 바다를 내려다보면서 평화롭게 난다. 할아버지가 배를 타고 나가 고기를 잡는다는 먼 바다가 여기쯤이었을까. 할아버지가 갑판 위에서 길게 누어 담배를 피운다. 할아버지의 눈에 이 종이 연이 보일 텐데.

그물 뭉치를 머리에 베고 하늘의 구름을 본다. 참으로 힘들고 쓸쓸한 세월을 잘 지내고 있다.

아무런 소망도 없이 욕심도 낼 수 없는 지금의 신세가 억울하단 생각조차 없다. 그럭저럭 세월을 흘려보내다 보면 끝이 있을 거라는 생각이다. 그 끝이 이 배 위였으면 좋겠다. 그래서 바다 위에 떠 가다가 작은 점 하나 되어 사라져 가는 거다. 바다 위의 작은 점 하나와 하늘에 높이 날고 있는 한 점의 연 하나가 번갯불 빛줄기가 맞닿듯이 이어진다.

시아는 할아버지 가슴에 손을 대고 흔들어 깨운다. 무거운 바윗덩어리 같다. 체온도 느껴지지 않는 마른 나무 등거리 같다. 강풍이 불어와 맞닿아있는 줄을 끊는다. 시아의 연은 다시 하늘 멀리 날아간다.

그래, 나는 지금 몸이 없는 영혼이다, 아무도 나를 볼 수도, 만질 수도, 느낄 수도 없을 거다. 할아버지를 만질 수도 없는 거다. 그냥 바람이다. 그러다가 절벽을 만나 끝에서 절벽을 타고 급강하한다. 동굴 속으로 빨려 들어간다. 캄캄한 공간이지만 빛에 드러난 듯이 잘 보인다. 바지가 벗겨진 채 속옷 자락이 찢어져 속살이 다 드러난 채로 잠들어있는 시아를 본다.

숨결이 전혀 없다. 코에 손을 대본다. 호흡이 없다. 죽어 있다.

나는 이미 죽고 없다. 가엾은 시아는 이제 겨우 열다섯 살이다. 이 세상에 나와서 봄을 열네 번 맞이한 게 전부다. 아무런 기쁨도 없었다. 그렇지만 아픔도 없었다. 어떤 소망도 채 가지기 전에 그 마음조차도 없어지고 지난 시간 속으로 사라져버리고 말았다. 허무라고 말할 수 있을까. 아예 있어 본 적도 없으니 허무라고도 말할 수 없다. 있던 것이 어처구니없이 사라져 버렸을 때 그걸 허무하다고 말할 것이다. 이럴 땐 무엇이라고 해야 할까.

그냥 돌처럼 나무처럼 놓여있는 상태다. 흥건히 붉은 피로 물든 속옷 위로 찢겨진 속살이 아프게 보인다. 상처 입은 여자다. 어린아이가 아닌 다 자란 여자다. 그렇지만 여기서 끝난 걸까. 나는 운다. 가엾게도 상처 난 내 몸 곁에서 조용히 들여다본다. 이미 아픔은 없어지고 버려진 채로 곧 흙이나 먼지로 바뀌어 사라지고 말 물질이다.

사막 위에서 뜨거운 햇볕에 말라 바스러지는 귀가 큰 사막여우의 종말을 본다. 무서운 짐승한테 쫓기는 것도 아닌데 사막여우는 모래 위를 달린다. 모래바람을 안고 머리를 바람 속에 파묻은 듯 화살처럼 달린다. 달리다가 앞으로 넘어지고 모랫바닥에 가슴을 대는 그때부터 여우는 몸을 일으키지 못한다. 모래 위에 몸을 붙이고 납작한 표본처럼 그림 속의 여우가 된다. 일어나야지, 몸을 일으켜야지 있는 힘을 다 써보지만 이미 납작한 그림이 되어버려 모래 위에 붙어있다. 모래 위에 손가락으로 그린 그림이 바람에 쓸려 없어지듯이 곧 바람에 불려 날아가고 말 것이다.

가루 되어 흩어질 것이다. 티벳 고원에 떠다니던 모래알갱이가 세상 어딘가에 가라앉아 사막이 되고 영혼이 깃들어 바람에 날리다가 이 동굴로 숨어든다면 내 찢겨진 몸을 볼 수 있으리라.

산사태에 쓸려 내려 온 흙탕물에 떠내려가다가 열린 장롱 문틈으로 들어간다. 엄마 뱃속에 헤엄치던 것처럼 편안하다. 입안 가득 흙탕물이 밀려 들어왔다. 온몸에 흙탕물로 가득 채워진다. 입안 가득 찬 흙탕물 맛이 달콤하다. 그 속에서 잠을 잔다. 엄마의 태반 속 양수에 잠겨있을 때처럼 따뜻하다. 그때의 그 온기가 어디로 빠져나간 것일까. 언제 사라진 것일까. 세상 어디에 있어도 언제나 추웠던 기억 밖에는 나질 않는다. 물에 떠내려가던 장롱이 돌기둥에 걸려 한번 뒤집히고 다시 빙그르르 돌다가 비탈을 타고 미끄러져 내려간다.

널따란 평지에 얹혀서 더 이상 움직이지 않는다. 열린 문틈으로 장롱 안의 물이 빠지고 그 사이로 빛이 들어온다. 눈이 부셔 뜰 수가 없다. 주먹으로 두 눈을 가린다.

그 후로 어찌 되었는지 기억이 나질 않는다. 딱딱한 가슴뼈가 느껴지던 할아버지의 품이 생각난다.

그때 느꼈던 딱딱한 널빤지 같은 할아버지의 가슴이다. 가슴이 뼈개지듯 아픈 숨을 몰아쉬며 할아버지가 나를 안고 짐승처럼 울부짖는다.

나는 그냥 구경한다. 할아버지는 옷을 벗어 나를 감싸 주면서 또다시 통곡한다. 그러다가 할아버지의 거친 손이 나의 얼굴을 때린다. 통곡하며 후려친다. 그래도 나는 아프지 않다. 괜찮다 괜찮다. 깨어나고 싶지 않다. 이대로가 편안하다. 할아버지가 서둘러서 용수를 다그친다. 그의 등에 업혀주면서 밀어낸다. 용수가 내달린다. 용수의 등에 업혀서 가는데 자꾸만 땅으로 미끄러져 내린다. 용수의 등에 업힌 나를 따라가면서 내려다본다.

나무 창틀에 유리창이 끼워진 병원 문을 발로 밀치고 들어간다. 진한 녹색 비닐로 덮은 진찰대 위에 내려놓는다. 칸막이가 쳐지고 간호사는 피묻은 옷을 벗긴다. 벌거벗긴 채 뉘어두고 사람들은 칸막이 밖으로 사라진다.

응급실 병상에 내던져있는 저 몸뚱이가 누구인지 아무도 모를 것이다. 죽어있는 물체가 누구이든 상관없다. 이름도 없다. 가엾은 시아다. 저 몸뚱이의 주인인 나는 그걸 알고 있다.

여기저기서 허둥지둥 업혀 들어오는 몸뚱이들이 병상에 눕혀진 채 곧 고요하게 침묵이다. 그러나 그들의 호흡은 끊임없이 이어지고 있다. 그래도 그들은 물체일 뿐이다.

급한 발걸음으로 달려온 의사가 머리맡에 놓인 산소호흡기계와 연결한다. 잠시 뒤에 숨을 들이쉬는 그 숨결에 빨려 들어가듯 나는 내 몸뚱이 안으로 들어간다.

붉은 물감에 물들듯이 온몸으로 체온이 퍼진다. 의사는 침착하게 여기저기 몸을 돌려가며 살핀다. 온몸에 멍투성이다. 의사는 직접 젖은 거즈로 하반신 전체에 얼룩진 피를 닦아낸다.

가끔 큰 숨을 내쉬곤 다시 닦는 작업을 계속한다.

이거 너무 심하구만. 마스크 속에서 웅얼거리는 말소리가 간호사의 귀에 들린다. 시아의 귀에도 들린다.

의사가 나가고 잠시 뒤에 간호사는 다른 병상을 가져와 옮긴다. 하얀 시트로 덮어주곤 칸막이를 치운다. 응급실 밖으로 밀고 나가 문 앞에 정지한다. 보호자를 찾는다. 수술을 위해 입원수속을 마치자 수술실로 이동한다. 수술이 어떻게 진행되는지 마취 상태여서 아무것도 모르는 채로 끝났고 병실로 옮겨졌다.

무엇이 어떻게 심하단 것일까. 아직 정신이 몽롱한 속에서 의사의 웅얼대던 목소리가 자꾸만 들린다.

심하구만. 심하다구?

병실엔 24시간 동안 보호자조차 출입금지다. 그러지 않아도 시아는 아무도 보고싶지 않다. 24시간 동안만 아니라 영원히 누구든 만나고 싶지 않다. 눈을 꼭 감고 있다. 간호사가 시간 맞춰 드나들었지만 잠든 체하고 만다. 기계적으로 링거를 바꿔 달아주곤 실내조명을 낮추고 조용히 문을 닫고 나간다. 누구라도 시아에게 말을 걸거나 잠을 깨우거나 눈을 마주치는 게 싫다. 이대로 아무도 없는 딴 세상으로 빠져나가고 싶다.

며칠이 지났는지 모르지만 링거가 제거되고 어둑어둑한 새벽에 아침 식사 쟁반이 들어왔다. 상체를 반쯤 일으키는 버튼을 눌러주며 시아의 어깨를 부축하는 손이 있다.

식사해요. 시아는 그냥 대꾸없이 미간을 찌푸릴 뿐 눈을 감은 채다.

식사를 해야 얼른 회복 돼요. 시아는 회복되고 싶지 않다. 이전의 시아로 돌아가고 싶지 않다.

"많이 아파요? 찾아올 사람이 아무도 없어요?"

그걸 알아서 어쩔건데. 세상 사람들은 타인에 대해 쓸데없는 관심을 가진다.

아침 식사쟁반이 그대로 나가고 나서 긴 침묵의 시간이 흘러가고 여러 사람들의 발소리가 다가온다. 대여섯 사람이다. 시아의 할아버지나 용수는 아닌 것 같다. 의사들이다. 아침에 출근한 의사들의 회진이 시작된 것이다.

시아를 덮고 있는 시트를 후르륵 걷어 올린다. 다리와 치부가 드러난다. 부드럽고 따스한 의사의 손이 두 무릎을 접어 세운다. 넓적다리를 벌린다. 그러라면 그래야 한다. 여기는 병원이고 의사와 환자 사이에는 거부행위가 있을 수 없다.

알아듣지 못할 말이 오가며 빙 둘러서 있는 많은 사람들이 시아의 아랫도리를 한참 동안 자세히 들여다본다. 의사들은 방을 나간다. 그들의 발소리가 멀어진다. 야간행군을 하는 군대의 움직임 같다. 서걱서걱 가운을 스치는 옷소매 자락의 소리가 멀어지며 잦아든다. 얼마 뒤에 시트를 덮어주는 손이 있다. 아마도 간호사일 거다.

문이 아주 닫히는 소리가 아직 들리지 않은 거로 봐서 아직도 문이 조금 열려있는 것 같다. 열린 문에 신경을 집중하는가 했지만 어느새 깜박 잠이 들었다. 잠은 바닷물이 마른 모래에 스며들듯이 온몸으로 스며든다. 봄날 병든 병아리 졸듯이 잠이라고 할 수 없는 정신 놓는 상태가 멈추었다가 다시 이어진다.

밖에서 시끄러운 소리가 들리고 그릇 부딪치는 소리, 드르륵거리며 구르는 카트의 바퀴 소리가 가까워진다. 점심식사쟁반이 들어왔다. 아까보다 조금 더 거칠게 시아의 침대를 일으켜 세운다. 기울기가 맞지 않아 지나치게 곧추세운다. 몹시 어지럽다. 구토할 것 같다.

파열된 상처 부위에 체중이 얹혀지면서 깊숙이 찌르는 통증이 온다. 시아는 입술을 깨물고 신음소리를 삼킨다.

"아, 미안해요."

식사를 나르는 여자가 병상의 기울기를 낮추고 자세를 고쳐준다.

"입맛이 없어도 한술 떠 보도록 해요"

진심으로 걱정해서 하는 말이다. 시아의 손에 수저를 쥐여준다. 살고싶지 않다. 숨을 쉬는 일도 먹는 일도 여기에서 그만두고 싶다. 홍수에 쓸려 떠내려오던 때에도 삶과 죽음을 선택할 수 있는 기회가 왔었고 지금도 바로 그런 선택의 기회다. 기회라곤 하지만 마음대로 선택할 수 있는 건 아니었다. 두 갈래의 갈림길에 서 있는 상황이었다는 의미다.

점심식사 쟁반을 코앞에 두고 깊은 잠에 빠졌다.

"어쩌나, 또 안 먹었네."

잠든 시아의 병상을 조용히 내려 주곤 쟁반을 들고 나간다.

열린 문 사이로 할아버지가 들어온다. 할아버지의 얼굴을 안 봐도 병상 옆에 서 있다는걸 느낀다. 냄새로 알 수 있다. 할아버지의 체온을 멀리서도 감지한다. 할아버지로부터 열 파장이 온다. 결코 사랑의 파장은 아니지만 단 하나의 혈육이란 줄로 이어진 기가 느껴진다. 아무리 멀리 있어도 할아버지의 기운을 느낀다. 할아버지가 얼마나 마음 아파하고 있는지도 느낀다. 시아의 병상 가까운 데로 다가오지 못하는 할아버지의 마음을 알 수 있다. 어떤 말도 할 수 없고 시아의 얼굴도 똑바로 볼 수 없다는 것도 안다. 한참 동안 병상에서 떨어진 문쪽에서 지켜보다가 길게 한숨을 내 쉬곤 천천히 몸을 돌려 나가버린다.

병실 밖에 기다리고 있는 용수의 어깨를 툭툭 치면서 같이 걸어간다. 아무 말도 할 수 없다. 그러나 나이로 굽은 어깨엔 분노가 흐르고 있다. 용수의 어깨를 꽉 끌어안는다. 부르르 떨리는 팔에서 전해오는 울분을 용수는 이해한다. 같은 종류 같은 크기의 울분을 느끼고 있는 두 남자의 눈에서 눈물이 흐른다. 같은 상실의 아픔일까. 할아버지의 아픔과 용수의 아픔은 분명히 다른 것이다. 분노의 색깔은 같지만 아픔의 색깔은 다르다.

"경찰에 신고해야지요?"

"좋을 것 없어."

단박에 용수의 의견을 꺾어버리고 어시장 가는 길로 접어든다. 용수가 그 자리에 멈칫 서서 잠깐 생각한다. 다시 병원으로 돌아가서 시아의 얼굴을 한번 보고 싶다. 그때 포장마차 앞에서 용수를 손짓으로 부른다. 두 남자는 안주도 없이 말도 없이 주거니 받거니 강술을 마신다.

할아버지는 몸을 가눌 수 없을 만큼 술을 마셨고 용수는 그를 부축해 집까지 모셨다. 수수깡처럼 가벼운 몸을 어깨에 얹어놓고 시아네 집으로 걸어간다. 오랫동안 사람의 체온이 배어있지 않은 방에선 흙냄새만 풀풀 났다.

방바닥 구석에 밀어두었던 담요 자락을 발로 끌어다가 펴 놓고 삭아 부서질 듯이 늙은 몸을 방바닥에 눕힌다. 담요 위에 옹크리고 누워 죽은 듯 잠든 걸 본다. 이 노인의 삶도 얼마 남지 않았음을 직감한다. 분노하고 울분할 힘이 남아있는 노인이 아니란 걸 알 수 있었다.

사흘째 되는 날 시아는 걸어서 복도 중간에 있는 처치실을 찾아간다. 처치실 밖 의자에 앉아 순서를 기다린다. 간호사가 내다보더니 순서를 바꿔 시아 이름을 먼저 부른다. 시아의 상태가 의자에 앉아서 오래 기다릴 수 없다는 걸 간호사는 알고 있었던 모양이다.

"회복이 빠르군. 고생 많았다."

진찰대 위에 눕는 것이 이게 마지막이라야 한다. 부끄럽고 치욕스런 체위로 치부를 보여야 하는 진료는 정말 하기 싫다. 두 다리를 벌려 걸쳐 올려놓고 똑바로 누워서 천정을 본다. 의사와 환자 사이에 손수건만 한 하얀색 커튼이 쳐져있긴 해도 빈틈으로 서로의 움직임이 보인다. 의사의 성근 머리카락 너머로 반들

반들한 이마로 보면 아마도 삼십 대 중반의 남자일 것이다. 의사가 몇 살인 게 무슨 상관이야. 어쨌든 주변의 상황에 신경을 기울일 수 있다는 게 이제 몸과 정신상태가 정상으로 돌아온 것임을 자가 진단할 수 있다. 다시는 치부를 마음대로 들춰보도록 허락하지 않을 것이다. 다시는 이 치욕의 진찰대 위에 올라오지 않을 것이다.

일주일 뒤에 다시 한 번 더 와라. 의사의 말은 이제 더 이상 병원에 누워있지 않아도 된다는 말로 들린다. 시아 머리를 관통하며 번개처럼 지나가는 생각 하나, 되도록 빨리 여기 동해를 떠나야 한다는 것, 그것뿐이다. 동해는 시아한테 아픔만 만들어 준 곳이다. 열여섯 해 동안 행복했던 날이 하루 반나절도 없었다.

월요일 아침 용수가 할아버지 대신 퇴원 수속을 하러 병원에
들렀다. 그날 아침에도 시아의 시선과 마주치지 않도록 피하면
서 말한다.

"환자복을 벗고 이 옷으로 갈아입어. 집에 무슨 옷이 있는지
몰라 시장에서 대충 샀어. 마음에 들든 말든 그냥 입자."

종이봉투에 넣은 옷 한 벌을 꺼내 침대 난간에 걸어놓는다.

그 사이에 간호사가 들어와 퇴원하기 전 마지막 진료를 위해
처치실로 데리고 간다. 죽기보다 더 싫은 치료를 받으려면 또 그
진찰대 위에 올라가야 한다.

처치실에서 병실로 돌아왔을 때 용수는 병실 복도 끝에서 창
밖을 보며 서 있었다. 그 엄청난 고통의 시간을 넘어온 작은 시
아를 위해 해 줄 수 있는 위로의 말 한마디를 생각하고 있었다.

아무리 깊이 생각하고 머리를 짜내도 그 한마디의 말이 떠오

르지 않았다.

시아는 멀리 보이는 용수의 뒷모습을 잠시 보곤 병실로 들어갔다.

용수가 병실 밖에서 기다리고 있는 동안 옷을 갈아입는다. 자상한 용수는 속옷까지 챙겨서 사왔다. 청순한 느낌이 나는 연한 핑크 빛깔 속옷이다. 사이즈 까지 꼭 맞는 걸 바라는 건 지나치게 염치없는 생각이다. 다소 헐렁하지만 새 옷이어서 고맙다.

좀 짙은 바다색깔의 티셔츠에 청바지가 잘 어울린다. 그렇지만 꼭 끼는 청바지가 몸을 옥죄어 불편하다. 새 운동화가 병상 아래 놓여있다. 슬리퍼를 벗고 운동화로 바꿔 신는다.

눈물이 쏟아진다.

엄마.

태풍에 홍수가 밀려왔을 때 보다, 어둠 속에서 수많은 사내아이들한테 겁탈당했을 때보다 더 견디기 힘든 서러움이 몸 안에서 밀고 올라왔다.

어떻게 살아갈까. 병원 밖으로 나가 태양을 마주할 자격이 있는 것일까. 이 세상은 살아갈 가치가 있는 것일까. 할아버지 나이만큼 늙을 때까지 살아가려면 얼마나 험한 길을 헤매야 하는 걸까. 두렵다. 차라리 여기서 살기를 포기하는 게 낫다는 생각도 해 본다. 파열상의 아픔 때문에 병상에 걸터앉을 수도 없어서 엉거주춤 병상에 엉치등뼈 부분을 의지하고 서 있다.

용수가 조심스럽게 문을 열고 들어선다.

아직도 시아의 눈물은 그치지 않는다.

엄마.

용수는 문에 기대서서 움직이지 못한다. 부숴질 듯 약한 아이가 상처받고 아파하는 모습을 본다. 다가가서 불쌍한 시아의 어깨를 꼭 끌어안아 위로하고 싶었지만 담당의사의 주의 사항에 이런 말도 있었던 걸 생각한다.

시아의 몸에 되도록 손을 대지 말고 늘 조금씩 거리를 두고 위로하라고.

먼저 손을 내밀기 전엔 손조차 잡지 말라고.

그 사건을 기억할 말은 절대로 삼가고 시아의 시간을 절대로 과거로 되돌리지 말라고.

쉽게 말해서 말조차 걸지 말고 그대로 내버려두라고.

이제부턴 울지 말고 힘내서 살아가자고 용기를 주고 싶지만 그런 말조차 하면 안 된다.

"그럼, 난 지금 퇴원수속하고 올게."

용수는 혼자 말처럼 중얼거리는 말투로 말한다.

용수가 병실 밖으로 나가자 시아는 따라나가듯이 용수를 뒤따른다. 용수가 눈치채지 못하게 사람들 사이로 몸을 감추고 병원 문을 빠져나간다. 병원 밖 계단엔 눈부시게 하얀 햇빛이 세상 가득 쏟아지고 있었다. 잠시 현기증으로 중심을 잃고 쓰러질 뻔했다. 곧 몸을 추슬러 빠른 걸음으로 걸었다. 이를 악물고 뛰었다. 시외버스터미널을 향해서 달렸다. 막 떠나려는 버스에 올랐다.

자리를 못 잡고 쓰러질 뻔하며 겨우 맨 뒷자리까지 와서 의자에 주저앉았다. 버스는 동해 시내를 벗어나고 있다. 다시는 이곳에 오지 않을 것이다.

시아는 구석 자리로 옮겼다. 아늑한 자리였다. 앞쪽에 빈자리도 많았기 때문에 굳이 이 뒷자리까지 들어와서 앉을 사람은 없을 것이다.

이 차가 어디로 가는지 알고 싶지 않았다. 굴레 같은 동해를 벗어나 되도록 먼 곳으로 데려가 주길 소망했다. 병실 침대에 누워있는 것처럼 편안해진다. 잠이 들고 시아는 꿈속에서 파도 높게 이는 바다 위를 떠다닌다. 몸 하나 겨우 태울만한 좁은 쪽배에 실려 자꾸만 해변에서 멀어져간다. 푸른 하늘이 높고 넓다. 가끔 구름이 지나가며 배 위에 그늘을 짓는다. 소 풀 먹이던 동해의 뒷산에서 보던 구름도 이처럼 평화로웠다. 쪽배는 하늘을 날기도 한다. 바나나보트가 물 위를 날아가는 걸 많이 보며 자랐다. 그렇게 시아를 태운 쪽배가 하늘을 향해 떠오른다. 잠시 공중에 머물렀다 싶었는데 물속으로 곤두박질친다. 시아를 쪽배에 실은 채로 물레질하는 북처럼 물속으로 미끄러져 들어간다. 다시 푸른 하늘이 보이는 바다 위로 솟아오른다. 쪽배가 물속으로 들어갔을 때 잔뜩 들이마신 물이 목까지 차올라 거꾸로 쏟아낸다. 고래가 숨을 내쉴 때 물줄기가 하늘로 솟듯이 물을 뿜어낸다.

"이봐요. 정신 차려요."

여자의 비명 같은 목소리가 시아의 귀를 찌른다. 뺨을 세게 때리는 손이 느껴진다. 아프지 않다. 아무 감각도 없다. 시아는 눈을 뜨려고 애쓰지만 눈까풀이 무서워 올라가질 않는다.

"대답해 봐요. 아가씨."

시아는 소리를 내서 대답했지만 목소리가 입안에서 뭉글뭉글 굴러다닐 뿐 소리가 되질 않는다. 신음소리로 들렸는지 이번엔 앞쪽을 향해서 차를 멈추라고 소리 지른다.

버스가 멈추면 안 된다. 무슨 일이 있어도 종점까지 가야 한다. 시아는 의식이 없으면서도 머릿속에서는 그렇게 소리치고 있었다. 버스는 계속해서 달리고 있다.

시아의 얼굴은 조금 안정이 되는지 편안한 표정이다. 한숨을 크게 내쉬곤 자세를 바꾼다.

종점까지 와서야 버스가 정차한다. 사람들이 내리고 버스 기사조차 귀찮은 사건을 피하듯 먼저 내려버리고 버스 안에는 시아와 지금까지 시아를 보살폈던 여인만 남는다. 아무도 도와주려는 사람이 없다. 맨 뒷자리기도 했지만 여행길에 어떤 방해도 달가워하지 않는지 일정에 쫓기는 사람들뿐이다. 더욱이 시끄러운 남의 일에는 관심 없다는 듯 눈길조차 주지 않는다. 여인은 여행 가방 안에 있던 잠옷을 꺼내 시아가 토해낸 오물을 닦아주고 자리도 말끔하게 정리한다. 시아가 웬만큼 정신이 들자 일으켜 세워 함께 내린다. 터미널 건물로 데리고 가더니 대기실 의자에 앉힌다. 사람들은 그들을 힐끔거리며 지나간다.

"어디로 갈건데요?"

그제야 눈을 뜨면서 목소리의 여인을 살핀다.

"죄송해요, 아줌마. 여기가 어디에요?"

"종점에 다 왔어요."

종점.

시아한테 종점은 그냥 버스가 가던 길을 멈추고 승객을 다 내려놓고 더 이상 가지 않는 곳을 의미한다. 그곳이 어디인지 몰라도 된다. 그렇게 수선을 벌이는 바람에 무임승차도 아무 걸림 없이 빠져나갔다. 의도한 건 아니지만 운 좋은 결과가 되었다.

아침에 병원에서 빠져나오던 상태보다 마음이 안정되었다. 망설임이 아니라 머뭇거림 없이 앞으로 달릴 수밖에 없다. 이 여인한테 매달려야지 이처럼 좋은 기회도 없을 것이다.

하얗게 핏기 빠진 창백한 얼굴을 의자등받이에 기대고 몸의 균형을 잡는다.

"이젠 괜찮아요. 아줌마, 먼저 가세요."

"내 정신 좀 봐 가지고 온 가방은 없었어? 놀랜 끝이라 그냥 내렸네."

가방 같은 건 없다. 그렇지만 가방 없이 여행하는 사람은 없을 거라고 생각한 여인은 시아의 가방을 찾아주려고 급히 방금 내린 버스 쪽으로 뛰어갔다.

금세 되돌아온 여인은 숨을 헐떡이며 말한다.

"세상에 이런 나쁜 세상이 있어? 그 사이에 감쪽같이 가방을 가져간 거야. 버스에서 우리가 제일 마지막으로 내렸는데. 사람이 죽어가도 눈 깜짝하지 않던 인간 중에서 남의 가방을 들고 갈 인간은 있었다는 거잖아?"

시아가 아줌마를 속이려고 한 게 아닌데 저절로 그렇게 되고 말았다. 생존의 본능으로 더듬어 가는 모험인 것처럼 느껴진다. 가만히 기다리기만 하면 되는 거다.

"괜찮아요. 아줌마, 고맙습니다. 저는 여기서 조금만 더 있다가 갈게요. 먼저 가세요."

시아는 이 여인이 시아를 그 자리에 혼자 내버려두고 절대로 떠나지 못할 사람이라는 걸 안다. 부탁하고 매달리기보다는 사양하고 착한 체하는 방법이 더 효과가 있을 것이라는 것도 본능으로 안다. 이제부터는 사막에 자라는 가시 풀처럼 바람에 구르며 바람에 섞인 습기를 빨아들이며 성장하는 질긴 아이가 되어야 한다. 그래 가시 풀이다.

밤새도록 잠 못 들고 신음을 죽이며 통증을 견뎠다. 열이 오르는 걸 뜨거운 입김으로 느꼈다.

온몸이 펄펄 끓는다. 코로 열기가 뿜어 나온다. 열로 온몸이 뜨겁게 달아오르는데도 춥고 떨린다. 이러다 상처가 덧나서 죽게 되는 건 아닐까.

죽는 건 두렵지 않다. 사람은 누구든 죽는 거니까. 억울하거나 분하지도 않다. 엉뚱한 사람에게 신세를 지게 되는 게 미안하고 이 세상에서 사라질 때 할아버지한테 아무 인사도 없이 떠나게 되는 게 용서받을 수 없는 일이다. 용수 아저씨한테도 미안하다. 시아는 울기 시작한다. 온몸에 열이 나고 춥고 떨리는 것도 상처가 줄칼로 에이는 것처럼 아픈 것도 잊어버렸다. 안방에서 잠들었던 아줌마가 시아의 울음소리를 듣고 마루로 나와 불을 켠다.

"왜 그래, 아직도 아프니? 열이 펄펄 끓네. 약을 찾아볼게."

물컵과 알약 두 개를 가져와 시아한테 먹인다.

"날이 밝으면 병원에 가야겠다. 그리고 지금 집에 연락을 하자."

"나중에요."

시아는 겨우 대꾸한다. 좁은 마루에 놓인 긴 의자에서 자고 있었다는 걸 깨달았다. 의자 등받이 쪽으로 돌아눕는다. 의자 끝에 걸터앉아서 시아를 한 참 동안 지켜보다가 안방으로 들어간다.

하늘이 무너진 것 같은 이 불행을 시아 혼자 떠안아야 한다. 그 누구도 그 구덩이 속에 끌어들여서는 안 된다. 그러기 위해서는 시아가 존재했던 땅에서 완전히 사라져 버려야 한다. 기억 속에서도 남아있어서는 안 된다. 물론 할아버지나 용수한테는 잊혀지지 않을 일이고 더욱이 할아버지한테는 죽기 전엔 잊을 수 없는 기억이겠지만 그렇게 되어야 한다. 그러지 않아도 할아버지는 태풍을 겪었을 때 아들 며느리를 한꺼번에 잃은 상처를 평생 안고 살아온 노인이다. 거기에 또 다른 상처를 만들어 준다는 것은 세상이 너무나 잔혹한 일이다.

시아의 삶이 가시 풀처럼 세상을 굴러다니는 고난의 세월이 된다 해도 그 고난을 함께 하거나 위로받고 싶지 않다.

"죽을 좀 먹어 봐. 식은 밥을 푹 끓인 거야."

시아의 어깨를 가볍게 잡아 흔들어 깨운다. 날이 밝은 모양이다. 잠시 잠이 들었었다.

병원에 있을 때부터 아무것도 먹지 않은 걸로 치면 꼬박 사흘째 빈속이다. 이러다 굶어 죽을 수도 있겠다는 생각이 든다. 죽는 건 겁나지 않아. 시아는 백번도 더 입속으로 중얼거린 말이다. 차라리 굶어 죽는 편이 나아. 어떻게 살아간단 말이냐.

따끈한 죽 한 수저를 떠서 시아의 입에 넣어준다. 시아는 누워서 받아먹을 수 없어 몸을 일으켜 세워 의자에 기대앉는다. 엉덩이를 깔고 몸을 곤추세우는 자세가 몹시 고통스럽다. 상처에 무게를 실으면 통증을 일으킨다. 한참 동안 통증을 가라앉히고 나서 죽 그릇을 받아 든다. 통증에 우선하는 게 허기다. 기름장으로 간을 맞춘 죽이 입맛을 돋군다.

서너 번 떠 넣지만 목이 메어 넘어가지 않는다. 눈물이 쏟아진다. 산에서 당한 끔찍한 일들이 생생하게 되살아난다. 사내자식들 대여섯 명이 희미한 어둠 속에서 웃통만 입은 채 아랫도리를 내보이며 다가왔다가 멀어지고 다시 빙빙 돌아간다. 알 수 없는 얼굴이 시뻘겋게 상기되어 씩씩거린다.

손목의 힘이 쭈욱 빠지면서 들었던 죽 그릇을 떨어뜨린다. 갑자기 가슴 저 깊은 곳에서 불덩어리 같은 분노가 울음에 섞여서 울컥 올라온다.

"울기만 하면 어째? 진정하고 천천히 사정을 말해봐."

말할 수 없는 일이다. 죽을 때까지 아무한테도 말해선 안 되는 일이다. 이 엄청난 비밀을 가슴에 넣고 살아가야 하는 삶을 바보 같은 시아가 어떻게 감당하라고.

그렇지만 메밀밭의 메밀이 돌 깎지 틈에서 자라듯이 죽지 않고 살아남기만 한다면 꽃을 피우고 메밀을 수확할 수 있게 될 것이다.

마음 놓고 울도록 내버려둔다.

14

그 녀석들이 몽땅 잡혔다. 작은 도시에 그 엄청난 사건이 일어난 건 십 년 전 태풍이 닥쳐와 휩쓸고 간 것만큼 큰 사건이었다. 불행하게도 시아가 그 엄청난 비극의 사건을 모두 겪은 주인공이 되었다는 것은 운명적인 것이다. 아무래도 불행의 함정 같은 게 있어서 그 깊은 함정 속에서 표적의 인물을 끌어당긴다고 해야 할 것 같다.

경찰에선 피해자 없이 병원의 기록만으로도 사건을 처리할 수 있었다. 녀석들의 부모들이 찾아와 애걸복걸하며 용서를 빌었지만 할아버지는 마주 서지도 않았다. 뻔뻔스럽게도 어떻게든 학업을 계속할 수 있도록 해달라고 졸랐다. 심지어는 돈으로 보상하겠노라고 다리를 놓기도 하였지만 다시는 찾아오지 못하도록 경찰에 부탁했다. 녀석들을 모두 소년원으로 보냈다. 그렇게 해도 분이 풀리지 않는다. 시아가 집을 나간 채 두 달째 행방을 모르니 할아버지의 화가 하늘을 찌를 지경이다. 쇠약해진 노인이 정신 놓고 자리에 눕지나 않을까 용수는 걱정이다.

학업을 계속하게 해달라는 말을 듣고 할아버지는 길길이 뛴다. 우리 아이는 지금 어디에 있는지 행방불명인 채 몸만 찢어지고 아픈 게 아니라 정신도 마음도 갈기갈기 찢겨 피투성이로 세상 밖에 던져져 있는데 학교에 가서 공부시켜야 하는 말이 어느 놈의 입에서 나온 말이냐고 고함친다.

어디서 죽었는지 살았는지 소식 몰라 잠도 못 자고 찾아 헤매고 있는 우리는 짐승이란 말이냐고 고함친다. 사람을 죽일 듯이 달려드는 건 결코 노인이 힘이 세고 열이 많아서가 아니다. 남아있는 힘 다해 발악을 하는 모습이다. 그 처절함을 본 동네 사람들은 모두 울었다.

그 사건 이후로 노인이 어항에 나와 일하는 날이 줄었다. 늙은이 입에 꾸역꾸역 밥을 넣기 위해 밥벌이를 하러 나오는 것도 이젠 부끄럽다는 생각이 든다. 먹을 게 조금이라도 있으면 일하러 나오질 않았다. 종일 문턱 베고 밖에 귀를 둔 채로 누워있었다. 이웃집 순덕이네가 반찬을 만들어 마루 끝에다 놓고 가면 실눈을 뜨고 살필 뿐 고맙다는 인사도 건네지 않았다. 사실 고맙지 않다. 이미 죽어있는 목숨으로 하루하루 견디고 있는데 먹을 반찬이 무슨 소용이 있다는 것인가.

목숨이 모질어서 이날까지 이 험한 세상을 다 구경하고 몸소 겪으면서 살고 있다. 어디 쯤에서 끝이 난단 말인가.

시아가 가 있는 쪽에서 신고라도 하기 전엔 찾을 길이 없다.

병원에서 시아를 놓쳐버린 죄로 용수는 할아버지한테 갚을 수 없는 큰 빚을 지고 산다.

할아버지는 틈만 나면 고속버스 터미널에 나가 승객이 내리는 쪽에 시선을 박고 넋 놓고 바라보고 앉아 있곤 한다. 넉 달 째다.

어두워지도록 집에 불이 안 켜지면 할아버지는 그곳에 나가 있는 거다. 용수는 택배 일을 마치고 돌아오는 길엔 고속버스터미널에 먼저 들려본다. 그곳에 없으면 주막에 있다.

용수가 전단지를 만들어 왔다.

"시간 나는 대로 가까운 지방부터 뒤져볼까 하는데요."

"냅 둬. 제 팔자대로 살 거니까."

"상관 마세요. 나 하고 싶어서 하는 거니까요. 경찰만 믿고 기다릴 수는 없어요. 시아가 그동안 어디서 얼마나 고생하고 있는지 누가 알아요? 몸이 성하기나 한가요?"

"관둬라. 여자는 새끼 낳고 사는 독종이라구."

용수는 등골에서 진땀이 흘러내린다. 시아가 못된 녀석 중 어느 놈의 아이를 배기라도 했을는지도 모른다는 생각이 든다. 그럴 리 없다. 병원에서 알아서 처치를 해주었을 거라고 믿는다.

먼저 삼척 강릉 주문진 양양 속초 춘천 등 동해에서 버스노선이 닿는 강원도의 도시 하나씩 뒤지기로 작정했다. 아니 어쩌면 그날 오전 열 시에서 열한 시 사이에 떠난 버스행선지를 찾아보는 것도 가능성이 있어 보인다. 급하게 달려가서 가장 먼저 출발하는 버스를 탔을 거라는 생각도 해본다.

버스운행표를 살펴보면 그때 쯤 떠난 버스는 대전행이거나 서울행이다. 서울은 너무 범위가 넓어서 어렵다. 강원도 도시를 다 뒤진 다음엔 대전이다.

시간이 갈수록 할아버지나 용수의 몰골이 점점 초췌해진다. 둘 다 홀아비여서 이기도 하다.

"자넨 이제 그만 시아 일에서 손을 떼고 저 살 궁리나 하지. 그러다가 인생 다 망치겠다. 멀쩡한 사내가 뭐 할 짓이 없어서 그러고 시간 없애는 건가?"

"약주 한잔 드실래요? 순대국 좋아하시지요? 순대국에다가 약주 한잔하십시다."

단골로 드나드는 국밥집은 말하지 않아도 서로 잘 알고 있다.

이제 그 아이도 제 몸 추스르고 지낼 만큼 시간이 갔어. 나도 이젠 그만 쉬고 싶네. 몸도 마음도 다해가나 보네.

"할아버지, 시아가 돌아올 때까지 기운 차리고 사셔야지요. 시아가 돌아왔을 때 할아버지가 안 계시면 안 되잖아요?"

"그 앤 내 생각 안 해. 조금이라도 내 생각을 했다면 이러지 않았을 거야."

얼마 전만 해도 노인이긴 하지만 건장한 모습이 보였는데 지금은 속 빈 수수깡 같은 뼈대만 앙상하게 드러난 모습이 눈에 보인다.

할아버지의 말대로 몸과 마음이 다해가는지도 모르겠다.

조금만 마셔도 쉬이 취하는지 각 일병도 채 안 비웠는데 할아버지는 밥상에 고개를 묻고 잠이 들었다. 용수는 할아버지를 부축하고 집으로 간다. 술만 마시면 번번이 이렇게 되고 만다.

금요일 밤 용수는 속초 가는 버스를 탄다. 강원도에서의 마지막 장소다. 동해 어시장처럼 횟집들과 건어물 상점들이 늘어서 있다. 시아가 일자리를 구했다면 이런 곳일 것이다. 집에 있을 때 일하던 시장과 닮은 데가 많은 곳이라 낯설지 않을 수 있다. 가게마다 횟집마다 들어가 살피다가 시아 같은 아이가 안 보이면 주인한테 전단지를 건네곤 또 다른 가게로 간다. 이젠 이골이 나서 시간이 많이 단축된다.

가게 문 앞에서 머뭇거리지도 않는다. 처음엔 손님처럼 당당하게 들어가서 가게 안 종업원들을 살피고 부엌 안쪽 주방으로도 시선을 밀어 넣는다. 일이 분도 채 안 걸린다. 한 시간이면 한쪽 상가를 죄다 둘러볼 수 있다. 반대편 상가는 돌아오는 길에 본다. 한집이라도 빼놓으면 바로 그 집에 시아가 있었을 것 같은 생각이 든다. 빼놓았던 그 집일 수도 있다. 손님이 많고 장사가 잘되는 집이라야 시아 같은 철부지도 도움이 될 수 있을 것이다.

일손이 모자라 아무 일이나 시킬 아이가 필요하다. 눈에 보이면 무슨 일이든 시킬 수 있다. 가게 안이 넓고 잘 보이지 않는 식당에선 음식을 주문해서 끼니를 때운다. 어떤 날은 한 끼에 두 번을 사 먹기도 하고 종일 굶는 날도 있다. 발로 더듬어서 시아를 찾는다는 일이 거의 불가능하다는 걸 알지만 이렇게 하지 않고는 찾을 길이 없다. 시아가 눈에 보이지 않는 곳에 일부러 숨어 지내는 것도 아닐 것이다. 언젠가는 눈앞에 나타나게 되는 순간이 올 것이다. 용수가 시아를 찾아 헤매는 이유가 무엇인지 알 수 없다는 생각도 해 본다.

할아버지가 불쌍해서도 아니고 시아를 사랑해서도 아니다. 모른다. 아무 이유가 없다. 탐정의 유혹처럼 용수의 정신을 이미 지배하고 있는 어떤 기운이 느껴진다.

어린 시절 산에서 친구들과 캠핑을 하고 있을 때 나무 둥지 아래 있는 개미집을 파기 시작했던 때가 생각난다. 과자부스러기를 물고 개미집으로 들어가는 개미를 쫓아서 처음엔 손가락으로 파기 시작했고 다음엔 작은 꼬챙이로 다음에는 나무젓가락으로 그리고는 좀 더 긴 나뭇가지를 주우러 텐트 근처를 한참 동안 헤매며 찾던 기억이 난다. 마지막에는 개미집을 파고 있었다는 생각이 사라지고 텐트로 돌아와 낮잠을 늘어지게 잤던 기억이다. 낮잠에서 깨어났을 때 텐트 밖은 어두워져 있었다. 다시 잠을 잘 수밖에 없는 밤이었던 기억이 되살아난다.

용수가 시아를 찾아 강원도 작은 도시를 뒤지고 다니는 게 개미집을 파려고 꼬챙이를 찾아 헤매던 시간과도 같단 생각이 든다. 용수가 개미집을 파던 건 벌써 십여 년 전 일이다.

개미집을 파던 용수와 시아를 찾아다니는 용수는 조금도 변하지 않은 같은 남자다. 개미집의 기억에서 튀어나온 성표가 용수의 뒷덜미를 잡는다. 그는 가끔 전화를 걸어와 근황을 알리곤 했다. 비교적 안정된 인생을 살고 있는 것 같아보였다. 최전방 어느 부대에서 직업군인으로 근무한다고 했다. 여기까지 왔는데 한번 만나고 가야겠단 생각이 들었다.

속초 버스터미널에서 거진행 버스를 탄다. 어린 시절에 보았던 옛 묵호항처럼 작고 평화롭다. 핑크빛 티셔츠 사복 차림의 성표가 터미널 건물 안에서 용수를 기다리고 있다가 손을 흔든다. 그가 손을 흔들지 않았다면 한 참 두리번거릴 뻔했다. 핑크빛 티셔츠란 그들 사이에 들어있지 않은 색깔이다. 게다가 성표는 직업군인이란 이름이 붙은 사내가 아닌가.

용수는 핑크빛 티셔츠에 대한 궁금증을 누르며 그가 안내하는 대로 솔밭 속에 바다가 보이는 횟집에 마주 앉았다.

"경치가 좋군."

"여기가 그 유명한 화진포해수욕장이야. 김일성 별장이 있지."

성표의 모습에서 용수 자신의 세월을 읽을 수 있었다. 시간이 어느 사이에 많이 흘러갔다는 생각이 들었다. 고등학교 졸업하며 헤어지곤 그동안 오다가다 서너 번 만났을까 서로 모르는 사이에 시간이 칠팔 년이 지났고 십 대 소년에서 지금은 삼십 대를 향해 가는 남자로 마주 섰다.

"야, 우린 너무 무정하지 않았어? 그동안 보고 싶지도 않았단 말이지."

"그런 거 같군. 그래서 오늘 불쑥 찾아왔지 않은가?"

"오래 살고 볼 일이야."

성표는 진심으로 용수의 출현이 믿어지지 않는지 여러 차례 용수의 어깨를 잡고 흔들어본다.

감격의 느낌이 그대로 전해온다. 그 속에는 졸지에 고아가 되고 말았던 친구를 제대로 도와주지 못했던 철부지 시절을 후회하는 표정이다.

"그래 뭐하고 사냐?"

"그냥 먹고 살지 뭐."

"나같이 답답한 생활은 하지 않겠지?"

"넌 답답하냐? 직업군인이 어때서."

"솔직히 말해서 미래는 없지 뭘."

"누구한테든 미래는 없어. 지금만 있을 뿐이야."

성표는 용수의 대답이 못마땅했는지 더 이상 자세한 걸 묻지 않았다. 분명 할 말이 있어서 찾아온 것 같았지만 자리에서 일어서 헤어질 때까지 말을 꺼내지 않았다.

거진항에서 동해까지는 거리가 좀 있다. 조금씩 북쪽으로 올라오다 보니까 이곳까지 올라오고 말았다.

용수는 오늘 성표를 만난 것만으로도 마음속에 따스한 표지판을 하나 찾아서 꽂아둔 것 같았다. 그 표지판에 작은 등 하나 켜 놓고 누구든 멀리서도 볼 수 있도록 하고 싶다.

용수가 하숙집을 정리하고 할아버지와 합치게 된 건 할아버지가 제의한 이유도 있었지만 서로의 필요에 의해서라는 게 정확했다. 용수에겐 남의 집에 하숙하는 것보다는 둘이 살게 되는 편이 남 보기에도 좋았고 심정적으로도 안정감이 있어 좋았다. 할아버지가 자주 몸이 아팠고 몸져누웠을 때 며칠씩 모르는 채로 던져질 수도 있다는 것이 문제였다.

젊은이가 늙은이하고 같이 지내는 것은 분명 손해 보는 일이긴 해도 용수는 시아를 위한 일이라면 득실을 따질 수 없었다. 용수가 할아버지를 안 들여다보는 날 덜컥 저 세상 사람이 되기라도 한다면 그건 인간의 도리로 용서받을 수 없는 일이었다.

마루 건넌방 미닫이도 손보고 도배도 새로 했다. 용수의 살림살이라야 컴퓨터와 작은 스피커 두 개 옷 가방 두 개와 책 몇 권뿐이다. 오토바이로 두세 번 옮기면 된다.

한쪽 방이 지나치게 깨끗해지니까 할아버지 방이 대조적으로 흉측하다. 도배쟁이들에게 할아버지 방도 도배를 부탁해두었다.

용수는 정성껏 저녁상을 봤다. 말하자면 집들이를 하는 셈이다. 모든 게 어설픈 모양새이긴 했지만 새로 시작한다는 건 마음 설레는 일이 된다. 오랫동안 아무 변화도 없이 새로울 거라곤 생기지 않았던 그들의 일상에 이런 새로운 사건이 만들어진다는 것은 좋은 일이었다. 그러나 그것이 행복이나 기쁨과는 거리가 먼 것이다.

할아버지가 어시장에서 횟감을 좀 얻어왔고 용수는 새로 사 온 전기밥솥에다 쌀을 씻어 넣고 밥을 지었다.

그렇게 두 사람의 공동생활은 시작되었다. 어떤 계약서도 없이 생각도 없이 걱정도 없이 그냥 시작된 것이다.

비어있는 방 하나를 용수한테 내준 것이고 첫날엔 밥상을 마주 보는 것으로 의식을 차린다. 그런 시작이 그들을 어디로 데리고 갈 것인지 전혀 알 수 없다.

할아버지한텐 늙었으니까 젊은 사람한테 신세를 지자고 한 의도가 전혀 없진 않았다. 마찬가지로 집이 없어 늘 불안하던 용수가 붙박이로 머물 집이 생겼다는 것도 역시 큰 이득인 셈이다. 애초에 바라던 바는 아니었지만 우연이라고 해도 좋은 일이 맞물려 저절로 굴러들어온 것처럼 보였다.

"그냥 자네가 하던 대로 살면 되는 거고 나도 그렇게 할 것이야."

"예, 알겠습니다. 고맙습니다."

"고마울 것 없다니까. 자네가 고맙다고 생각한다면 그것은 틀린 생각이래두. 나도 자네한테 고맙다고 생각하지 않을 것이야."

할아버지가 주장하고 원하는 대로 두 남자의 생활은 철저하게 잘 유지되고 있었다. 두 사람에게 일어나는 어떤 변화도 문밖에서 일어난 일처럼 남의 일처럼 간섭하지 않으며 깊이 관심 가지지 않는다. 처음엔 간섭하지 않기가 어려웠지만 점차 습관이 되어간다. 이젠 아주 편하다.

여전히 주말마다 어디론가 사라졌다가 후줄근하게 지쳐서 돌아오는 건 4년째 계속되었지만 보고도 못 본체한다.

"다음 주말엔 온천장에 모시고 가려고 하는데 괜찮으십니까?"

"온천장은 가서 뭘 해. 온천장이나 목욕이나 마찬가진데."

"저도 한 번도 안 가 본 곳이라서 한번 구경하고 싶어서요."

오랜 시간 넓은 온천탕에 몸을 담그고 눈을 감은 채 앉아있다. 험난했던 일생이 덧없이 흘러가고 지금은 살아있다고 할 수 없는 시간을 숨죽이고 지나가고 있을 뿐이다. 앞장서서 걸어가고 있는 죽음한테 잡히지 않으려고 발꿈치를 들고 살금살금 더듬어 따라가고 있는 모습이다.

뼈와 가죽만 남아있는 노인의 등을 밀어주며 용수는 인간 사이에 이어진 끈을 발견한다.

용수와 이 노인의 관계는 무얼까. 그 사이엔 아무것도 없다. 그러나 보이지 않는 굵은 그물 엮는 줄로 단단히 묶여져 있음을 깨닫는다.

두 사람 모두 금지되어있는 시아에 관한 말을 한 번도 꺼내지 않는다. 누가 금지한단 말을 한 적도 약속된 적도 없는 얘기, 시아가 병원에서 사라진 후 4년이 다 되도록 그 얘기를 한 번도 해본 적이 없다.

머리 가득 가슴 가득 온통 시아의 생각으로 꽉 차서 아무것도 더 넣을 자리가 없을 만큼 암 덩어리 같은 돌을 간직한 두 사람이다.

돌아오는 택시에서 어두워지는 먼바다를 본다. 그들은 해지는 노을을 구경해 본 적이 없다.

평생 해 뜨는 동쪽 바다만을 보고 살아온 사람들이다. 그들의 인생은 해를 바라보는 쪽으로만 열려있었다.

그러던 어느 날 갑자기 그들의 인생은 아침이 오지 않는 어둠이 시작되고 4년 동안 계속되었다. 동쪽으로 열린 바다에도 아침 해는 뜨지 않았다. 기쁜 일도 행복한 일도 사라져 버렸다.

용수는 택시의 유리창 문을 내렸다. 닫혔던 폐가 열리며 동해에서 불어오는 해풍이 온몸 안으로 들어온다.

"아, 무척 시원하구먼".

"좋으시면 한 달에 한 번씩 모시고 올게요."

노인의 행복이란 봉지 안에 담은 따끈한 고구마 몇 개 정도의 크기일까.

입에 가시가 돋을 만큼 자기 속에 갇혀진 시아의 얘기를 하고 싶어질 때면 용수는 성표를 찾아간다. 성표는 커다란 동네 어귀에 있는 느티나무처럼 늘 제자리에 있는 존재였다.

그 녀석이 어떻게 지내지 하고 궁금해지기 시작하면 그즈음에 용수가 불쑥 나타나곤 했다. 그런 게 친구라는 것이라고 말할 수 있는 것처럼.

이번에는 무슨 말을 할 것이라고 기대하지만 번번이 그는 소주 몇 잔을 조금씩 홀짝거리다가 일어선다. 조용히 버스 창가에 앉아 쓸쓸한 미소로 인사를 할 뿐이다.

버스가 막 떠나려 할 때 용수는 안주머니에서 종이 뭉텅이를 꺼내 창문을 열고 성표에게 전한다.

용수는 늘 막차를 타고 떠난다. 설명을 들을 새 없이 버스는 떠나고 텅 빈 터미널 의자에 앉아서 종이 뭉텅이를 살핀다. 인쇄물이다. 사람을 찾는 전단지 뭉치다. 전단지에 인쇄된 시골소녀의 청순한 표정이 예쁘기도 하고 슬프기도 하다.

이 소녀(16세)를 보신 분은 가까운 경찰서나 아래 전화로 연락 바랍니다.

이 얼굴은 4년 전 사진입니다.

다른 설명은 한 줄도 없다. 연락주면 사례한다는 말도 없다. 이런 성의 없는 전단지로 사람을 찾겠다는 건 염치없는 짓이다. 성표는 전단지 뭉치를 안주머니에 간직한다. 용수가 그토록 말하고 싶었던 얘기라는 걸 알 수 있다.

아무 설명도 듣지 않았지만 이 전단지를 효과적으로 돌려서 용수가 찾으려고 하는 소녀를 찾아주고 싶었다.

170

고향으로 전역하거나 휴가 가는 사병들에게 한 장씩 전했다. 그 효과는 전국구였다. 어느 지방이든지 사방으로 탐색할 수 있다. 그들 젊음에 기대를 걸었다. 젊다는 것은 열정이 있고 정직하고 몰두할 수 있는 힘이 있기 때문이다.

여섯 달 만에 성표가 찾아왔다. 전단지에 적힌 전화번호로 용수를 찾는다면 놀랄 것 같아서 직접 왔다고 했다. 성표의 속 깊은 걸 용수는 진작 알고 있었지만 이 정도일 줄이야 짐작도 못했다.

"얼마 전에 봤다는 사람이 있다는군."

"어디서?"

"대전서. 전화번호를 알아 왔지만 별 도움이 안 될 거다. 오래전 얘기여서 이미 소용없는 정보이고 더 이상 다른 정보는 없었었지."

그래도 대전으로 가서 직접 만나 확인하고 싶다. 오래전 일이라곤 하지만 가느다란 실마리를 잡아야만 그다음 정보를 얻을 수 있을 것 같았다. 거기서 끝이라고 해도 당시 시아의 상태를 알고 있는 사람을 만나보고 싶다.

성표가 전해주는 전화번호를 가지고 대전으로 갔다. 대전도 아니고 유성 외곽지역에 있는 납작한 김밥집이다. 꼬마 아이들이 김밥이랑 오뎅 국물을 사 먹고 있다. 가게 주인이 웬만큼 하던 일을 끝내는 걸 보고 용수가 다가갔다.

"이 아이를 아신다고 했나요?"

"3년 전에 여기서 본 적이 있어요."

3년 전이라는 말에 용수는 기운이 빠진다. 지금은 완전히 지난 일이란 의미다. 주인의 말투에는 더 이상 아는 것이 없으니 캐묻지 말라는 당부가 들어있는 걸 느낀다.

용수는 김밥 두 줄을 주문한다. 시장한 건 아니지만 그래야 말이 이어질 것 같다. 장사꾼은 이익 없는 걸 제일 싫어하니까.

그땐 이 집이 양품점이었는데 장사가 하도 안돼서 점포를 내놓았죠. 먼저 주인은 재고를 끼워서 넘기고 싶었지만 마땅한 사람이 없었지요. 재고를 넘기는 것도 그렇지만 점원으로 있던 아가씨까지 책임지라는 거였지요. 갈 데가 없는 아가씨라면서.

나는 김밥장사를 하고 싶었고 점원도 필요 없었어요. 나 혼자 해도 충분했으니까.

그 뒤에 먼저 주인이 어디로 갔는지 알 수 없다는 거다. 물론 점원 아가씨도 따로 어디론가 갔을 거라는 말을 전해준다.

"그 아이를 보신 적 있으세요?"

"서너 번. 한번은 가게를 보러 왔을 때 봤고 두 번째는 계약하러 왔을 때 마지막으로 본 게 가게를 정리하러 왔을 때였는데 가방을 들고 나갔어요. 똑똑해 보였는데."

"그 아이가 고생하고 있는 것 같지 않았나요?"

"그걸 어떻게 알아요? 양품점 점원이라 옷도 말끔하게 입혀놓았던 거 같은데."

그다음 말은 이어질 수 없었다. 시아의 얘기는 거기서 끝났다. 먼저 주인을 찾는다 해도 시아의 소식을 알고 있을 것 같지 않았다. 어린 시아가 어떻게 해서 대전까지 올 수 있었는지 그것이 중요한 게 아니다. 양품점을 떠나 어디로 갔는지 알고 싶지만 여기가 벼랑 끝이다.

"혹시 이 가게 계약서를 가지고 계세요? 계약서에 먼저 주인의 주민번호가 있을 것 같은데요."

"양품점 주인과 계약한 게 아니고 직접 이 점포 주인하고 계약했어요. 그 여자는 아무 상관 없어요. 아시겠어요?"

맞다. 거기서 끝이다.

김밥집에서 나와 맞은편 집으로 갔다. 혹시 양품점 주인을 알고 있을는지 모른다는 생각이 들었다. 근처에 있는 부동산을 뒤져보았지만 별 소득이 없었다. 혼자 사는 여자로 가족도 없었고 장사도 오래 하지 않았다는 것이다.

용수는 그래도 단념할 수 없어서 점포 주인을 만나 먼젓번에 점포세입자의 연락처를 문의했다. 부동산에 일임하고 있어서 자기는 아무런 자료도 가지고 있지 않다고 했다. 그렇게 어렵게 이어진 부동산은 막다른 골목이었다. 새로운 세입자가 들어오면 이전 것은 폐기한다고 한다. 그래야 어떤 후환도 생기지 않는다고 했다.

이 세상 모든 것이 그때 그뿐이란 개념으로 처리되고 있다. 어제 오늘 그리고 내일로 이어지는 일은 없다. 이어져서도 안 되고 그럴 필요가 없는 세상이다.

그래도 돌아오는 길엔 손에 잡힌 것은 아무것도 없었지만 시아가 지내던 곳을 확인한 것만으로도 한 가지 일은 해낸 것 같다. 4년 동안 얼어있던 히말라야 눈 속에서 실종된 등반자의 장갑 한 짝을 찾아낸 것 같은 심정이다.

유성과 계룡산 쪽 동네를 돌며 전단지를 전했다. 전단지를 받은 사람들은 하나같이 4년전 얘기를 왜 지금 와서 찾는 거냐고 묻는다. 4년 동안 계속된 얘기라고 말하면 그들은 알아들을까.

그래도 전단지를 정성껏 뿌렸다고 느낀 날은 알 수 없는 평안이 왔다. 다리가 부어오르고 편도선에 열이 오른다. 몸은 찢어져도 잠은 잘 온다. 알 수 없는 도시를 헤매는 꿈은 꾸지 않는다.

밖이 어두워졌는데도 할아버지는 방에 불을 켜지 않았다. 용수는 오토바이를 마당 한켠에 세우고 먼저 주방으로 갔다. 밥을 안치고 나서 할아버지를 들여다볼 참이다. 요즘은 용수가 들어와도 내다보지 않을 때가 많다. 점점 기력이 약해지기도 했지만 세상일에 관심이 멀어지고 지쳐갔다. 이러다 큰일을 치르게 되는지도 모른단 걱정이 앞선다.

"곧 저녁을 차릴게요."

"천천히 해라. 어두우면 위험하니까 택배를 하지 말어."

매일 퇴근하는 용수한테 건네는 똑같은 인사말이다. 그게 용수에 대한 할아버지의 사랑이고 관심의 전부다. 고맙다는 마음도 합친 말이다.

용수가 어디를 헤매고 다니는지 알지만 결과가 없다는 건 말하지 않아도 알 수 있다. 그러지 말라고 아무리 말려도 듣지 않는 걸 보면 운명적으로 묶인 끈이 보이지 않지만 존재한다는 걸 알 수 있다. 삼각끈 같은 것이다. 용수는 무슨 인연으로 그렇게 묶인 것일까.

"막 버스로 그 년이 온다는군."

"누가 온다구요?"

"나가보면 알아."

"그 말씀을 왜 지금 하세요?"

"막 버스가 도착하려면 아직도 멀었잖아?"

4년 만이다. 편지도 전화 한 통도 없다가 도깨비 같이 나타나다니. 어떻게 변했을까. 마중 나오란 의미는 무얼까. 짐이 많은 걸까. 오랜만에 나타나기가 면목없다는 의미일까.

두 남자가 4년 동안 돌아오길 기다리던 시아가 온다는 거다. 보면 정말 알아볼 수 있을 만큼 그대로일까.

그대로 앉아서 기다릴 수가 없다. 막 버스가 오는 시간은 열한 시다. 어디서 오는 것인지 알 수 없지만 대개 그 시간이면 모든 버스가 도착한다. 저녁을 먹는 둥 마는 둥 상을 물리고 용수는 버스 터미널로 나간다. 대기실에 켜 놓은 티비를 보면서 생수 한 병을 사서 마신다. 조급증이 난다. 시아를 만나면 무슨 말을 먼저 해야 할까. 얼마나 변했는지 가슴이 두근거린다. 어디서 출발하는 버스인 줄도 모르고 그냥 시아의 말대로 막차를 기다린다.

아무튼 어디서 오는 버스든 열한 시면 모두 들어오게 되어있다. 키는 얼마나 자랐을까. 여자 나이 스무 살이면 어른이 다 된 거다. 세련된 모습일꺼다. 어려서부터 모양내길 좋아했던 아이였다. 버스가 들어 올 때마다 목을 빼고 시아를 찾는다. 혹시 못 알아봐서 놓친 게 아닐까.

드디어 마지막 버스가 들어오고 승객 대여섯 명이 피곤한 모습으로 내린다. 모두 걸음을 서둘러 빠져나간다. 잠시 간격을 두고 여자가 내린다. 먼 데서 얼핏 보아도 시아의 모습이라는 걸 알 수 있다. 캄캄한 밤인데도 짙은 선글라스에 야구 모자를 푹 눌러 썼다. 커다란 숄더백을 어깨에 멨다.

"여기야, 시아지?"

시아는 대답이 없다. 멈칫 발걸음을 멈추고 용수를 본다. 용수는 시아가 메고 있는 숄더백을 받아 든다.

"할아버지는?"

"잘 왔어. 할아버지가 널 얼마나 기다리고 계시는데. 진작 연락 좀 하고 살지."

어둠 속에서 택시를 잡는다. 용수는 시아를 뒷자리에 태우고 문을 닫아주곤 운전기사 옆자리에 올라탄다.

"그 집 그대로야. 집을 잊어버려서 못 온 건 아니지?"

시아는 대꾸가 없다.

이럴 때 말을 많이 시켜야 좋을지 조용히 내버려둬야 좋을지 알 수 없다. 어떻게 이 어색함을 깨뜨릴 수 있을지 안절부절못한다. 그러는 사이에 차가 대문 앞에 도착했다.

시아는 대문 앞에서 굳어진 채로 서서 선뜻 들어가지 못한다.

용수가 시아의 팔을 잡아끌고 안으로 들어간다.

"들어가. 겁먹지 말고 어쨌든 한번은 당해내야 하는 거 아니야?"

처음으로 시아의 몸에 닿는 용수의 손에 오랫동안 기다려 온 따스한 기운이 전해온다. 시아가 열 살쯤 되었을 때 시작된 애매한 관심으로부터 오늘 이 밤중에 처음으로 맞닿은 감촉에 이르렀다. 그동안 멀리 돌아서 길 위에 어느 점으로 떠돌다가 마주친 곳이 바로 여기다. 지금 시아는 스무 살이다. 4년 동안의 방황을 끝내고 지치고 절망한 몸으로 돌아와 용서를 기다리고 있다.

할아버지의 사랑을 거절한 잘못이라지만 시아는 그걸 사랑이라 생각하지 않는다. 그건 종이 위에 그려 놓은 사랑 같은 것이다. 실체도 없고 가슴으로 느낄 수도 없는 사랑이다. 만질 수도 없고 느낄 수도 없는 죽은 나무뿌리 같은 것이다.

흙에 파묻혀 있는 동안에는 살아있는 것 같지만 땅속의 수분을 빨아올릴 힘도 남아있지 않은 마른 막대다.

시아는 마루를 가로질러 걸어가서 천천히 방문을 열었다. 할아버지는 벽 쪽을 향해 돌아 누워있다.

"할아버지."

무릎을 꿇고 할아버지 등 쪽으로 다가간다. 천천히 몸을 일으켜 처음 만난 사람을 보듯 표정없이 시아를 본다.

"할아버지, 잘 못했어요."

"나 죽기 전에 돌아와 줘서 고맙다."

시아의 손을 마주 잡다가 할아버지는 덜컥 놓아버린다. 떨리는 손으로 머리를 움켜잡고 깨질 듯 아픈 통증을 견딘다. 전기 충격기로 머리를 찌르는 통증이다. 중심을 잃고 벽에 몸을 지탱한다.

"너, 너."

말을 못하고 더듬으며 손을 내젓는다. 호흡이 멎는 것 같은 통증이 가슴 위로 치밀어 오른다.

용수는 급히 할아버지를 부축해 진정시킨다.

"저년을 당장 쫓아내. 여기가 어디라고 저 꼴로 돌아와."

고함 소리와 동시에 벌써 할아버지의 억센 주먹이 시아의 가슴을 후려친다. 시아는 뒤로 나동그라진다. 용수가 할아버지를 진정시키며 두 사람의 앞을 가로막는다.

"잘 못했다고 용서를 빌잖아요."

어렵게 마음 돌려 집으로 돌아온 시아를 야단칠 것이 아니라 부드럽게 위로해 주어야 한다고 생각하지만 저런 역 표현이 진정한 할아버지의 사랑으로 볼 수도 있다.

"밖에서 나 뒹굴다 죽든가 말든가 할 것이지 이 꼴로 돌아올 수가 있는 거야. 누구 억장 무너지는 걸 보려고."

"죽을 수 없어서 돌아왔어요. 마지막으로 할아버지 얼굴 한 번 보고 죽으려고요."

시아가 울면서 반항한다. 이러다가 뛰쳐나간다면 당장 죽어 버릴 정도로 흥분한 상태다.

시아가 당장 뛰쳐나갈 것처럼 급히 일어서고 용수는 문을 가로막는다.

"잡지 마라. 그냥 냅 둬."

시아는 맨발로 마당을 가로지른다. 눈 깜짝하는 사이에 일어난 일이다. 골목 내리막길을 한참 가서야 시아의 어깨를 잡았다. 용수는 시아를 다시 놓치지 않으려고 손아귀에 잔뜩 힘을 주고 있다.

시아는 숨을 몹시 헐떡이다가 울음을 터뜨린다.

"그냥 갈 거에요. 죽어버릴래요."

시아의 어깨를 끌어안고 달래는데 용수는 뭔가 이상한 느낌이 든다. 시아의 하복부가 둥글게 나와 있어 용수의 아래 배 쪽을 밀고 있다.

지금껏 시아가 돌아왔다는 데에만 신경을 쓰면서 시아의 모습을 자세히 볼 수 없었다.

시아는 변해있었다. 임신을 한 것이다. 만삭에 가깝게 무거워진 몸이다. 그제야 할아버지 노함의 이유를 알았다. 용수는 잠시 눈을 감고 생각한다. 한숨을 깊이 내쉬고 나서 움켜잡았던 손의 힘을 풀었다.

"어떻게 해야 할지 침착하게 생각하자. 죽으려고 집에 돌아온 건 아니지?"

용수한테는 스무 살의 시아가 아직도 열 살짜리 시아로 남아있다. 나뭇가지에서 솎아낸 풋 사과 같은 아이 그대로 있다. 비록 임부의 모습으로 마주 서 있는 이 여자는 전혀 본 적이 없는 낯선 여자다.

"집으로 들어가자. 들어가서 차분하게 궁리를 해보자. 좋은 방법이 있을 거야. 아니면 어디 가서 저녁을 먹을까? 저녁 안 먹었지?"

용수는 마당으로 들어가 시아의 구두를 들고 나온다. 용수가 붙잡아주길 기다리고 있다는 게 눈에 보인다. 집으로 들어가거나 용수가 시키는 대로 하는 수밖에 없다는 걸 알고 있다.

"신발 신어."

어시장에 가면 늦은 시간까지도 장사하는 음식점이 몇 군데 있다. 한 번도 들른 적이 없는 가게를 찾아 잠깐 밖에서 살펴보다가 손님이 없는 집을 골라 들어간다. 주인과 등을 돌려 앉는 자리에 시아를 앉힌다. 늦은 시간에 들어온 게 미안하다는 듯 아무거나 손쉬운 것으로 만들어달라고 주문한다. 오징어 볶음 한 접시에 가락국수를 만들어 준다.

"소주도?"

"아닙니다. 우린 저녁을 못 먹어서요."

"우리"라는 말을 강조하듯 큰 소리로 말한다. 용수하고 시아는 이제부터 "우리"라는 연대를 맺는다. 어떤 일이 있어도 "우리" 앞에 닥친 고난을 헤치고 나갈 것이라는 약속인 셈이다.

말 못할 사정이 있을 거라는 걸 묻지 않아도 안다. 못된 사내한테 속았거나 무책임한 사내가 버렸거나 몸을 험히 굴려 누구 아이인지도 모르게 이 지경이 되었거나 아니면 몸을 팔아 돈을 벌다가 이런 종말을 당했거나다. 어떤 경우라고 설명을 듣게 되더라도 문제가 해결되지는 않는다. 그냥 이유를 묻어두고 이제부터 어떻게 해야 하는지를 생각하기로 한다.

"아이를 낳을 수밖에 없겠지. 넌 집에 조용히 숨어 있다가 병원에 가서 감쪽같이 아이를 낳는 거야. 세상에 태어난 아이는 살아갈 권리가 있어. 그 얘기는 그때 가서 생각하자. 집에서 숨어 살 때 할아버지하고 넌 잘 지내기만 하면 되. 어떤 구박을 당해도 죽었거니 하고 살아. 다 네 운명이거든. 네가 할아버지한테 못할 짓을 했으니까."

"알고 있어요. 난 벌을 받을 거예요."

"할아버지는 동네 사람들 시선이 두려우신 거야. 오늘 네가 집에 돌아오는 걸 본 사람은 아무도 없어. 그러니까 넌 집에 갇혀 있거니 하고 숨죽이고 지내면 돼. 모든 건 내가 도와줄 테니까."

"고마워요. 용수 오빠."

"내 이름을 잊지 않았네."

시아가 처음으로 희미하게 웃는다. 그러나 아픈 미소다. 오랫동안 힘겹게 살아오면서 몹시 지쳐있는 표정이다. 더욱이 만삭에 가까운 몸이다. 오죽 살길이 없었으면 이 마지막 소굴로 찾아들어왔을까.

시아가 어린 시절에 만난 적이 없던 아이였어도 이 상황이라면 용수는 도왔을 것이다. 다리 아래서 사는 장애인 거지라 해도 도울 수 있는 방법을 궁리해서 도와야 한다. 용수는 생명이라는 아름다운 빛에 유혹을 받는다. 그 빛이 어디서 온 것인지는 중요하지 않다. 시아의 고통을 통해서 세상 밖으로 탄생한다.

사람 사이의 체온을 느껴보지 못하고 자란 용수는 어떤 한 생명과 이어진다는 것만으로도 기쁨으로 받아들일 수 있다. 게다가 시아의 아이니까.

아마도 할아버지 용수 시아 그리고 새로운 또 하나의 생명이 만들어 내는 둥지는 멋질 것이다. 누가 손가락질을 한다 해도 개의치 않는다. 민달팽이의 행진처럼 네 사람 모두에게 아픔일 수도 있다. 절벽을 향해 달려가는 맹인들의 전진이 될 수도 있다. 지진을 피해 도망하는 쥐떼가 벼랑으로 떨어져버리듯이 처참한 끝을 만날 수도 있다.

용수는 벌써부터 새 생명과의 만남을 기다린다. 이상한 일이다. 언제부터인지 이런 일이 생길 거라는 걸 예감하고 준비한 것처럼 단번에 계획이 선다.

시아한테 방을 내주고 용수는 할아버지 방으로 합칠 생각이다. 할아버지 눈에 거슬리지 않도록 하는 게 두 사람의 건강을 위해 좋을 것 같다.

시아의 배부른 모습만 봐도 화가 치밀어 손에 잡히는 대로 던지고 싶은 할아버지의 성질을 건드리지 말자는 의도다.

할아버지와 용수가 일하러 나간 사이에 살그머니 나와 집 안 청소를 하고 밥도 지어 놓는다. 빨랫감도 찾아서 손빨래를 한다. 배가 불러 움직이기 어렵지만 그나마도 움직이지 않고 있으면 출산이 어려울 거라는 의사의 말을 기억한다.

작은 메모지에 적는다. 애기가 태어나면 필요한 옷가지들과 작은 포대기와 우유병 두 개

그리고 일회용 기저귀……

지갑을 털어 봉투에 담아 메모지와 함께 용수한테 부탁한다.

아무리 나이가 어려도 아기를 낳는 여자는 본능적으로 엄마일 수밖에 없다는 걸 알았다.

"이런 심부름시켜서 죄송해요."

시아가 마음의 안정을 찾은듯하다. 목소리도 차분해지고 시선도 흔들리지 않는다. 가끔 용수와 눈도 마주칠 때가 있다. 볼수록 가엾단 생각이 든다. 저 작은 가슴 속에 지울 수 없는 상처를 안고 혼자서 떠돌며 사는 나이 어린 여자, 이 여자를 따스하게 위로해줄 사람은 아무도 없다. 이 여자를 동정한다기보다 용수는 이해한다. 그래서 지금은 뭇 사람들의 돌팔매질을 막아주고 싶어진다. 거꾸로 표현되는 할아버지의 사랑도 이해한다. 그에 비하면 용수가 이해하고 도와주려는 마음은 위선이거나 단순해서 응급처치 정도에 지나지 않는다.

시아가 마음먹고 있는 어느 한 부분이라도 알 수 있었으면 좋겠다. 단 한 가지 묻지 않고도 알 수 있는 것은 시아에겐 내일이 없다는 것이다. 어떤 말로 달래야 내일을 만들어 줄 수 있을까. 곧 태어날 아기도 시아한테는 내일일 수 없었다. 어찌지 못할 무거운 짐이고 운명이라고 생각한다.

"무서워요."

"여자는 어렵지 않게 다 엄마가 되는 거야."

"축복받지 못할 건 데두요?"

"내가 축복해줄게. 아기 옷을 사면서 얼마나 기뻤는지 몰라. 언제 애기 아빠가 되는 거냐고 사람들이 묻더군. 곧 하늘에서 아기가 떨어질 거라고 말했지."

시아는 맥없는 웃음으로 용수의 말을 흘려버린다. 미안하기도 하고 곤경에 빠뜨린 게 어처구니없단 의미이기도 하다. 동네 사람들에겐 시아는 없는 존재다. 시아가 집으로 돌아와 애기를 낳을 거란 건 상상도 하지 못할 것이다.

할아버지의 눈을 피해 임부의 건강에 적당한 먹거리도 몰래 사다 준다.

할아버지는 알면서도 모르는 체 눈감는다. 어미도 없이 여자로 자라던 옛날 생각을 하며 눈물을 흘린다. 이웃집 순덕이네한테 맡겼던 달걀이며 집단 성폭행으로 처참하게 찢겨나간 사건이며 이제 겨우 집으로 돌아왔다는 게 애비도 모를 새끼를 배고 숨어들어와 숨죽이고 지내고 있으니 차라리 태풍에 쓸려 죽어버린 게 훨씬 나았겠단 생각을 한다.

어째서 어린아이가 그 모진 세월을 살아가도록 되어있는지 이게 누구의 죄란 말인가.

그 꼴을 눈으로 보고 살아야 하는 늙은이의 죄가 아니고 뭘까. 내가 뭘 잘못했기에……

저러다 저 아이가 애 낳다가 덜컥 죽기라도 한다면 또 얼마나 가슴 칠 일이 될까. 며칠 동안이라도 잘해주고 싶지만 그럴 수 없다.

그저 방 안에서 신경을 곤두세워 밖에서 용수가 움직이고 있는 거동만 모르게 살필 뿐이다.

초저녁부터 시작된 진통이 밤새도록 진행되고 있었다. 시아는 피멍이 들도록 입술을 깨물고 이겨냈다.

"이봐. 저년을 좀 들여다봐야겠네. 밤새도록 끙끙대고 있어."

할아버지는 용수를 흔들어 깨운다.

용수는 마루를 건너가 시아 방문을 연다. 시아가 이불을 돌돌 말아 끌어안고 몸부림치고 있다. 얼굴은 땀으로 세수한 듯 젖었고 몸에 둘둘 말고 있는 이불도 흠뻑 젖어있다.

"병원에 가자."

오토바이 뒷자리에 앉힌다. 끊임없이 계속되는 진통으로 몸을 지탱할 수가 없다.

"정신 차려. 내 목을 꼭 잡아."

용수는 오토바이를 자전거처럼 끌고 간다. 쓰러질 듯 시아를 안고 의료원 응급실 문을 밀고 들어갔다. 응급실 급히 환자를 받는다.

비어있는 병상에 눕힌다.

"어디가 아픈 거예요?"

"진통이요."

"진통이 시작된 지 얼마나 되었어요?"

“몰라요.”

“걱정 마시고 밖에서 기다리세요.”

잠자는 당직 의사를 깨우러 갔다. 병원에 왔다는 것만으로 마음이 놓인다. 잠자던 의사가 가운을 들고 응급실 안으로 들어갔다.

그다음은 아무 소리도 들을 수 없었다. 응급실 안에서는 아무런 소식도 없다. 용수는 응급실 문밖으로 보이는 어둠을 향해 서 있다. 4년 전에도 이런 순간이 있었다. 피투성이가 된 시아를 업고 달려와 응급실로 돌진하다시피 문을 밀고 들어오던 기억이 살아난다. 무슨 인연으로 똑같은 일이 일어나는 것인지 알 수 없었다. 그날도 잠자던 당직 의사가 가운을 걸치면서 응급실로 급히 걸어 들어갔었다. 지금 일어난 상황과 4년 전의 상황이 그대로 재현되는 것 같은 착각이 인다. 이 상황이 꿈을 꾸듯 지난 기억으로 되돌린 것인지도 모른다.

그때는 시아를 오토바이에 싣고 오지 않았다. 분명 지금 일어나고 있는 것은 꿈이 아니다.

요란한 비상라이트를 돌리며 앰블런스 차가 응급실 문 앞에 바짝 뒤로 붙이더니 들것에 실린 남자를 내린다. 핏기없는 얼굴이 용수 앞으로 지나간다. 죽은 사람 같다. 젊은 여자가 울며 따라 들어간다. 교통사고거나 자살한 남자이거나 일 것이다. 삶과 죽음이 같은 자리에 붙어있다는 걸 본다. 삶과 죽음은 같은 것이다.

“분만실로 들어갔어요. 곧 분만할 거에요.”

분만이라는 말은 생소하다. 아이를 낳는다는 말이다. 새로운 생명이 탄생한다는 말이다. 그제서야 탄생은 고통을 통해야 하고 고통은 즐거움의 다음 순서이며 즐거움은 욕망의 열매이며 욕망은 성숙의 증명이라는 것을 깨닫는다.

그러나 용수에겐 모든 절차가 생략되었고 시아한테는 모든 순서가 뒤죽박죽으로 되어버린 채 진행되어가고 있다.

새벽이 되어서야 분만실 문이 열리고 아기를 태운 침대가 분만실 밖으로 나온다. 흰색 타올에 싸여 빨간 얼굴만 내놓은 아기가 보인다.

"최 시아 씨 보호자 계세요?"

용수가 다가선다.

"아빠세요? 아기 보세요. 산모는 시간이 걸릴 거예요. 산통이 심했거든요. 회복실에 있어요. 걱정하실 건 없어요. 입원실로 가 계세요, 회복되면 곧 옮길 테니까요."

새 생명과의 첫 만남이다. 신비롭다. 누굴 닮았다는 게 아니고 처음으로 경험하는 탄생이란 신비로움이다. 허리를 굽혀 눈을 가까이 대고 아기를 들여다본다. 빨간 얼굴에 뽀얀 솜털이 보르르하다. 숯 많은 까만 머리카락이 비쭉 비쭉 솟아난 게 갓난아기 같지 않다. 장난감처럼 작다. 아마도 이 아기가 눈을 뜨고 쳐다보진 않았지만 기운을 느낀다면 용수를 이 세상에서 처음으로 만난 사람으로 기억할 것이다. 냄새나 기운으로 기억할 것이다.

"안아보실래요?"

간호사가 강보에 꽁꽁 싸인 아기를 침대에서 안아 올리며 용수의 가슴으로 내민다. 용수는 얼떨결에 아기를 받아 안는다. 가만히 숨을 쉬고 있는 생명의 평화가 용수의 가슴으로 전해진다. 아기는 작은 새처럼 가볍다. 잠시 뒤에 간호사는 아기를 되받아 침대에 눕혀놓으며 웃는다. 새로운 탄생에 대한 감사의 미소다. 용수의 입가에도 같은 미소가 저절로 나온다. 아기가 신생아실로 간다. 용수의 시선이 아기를 따라간다. 가엾은 저 작은 생명에게 어려움 없는 길을 열리길 소원한다. 부디 아기의 어미와 같지 않은 편안한 삶을 살아갈 수 있도록 축복이 내려주길 진심으로 소원한다. 용수가 어떤 막강한 힘을 가진 존재에게 기도해 본 건 처음이다. 용수는 시아가 옮겨갈 입원실로 천천히 올라간다.

빈방에 놓인 의자에 앉아서 창밖을 본다. 비록 병원이긴 하지만 바람에 흔들리는 나뭇가지나 거기에 걸려있는 아침 해가 무엇인가 새로운 시작을 알리는 듯하다.

막상 시아가 올라올 만한 시간이 다가오면서 용수는 불안해진다. 얼굴을 마주 보기가 편안할 것 같지 않다. 차라리 할아버지와 교대하는 게 좋겠단 생각이 거기까지 미친다. 그걸 왜 진작 생각하지 못했을까.

용수는 병원 밖으로 뛰어나가 집으로 갔다.

대문 앞에서 할아버지와 마주친다. 기다리다 못해 병원으로 가려던 참이었나 보다.

"병원에 가보세요. 딸이래요."

"난 안가. 이번만 자네가 또 수고해 주게. 지금 와서 어쩌겠나."

“그래도 가엾잖아요? 시아한테 하실 말씀도 있으실 텐데요.”

“할 얘기가 뭐 있겠나. 그 년이 팔자가 기구해서 그 꼴이 되었으니 앞으로도 제 운명대로 살아갈 것이야.”

“딸도 생겼으니 이젠 철이 들지 않겠습니까?”

“집 나가 4년씩이나 소식 끊고 지낸 걸 보면 독한 년이야. 그런 독기로 잘 살아주었으면 좋으련만.”

용수는 할아버지를 병원에 보내기는 어렵겠단 결론을 냈다. 마음이 급해진다. 입원실로 옮겨 오면 보호자를 찾을 게 뻔하다.

축복 받지 못할 아기를 혼자 낳고 그것도 힘들게 고통을 겪고 깨어나 정신이 들었을 때 아무도 위로해 줄 사람이 없다는 걸 안다면 얼마나 슬플까.

스무 살 나이가 적은 나이는 아니지만 지금까지 시아가 살아온 길은 정말로 힘든 돌밭 길이었다. 맨발로 돌밭 길을 뛰어서 여기까지 온 것이다.

용수는 천천히 병원으로 간다. 병원 아래층에서 오렌지 주스 한 병을 산다. 입원실 문 앞에 섰을 때 노크를 해야 할까 말아야 할까 망설인다. 잠이 들어있다면 잠을 깨우게 될 수도 있겠다. 그냥 조금 기척을 내는 것처럼 밀었다.

시아는 반듯이 누워 잠들어 있다. 용수는 의자가 놓인 그 자리에 조용히 앉아서 기다린다. 산고에 시달렸어도 반듯한 이마에는 어린 시절에 보았던 고운 표정이 있다. 아주 깊이 잠든 것 같다.

세상이 뭐라 해도 내가 너와 너의 딸을 끝까지 지켜줄게.

3^부

권총을 쏠 줄 아는 여자가 강할까 주먹이 센 남자가 강할까. 그래서 시아는 운전을 배우기로 마음먹는다. 세상살이에 불편하지는 않도록 해야 하지 않을까. 그림을 운반해 주는 용달차 기사한테 부탁하면 간단하게 해결될 것이다. 하루에 한 시간씩 점심시간을 아낀다면 충분히 배울 수 있다. 갤러리에서 내려다보이는 강변 공용주차장에서 만나 집중교습으로 단기간에 배울 수 있도록 부탁해 두었다. 차를 소유하려면 운전을 할 줄 알아야 한다는 것쯤은 생각이 아무리 짧아도 알 수 있다.

김밥 한 줄과 인스턴트 캔 커피가 그들의 점심 식사다. 용달차 기사한텐 점심시간의 아르바이트치곤 레슨비 삼만 원이면 짭짤한 수입이다. 보름이면 충분할 것이라는 기사의 장담을 믿기로 한다. 모든 일들은 시아의 계획대로 진행된다. 용기 있고 과감하고 절실함에 쫓기는 듯 달려가는 것이 추진력을 만들어 주는 것인지도 모른다.

두 달 뒤 용달차 기사가 운전면허증을 가지고 18층에 있는 갤러리로 올라왔다. 그에게 킬리만자로 커피를 대접한다. 그가 모르고 있는 케냐의 킬리만자로를 설명해 주면서 신비로운 세계의 지명을 알려준다. 그가 커피 맛도 모르면서 커피에 대해서 진지하게 공부한다.

"6개월 동안에는 어떤 일이 있더라도 작은 접촉사고도 내서는 안 됩니다. 그럴 수만 있다면 평생 차 사고는 내지 않을 거라고 하던데요. 새 면허로 차를 모는데 있어서 6개월 동안이 제일 중요한 시깁니다. 아셨죠? 근데 차는 언제 살건데요?"

"운전을 배웠으니까 차도 곧 생기겠죠 뭐. 차가 생기면 제일 먼저 아저씨한테 보여 드릴게요."

"꼭 연락해야 되요."

그렇게 하겠다는 약속으로 운전면허증을 그에게 흔들어 보인다. 기쁘다. 또 하나의 세상이 열린 셈이다. 시간에 쫓기며 사는 그가 커피를 반이나 남긴 채 가버린다.

시아한텐 용달차 기사는 일회용 인간이다. 건축물의 비게 같은 것이다. 약속을 지켜야 할 일이란 별로 많지 않다. 세상에서 일어나는 일들이 모두 다른 계단으로 올라가기 위한 발판이다.

양수리에 갈 일이 생겼다.

시아가 면허증을 새로 받은 걸 알고 있는 원장이 자기 차를 내준다. 운전이 서툴 뿐만 아니라 지리도 잘 모르는 시아한테 차를 선뜻 내주기란 그리 쉬운 일이 아니다.

"난 최 부장을 믿지. 자기 목숨을 아끼려면 차도 아껴야 한다는 걸 알고 있을 테니까. 네비를 믿고 다녀와. 오히려 초보시절에는 사고를 안 낸다는 거 알지."

원장의 배짱을 배워야 한다. 웬만한 일에는 조바심하거나 속을 끓이지 않는다. 걱정을 해도 이미 일어나 진행되고 있는 일은 그대로 진행되는 것이니까 어떤 힘으로도 막을 수 없는 것이다.

일을 저지를 때에도 마찬가지로 오래 망설이거나 저울질하지 않는다. 오히려 오래 생각하고 주저주저하는 일에 마귀가 낀다고 믿고 있다.

지하 주차장에서 건물 밖으로 나오는 나선형 오르막길부터 무척 힘들었다. 겨우 큰길로 나가는 출구에 정차하고 있는 중에도 심장이 쿵쾅거린다. 두통마저 일어난다. 등에서 땀이 흘러내린다.

지금이라도 늦지 않았다. 차를 주차장에 주차시키고 택시로 가고 싶었다. 아니다 이런 일을 겪지 않으면 앞으로도 영영 핸들을 잡을 수 없을 것이다. 용기를 내자. 밤을 새워서라도 다녀와야 한다. 가는 도중 백번을 쉬었다가 가더라도 출발하자.

오 화백의 집은 양수리를 지나 서종면에 있다. 수십 대의 차가 시아의 차를 앞질러 갔고 그때 마다 요란한 크랙슨을 울리거나 창문을 열고 욕을 하며 지나갔다. 그러거나 말거나 시아는 그런 것에 신경을 쓸 여유가 없다. 핸들을 부러져라 꽉 잡고 앞쪽만 보며 운전한다.

땀은 비 오듯 흘러내려 옷이 흠뻑 젖었다. 땀을 닦기 위해 차를 갓길에 세웠다. 그제야 네비게이션의 화면을 본다. 목적지에 도착하려면 아직도 37킬로미터나 남았다. 모든 길엔 끝이 있게 마련이다. 첫 운행치곤 호된 시련이다. 머리가 띵하다. 어디에 들어가서 커피 한잔 마셨으면 좋겠다. 달짝지근한 초코렛도 한 조각 생각난다. 넓은 주차장이 있는 까페 앞에 차를 세운다. 손과 다리가 후들거린다. 땅을 짚어도 그 높낮이를 알 수가 없다. 겨우 까페 문을 밀고 들어가 강물이 보이는 창가에 자리를 잡고 앉는다. 커피를 주문하고 간단하게 요기할 수 있는 것이 있는지 묻는다. 야채 샌드위치나 산채 비빔밥이 있다고 말한다. 커피엔 샌드위치가 어울린다.

원장이 집에서 만들어 내오는 샌드위치가 생각난다. 여기까지 얼마나 고생스럽게 왔던지 눈물이 핑 돈다. 커피 한 모금 마시고 나니까 두근거리던 가슴이 가라앉는다. 샌드위치를 배에 넣는다. 배를 채운다는 말은 무슨 맛인지 알 수 없는 음식을 목으로 넘긴다는 말이다. 그래도 포만감 때문인지 배짱이 생겼다. 밥이 힘이란 말이 생각난다.

어쩌자고 차를 끌고 길을 나섰는지 후회스럽다. 이젠 돌아갈 수도 없는 지점이다. 돌아갈 힘이 남았으면 목적지까지 가는 편이 낫다.

배를 채우고 나니까 이상하게도 운전하기가 수월해 졌다. 핸들도 훨씬 가벼워졌다. 굳어져 있던 어깨 근육이 부드러워졌다.

196

이제야 에어컨을 끈 채로 왔다는 걸 깨닫는다. 에어컨 스위치를 누른다. 시원한 바람이 차 안에 돌기 시작한다. 라디오도 켠다. 2시 뉴스다. 그러니까 갤러리를 출발한 지 두 시간 반이나 지났다. 앞으로도 거리상으로는 그만큼 더 가야 한다는 계산이지만 그렇게 오래 걸리지 않을 자신이 생긴다. 속력도 더 낼 수 있고 네비게이션 보는 것에도 익숙해진데다가 방향감각이 생겼다.

뭘 믿고 있는지 원장은 확인전화 한 통 없다. 시아가 길에서 죽었는지 살았는지 궁금하지도 않은 모양이다.

이제 15킬로 남았다. 큰길을 벗어나 좁은 시골길을 따라가야 한다. 시아가 살아온 길만큼이나 힘든 길이다. 그나마 그 길을 벗어나 더 좁은 농로로 꺾어져야 한다. 밭으로 떨어질 것 같다.

목적지까지 얼마 남지 않았다. 2킬로미터 남짓하다. 시아는 차를 길에 그대로 세우고 차에서 내렸다. 더 이상 차를 몰고 갈 자신이 없다. 길은 점점 더 좁아지면서 오르막길이다. 차에서 내려 걸어가기로 한다. 길 한가운데에 차를 세워둔다면 다른 차들이 통행할 수 없을 거란 생각을 하지 못했다. 어차피 맞은편에서 차가 온다 해도 비켜줄 수 없는 좁은 길이다. 분명히 이 길의 끝이 오 화백의 집일 거란 생각이다.

시아는 걷기엔 자신 있다. 오르막길이든 먼 거리든 걱정되지 않는다. 다만 차로 달릴 때보다야 시간이 좀 더 걸리겠지만 그렇게 힘든 운전보다는 마음 편하다. 차로 가는 게 걷기보다 어렵다면 문제가 있는 것 아닐까. 이런 상태가 언제까지 계속될까. 누구든 초보 운전자들에겐 같은 걸까. 유독 시아한테만 나타나는 상태일까.

오랜만에 흙을 밟아보는 상쾌함이다. 부드러운 흙의 감촉이 발바닥으로 전해온다. 포근하다. 아무래도 시아는 시골에서 자란 유전자가 온몸에 박혀있는 모양이다.

철제 대문에 커다란 종이 매달려있다. 조심스럽게 종을 친다. 소리가 얼마만큼 크게 들리는지 알 수 없다.

종소리를 듣고 마당에서 일하던 삼십 대쯤 돼 뵈는 남자가 낮은 담 안에 나타난다. 누구인지 어디서 왔는지 묻지 않고 덜컥 대문을 열어준다.

시아를 기다리고 있었던 모양이다. 하기야 너무 오랜 시간이 걸린 탓도 있다. 약속된 시간 보다 두 시간이나 늦게 도착했다는 거다.

그에게 키를 건네며 길 가운데 세우고 온 차를 몰고 와 달라고 부탁한다. 그는 이유도 묻지 않고 시아를 마당 가운데 세워둔 채로 차를 가지러 나간다. 주차를 부탁하는 정도로 알았던 그는 한참 만에 차를 몰고 와 주차시키곤 시아한테 화를 버럭 낸다.

"어쩌자고 거기에 차를 세웠습니까? 배짱 한번 두둑하십니다."

"길이 너무 좁아져서요. 여기까지 올 수가 없었어요. 왕초보 걸랑요."

"안으로 들어가시죠. 선생님께서 기다리시다가 조금 전에 외출하셨는데 언제 돌아오실지 모르지만 기다려 달라 하셨습니다."

아래층에는 넓은 홀 구석에 긴 쇼파가 강을 향해 놓였고 바닥에는 털이 짧은 회색 카펫이 깔려있다.

"지루할 텐데 비디오 한 편 보시겠습니까?"

시아의 의견을 묻는 체했지만 대답도 기다리지 않고 그는 자기 마음대로 디비디를 골라 넣는다. 늘 손님이 오면 접대하는 방식인 모양이다. 정해진 대로 그는 음료수를 가지러 간다. 역시 무얼 마시고 싶은지 묻지 않는다. 포도 주스를 내온다. 무난한 것이니까. 누구든 싫다 하지는 않을 테니까.

"저는 냉수 한 잔이면 좋겠는데요."

"어떤 생수로 하시겠습니까?"

"생수의 상표를 말하라구요? 어떤 생수가 있는데요?"

"뭐든지 다 있습니다. 선생님께서 생수에 취미가 다양하셔서요."

"재미있으신 분이네요. 그럼 동해약천지장청수로 주세요."

"그걸 어떻게 알아요?"

"나도 생수에 취미가 있어서요."

시아는 그의 말을 흉내 내어본다. 실은 시아의 가슴 저 깊은 곳에 숨어있는 고향에서 나오는 생수다. 바닷속 깊은 바닷속 암반 속에서 솟는다는 물이다. 할아버지는 그걸 생명의 물이라고 믿었다. 시아도 그렇게 믿고 있지만 마실 수 있기를 꿈꿔왔던 것뿐이다. 지금도 그냥 해 본 말인데 여기서 동해의 지장청수를 만나게 되는 모양이다. 실은 지금까지 한 번도 마셔 본 일이 없는 물이다. 시아는 어느 한 사람에게도 고향에 대해서 말하지 않는다. 누구나 어디서든 어머니의 뱃속으로부터 태어났듯이 평범한 탄생이고 당연히 고향이 있어서 그것이 별다를 게 없어서 특별히 말할 게 못 된다는 듯이 그냥 지나쳐도 이상한 일은 아니다.

농담으로 받아치지만 지장청수를 알고 있다는 이 아가씨가 흥미롭다. 차를 길 가운데 세우고 걸어 들어오질 않나 약속시간을 두 시간이나 어기고도 태연하게 사과도 없이 나타나질 않나.

생수를 병째로 들고 와 건넨다.

"미지근한 물이네요. 시원한 거 없어요?"

"차가운 건 우리 몸이 안 좋아하죠."

시아는 종일 목이 탄다. 미지근한 물을 컵도 없이 한 병을 다 들이킨다. 그래도 갈증이 가시지 않는다. 벽에 걸린 티비에 비디오가 저 혼자 돌아가고 있다. 창가에 서서 강물을 한동안 바라본다. 강의 수면 위에 물결이 생선 비늘처럼 잘게 이는 걸로 봐서 약한 바람이 부는 모양이다. 정신없이 차를 몰고 와 밖의 날씨가 어떤지 알지 못했다. 시계조차 볼 여유가 없었다.

그제야 자기가 무슨 목적으로 여길 왔는지 생각해본다. 원장이 건네는 차 키를 들고 주차장으로 내려와 정신없이 목적지까지 오는 일에만 집중했을 뿐이다. 이제부터 어떻게 해야 하는지 여기 온 목적이 무엇인지 이제부터 생각해야 한다.

도착을 알릴 겸 무얼 어떻게 해야 할는지 미션이 무엇인지 물으려고 원장한테 전화를 건다.

"목적이란 건 없어. 최 부장이 알아서 잘하면 돼. 제대로 도착했다니 우선 처녀 운행을 축하하고. 앞으론 운전하는 덴 아무 문제 없겠네."

잘한다는 게 무언지 그건 더 어렵다. "잘"이라는 건 아름다운 것이다. 아름다운 과정으로 아름답게 완성되는 것을 의미한다. 알 수 없는 장소에 와서 모르는 사람들을 만나 아름다운 과정으로 완성시킬 수 있는 것이 무엇일까.

서쪽으로 보이는 강물 위로 해가 기울었다. 어두워지면 운전할 일이 걱정이다.

"우리 저녁식사 준비를 할까요? 그냥 구경만 하든지 아니면 주방장 조수를 해 주시든지."

그가 본격적으로 요리를 만들 준비를 한다. 검정색 긴 앞치마를 두른다. 몸에 딱 붙는 하얀 셔츠 위에 까만색 앞치마를 둘렀을 뿐인데 멋지다. 목 언저리에 흰색 글씨로 쓴 상표가 보인다. 조지 아르마니다. 그냥 하얀색 런닝 셔츠 같은데 굳이 아르마니로 입어야 할 필요가 있을까. 이상한 족속이네. 돈이 넘치게 많거나 머리가 텅 비어 있거나 두 가지 중 하나일 것이다.

냉동고에서 연어 살과 큰 소라를 꺼내 전자렌지로 해동시킨다.

"선생님은 언제 돌아오세요?"

"저녁 식사 전엔 돌아오시겠지요. 밖에서는 절대 식사를 하시지 않는 분이시니까요."

시아는 아무것도 하지 않으면서도 그의 곁에 서서 얼쩡거린다. 그의 손놀림을 보는 게 즐겁다. 그가 만들어 낼 요리가 기대

된다. 세상에는 이런 남자도 있었구나.

"선생님은 운전을 잘하세요?"

"아니 못하십니다."

"그럼 어떻게 다니셔요?"

시아의 관심은 온통 차나 운전에만 쏠려있다. 그는 시아의 질문이 별 의미가 없는지 대꾸하지 않는다. 그는 소라를 까서 잘게 썰고 양념을 한다. 다시 소라 껍질 속에 넣는다.

씻어서 넣어둔 야채를 꺼내 접시에 담고 연어를 큼직하게 썰어 얹는다. 랩을 씌워서 다시 냉장고에 넣는다.

"만두 좋아해요? 빚을 줄 알아요?"

"네. 예쁘게 빚을 자신 없지만 서두요."

만두피와 만두 속을 내놓는다. 보기만 했을 뿐 실제로 빚어본 적은 없다.

"물만두를 끓일 거니까 통통하게 한입에 들어갈 정도의 크기로 빚어 봐요."

시아가 손이 익지 않아 서툴게 빚는 걸 보더니 그가 큰 소리를 내며 웃는다.

"그냥 둬요. 요즘 아가씨들은 큰 문제라니까. 그래가지고 어떻게 시집갈라구요."

"마트에 가면 다 있어요. 아니면 아저씨 같은 남자 만나면 되죠."

저녁 식사준비가 다 되어갈 즈음에 밖에서 차 소리가 멈추고 대문에 달린 종소리가 난다.

댕댕댕, 세 번 울린다.

그가 바람처럼 달려나간다. 시아도 따라나간다. 그들은 마당 한가운데에서 만났다.

오 화백은 시아를 보자 포옥 끌어안는 인사로 맞이한다. 키가 장대하고 가슴이 넓은 남자다. 나이는 많았지만 남성적 매력이 있다. 게다가 자신감 넘치는 매력이 사람을 압도한다. 늙음도 괜찮은 매력이라고 느껴진다. 60대 중반 정도일까.

식탁은 중간 이 층, 강물이 눈높이에 맞닿아있는 자리에 놓여 있다. 세 사람 모두 강물을 보고 앉았다.

"와인 한잔할까?"

"저는 운전해야 해요."

"서울까지 너무 머니까 여기서 자고 내일 새벽에 출발하도록 하지. 올 때 몇 시간 걸렸다고 했지?"

막막하다.

"대리운전을 부를까 봐요."

"그것도 좋은 방법이군. 어쨌든 와인을 마실 수 있겠군."

오 화백은 손수 와인을 고르러 장미 목으로 조각된 와인 보관대로 간다. 이것저것 와인병을 꺼내서 살핀다.

"칠레 와인은 어떤가?"

"요즘 칠레 와인이 유행이래요."

와인은 와이너리도 셀 수 없이 많다. 산지도 세계 각지에 있어 기후에 따라 다르고 포도의 종류도 수백 종이나 되어 제조방법 저장방법 품질검사방법에 따라 등급이 매겨지고 애호가들의 취향에 따라 평가가 다르고 그래서 와인에 전문가란 없다. 누가 와인을 안다고 말한다면 그건 와인에 대한 모독이다. 그렇다고 모른다고 말할 수도 없는 게 그 맛이나 향기에 있어서 좋고 싫음은 말할 수 있기 때문이다.

시아가 말할 수 있는 건 요즘 시중에 많이 나돌고 있는 와인이란 말이 정확한 말일 것이다. 여러 번 들어서 귀에 익었다는 말이다.

"칠레는 말이지 안데스산맥을 넘자마자 바다가 있는 남북으로 긴 나라지. 낮에는 뜨거운 태양이 내리쬐다가 저녁이 되면 갑자기 태양이 안데스 산맥을 넘고 기온이 뚝 떨어지지. 급격한 기온차이가 나는 거야. 그래야 포도의 당도가 높아지지. 그 포도로 와인을 빚는 거야. 이걸로 할까? 산 페드로란 화이트와인으로 하지. 비싼 건 아니지만 맛있는 와인이지. 준 자넨 어때?"

"좋습니다."

오 화백은 그를 준이라고 부른다. 그 관계가 부자 사이는 아닌 게 확실하다. 늘 그랬듯이 잔을 채우는 건 오 화백 몫이다. 세 개의 잔에다 와인을 따르고 나서 건배를 하잔다.

"반갑군. 남자들만 사는 집에 고맙게도 요정같이 아가씨가 나타나다니."

그렇게 시작한 와인 파티가 새벽 세시가 넘도록 끝나질 않았다. 오 화백의 입담은 무궁무진했다. 프랑스에서 그림 공부하던 시절에 만났던 여배우 얘기가 한 시간도 넘게 계속되었고 준은 몇 번째 듣는 얘기였지만 들을수록 재미있는 얘기다. 그 얘기의 상세함이란 그림의 표현처럼 빠뜨림이 없다. 끝이 어떻게 되었는지 몹시 궁금할 무렵 오 화백은 폭탄을 던지듯 마무리를 짓는다. 프랑스에서 결혼하고 일 년을 같이 살다가 유학을 마치고 서울에 올 때 파리에 두고 왔다는 얘기. 이제까지 두 번 다시 만난 일이 없다고 한다.

"어쩜 그 여자는 내 아이를 낳아서 잘 기르고 있을는지도 모르지. 그렇지만 조금도 궁금하지 않아. 인생이란 그런 거라니까."

그렇지만 그 말을 할 때 오 화백의 표정은 좀 쓸쓸해 보였다. 늙음의 고독이다.

시간이 흐르면서 와인의 라벨을 가릴 것 없이 벌써 네 병 째 와인 보관대에서 가져온다. 한 사람당 한 병씩 마시고 더 마시는 셈이다.

신기하게 아무도 취한 사람이 없다. 주량이 수준급이란 의미인지 모두 즐겁게 마셨다는 증거인지 모르겠다.

새벽 다섯 시다. 준이 슬그머니 일어나 아래층 주방으로 간다. 잠시 뒤에 생선살을 넣고 끓인 어죽을 가지고 올라온다.

"준 아저씨는 요리 천재인가 봐요. 요리종류가 다양하죠, 빠르죠, 맛있죠, 예술적이죠."

"그만, 됐습니다. 선생님께 여쭤보면 내 솜씨는 언제나 수준이하라 말씀하십니다."

"그래야 발전하지. 내가 만일 칭찬만 했어봐. 이런 맛의 예술이 나오겠나?"

준은 멋쩍은 웃음을 흘릴 뿐 다음 말은 없다. 그 두 사람의 관계는 참 이상야릇하다.

시아는 못 본체 죽을 허겁지겁 떠먹는다. 그래야 술이 깰 것 같다.

"나는 눈을 좀 붙여야겠어. 자네들은 알아서 하게. 나중에 우리 할 얘기를 하자구."

오 화백은 바로 옆에 놓여있는 침대에 덜렁 누워버린다. 준은 얇은 이불을 찾아다 덮어준다. 천정에 있는 불을 끈다. 갑자기 방 안이 어두워지면서 희끄무레한 여명이 유리창 밖으로 보인다. 새벽이 멀리서 오고 있다.

"우리도 눈을 좀 붙입시다. 아래층에 게스트 룸이 있는데 안내하죠."

준은 빠른 솜씨로 식탁에 있던 그릇들을 정리해서 쟁반에 담아 들고 앞장서서 내려간다.

호텔처럼 하얀 시트로 덮인 침대가 있다. 그 위에 자주색 가운이 단정하게 접혀져 놓여있다.

"아무도 수면을 방해할 사람이 없으니까 마음 편히 주무시죠."

"어려운 부탁 한 가지 드려도 될까요?"

시아는 지갑에서 오만원권 지폐 두 장을 준에게 내민다.

"뭐죠?"

"어제 내가 타고 온 차를 서울에 몰아다 주고, 올 때 택시 타고 오면 안 될까요?"

"그게 누구 차인대요?"

"우리 보스."

"날이 새면 시아 씨가 갈 때 타고 가면 되지 번거롭게 왜 그럽니까?

"올 땐 멋모르고 왔지만 돌아갈 배짱은 없네요. 갈 땐 택시를 타든가 아니면 여기서 며칠 더 살든가. 그 차를 여기 그렇게 세워놓아선 안 될 것 같아요. 네비한테 출발했던 지점을 부탁하면 될 거에요."

준에게 차를 부탁하고 시아는 잠이 들었다. 어디서든 잠을 잘 잔다. 베개에 머리를 대기만 하면 금세 깊은 잠으로 빠지는 버릇이 있다. 누구도 경험하지 못한 막다른 인생을 살아왔어도 그것에 대해서 깊이 고민해 본 적이 없다. 걱정을 해봐도 아무 소용이 없다는 걸 어린 시절부터 알고 있다. '지금은 자야 할 시간이다'를 자신에게 알리면 그 싸인에 맞춰 곧 잠이 든다. 별 잡다한 꿈을 꾸지도 않고 깊은 잠속으로 빠진다. 죽음 속으로 빠지듯이 캡슐 같은 어둡고 고요한 공간 속으로 빨려들어 간다. 몸에 무거운 추를 달아 놓은 듯 그 무게의 느낌이 아늑하다.

가슴에 올려놓은 엄마 손의 무게를 모르고 잠들었던 유년의 허전하고 불안한 기억을 떨어버리는 데 오랜 시간이 걸렸다. 십여 년 남짓하다. 이젠 무게 없는 어둠만으로도 평화를 만날 수 있다. 종이 장 같은 가벼운 이불의 느낌으로도 평화를 만난다. 아니면 거친 자갈밭 위에 누워도 잠을 잘 잘 수 있다.

잠결에 커피 향과 빵이 타는 냄새가 허기를 자극한다. 슬슬 일어나 몸에 덮고 자던 큰 가운을 몸에 걸치고 냄새를 쫓아 걸어 나간다. 계단 위로 냄새가 올라갔는지 집안 전체가 빵 냄새로 덮였다.

시간이 그 자리에 멈춰 있었던 것처럼 어제 그 자리에 오 화백과 준, 두 남자가 앉아있다.

"안녕히 주무셨어요? 선생님. 지금 몇 시예요?"

"이 집엔 시계가 없어요. 시곗바늘에 매일 일이 하나도 없는 집이거든."

"어떻게 하면 그런 생각이 가능하죠?"

"그렇게 어려운 걸 묻지 말고 어서 커피 한잔 하지."

준이 따라 주는 커피잔을 코로 가져가 향기를 맡는다. 언제부터인지 아침에 눈을 떴을 때 침대에 기대어 앉은 채로 커피를 마실 수 있는 영화의 한 신을 꿈꿔 왔다. 유치하고 아무 가치도 없는 꿈이다. 그런 날이 오기도 한다는 걸 알았다. 아주 짧은 시간 안에 사라질는지도 모르는 개꿈일 수도 있겠지만 지금은 견딜 수 없이 행복하다.

"여기서 이렇게 며칠 살았으면 좋겠네요."

"그거 어렵지 않지. 마음대로 해요. 준 어때, 자네도 괜찮지?"

준의 동의 없이 시아의 서종면 생활이 시작되었다. 시아는 하

룻밤 잠잘 수 있는 지붕 아래 방이 있고 같이 얘기할 수 있는 사
람만 있다면 세상 어디서든지 지낼 수 있다.

　꾸릴 짐도 없이 있던 자리를 버리고 뛰쳐나가는 걸 쉽게 저
질러왔다. 지금 소유하고 있는 것 그 어느 것에도 애착을 가지고
있지 않다.

시아는 종일 오 화백의 화실 바닥에 앉아서 음악을 듣다가 가끔 그가 칠하고 있는 하얀 캔버스를 한번 곁눈질로 본다. 며칠 동안 대여섯 개 캔버스에 하얀색 물감을 칠했을 뿐 아무 변화도 없다. 지루하다. 병원의 흰색 벽처럼 답답하다.

곧 죽음이든 삶이든 결론을 내야 할 것 같은 재촉에 쫓기다가 좁은 유리 창문을 밀고 고개를 내밀어본다. 강 건너 차도 위에 차들이 가득 차있다. 움직임이 없다. 아침 여덟 시쯤인 것 같다. 시계가 없는 이 집에서 시간을 알 수 있는 방법은 없을까.

시간을 알 필요가 없는 집이라고 한다면 시간이 멈춘 집인가. 아니면 시간의 흐름을 거부한다는 의미인가. 시간하고는 아무관계 없는 삶이 가능한 집이다.

"선생님, 재미있는 얘기 해드려요?"

오 화백은 대꾸도 하지 않고 붓질만 한다. 크고 작은 캔버스

에 하얀색으로만 칠해 놓곤 뒤로 물러나 캔버스를 바라본다. 붓
질하는 그의 뒷모습만으로도 얼마나 열중하고 있는지 짐작할 수
있다. 한참 만에 무엇을 그려 넣었나 싶어 시아의 시선이 캔버스
로 간다. 아직도 캔버스 가득 하얀색 뿐이다.

"내가 어렸을 때, 열 살쯤일 때였을 거예요. 마을에 큰 눈이
내렸어요. 지붕 위까지 덮어버렸죠. 모든 게 눈 속에 갇혀버렸어
요. 방문이 열리지 않아서 밖으로 나갈 수가 없었죠. 창문으로
내다본 세상이 무슨 색깔이었을 같아요? 흰색이었게요, 까만색
이었게요?"

"흰색."

"아뇨."

"그럼 까만색?"

"바보."

오 화백은 뒤편에 고양이처럼 쪼그리고 앉아 종알대는 시아
를 돌아다보며 빙긋이 웃는다.

시아는 들고 있던 파란색 유리잔을 흰색 캔버스 위에 댄다.

"흰색이 보이세요?"

"아니, 파란색으로 보이는군."

오 화백은 물통에 붓을 던져 넣는다. 시아 옆자리로 자리 잡
고 앉았다.

"그래 그 눈이 언제 녹았나?"

"봄이 와서야 녹았죠. 그동안 사람들이 어떻게 다닌 줄 아세

요? 옆집 하고만 통했는데 터널을 뚫었어요. 눈이 오기 전에 옆집하고 연결되는 기다란 밧줄을 느려 놓는 거예요. 양쪽 집에서 밧줄 끝을 잡고 줄넘기할 때처럼 돌리는 거예요. 처음엔 잘 안 돌아가지만 조금씩 공간을 만들어 가면 점점 구멍이 생기죠. 나중엔 사람이 구부리고 걸어 다닐 만큼 길이 뚫려요.”

“재미있었겠군.”

“아주요. 아직 아까 질문에 대답하지 않으셨어요.”

“유리창 색깔로 보인다.”

“정답. 아, 인제 알았다. 저 흰색 캔버스도 보는 사람 마음으로 보는 거네요.”

세상엔 보이지 않는 것이 보이는 것보다 더 많다. 보이지 않는 것들은 귀로 듣거나 피부로 느끼거나 아니면 마음으로 보는 것이다.

“역시 시아는 천재 큐레이터라고 인정할 수 있겠군. 그래서 겁 없이 여기에 특공대로 침입한 건가?”

“전 아무 목적도 없어요. 그냥 우리 원장이 오 화백님 작업실에 가서 놀다 오라고 해서 온 것뿐인걸요.”

“지령은 나중에 내리겠다?”

“하늘에 맹세하지만 지령 같은 건 없어요. 재미있으면 오래 있을 거구 아니면 갈 거구요. 내 맘이죠. 여행 같은 거예요.”

“여행이라 아무튼 시아는 우리에겐 하늘에서 내려온 요정 같은 존재야. 지금 난 아주 기분 좋거든.”

우리라는 말은 오 화백과 준을 의미한다. 시아는 자기를 언제쯤 그 "우리"속에 끼워줄 것인지 묻고 싶었다. "우리" 둘 중에서 누가 먼저 시아에게 접근할 것인지 그건 누구도 모른다.

매일 긴장 속에서 그러나 즐겁게 지낸다. 물론 육십이 지난 오 화백보다는 아르마니를 좋아하는 센스있는 준이 더 매력 있다. 그렇지만 명성이 가지는 매력도 파워가 있다는 것은 부인하지 못한다. 화단에선 오 화백이라면 누구든 존경하고 선망하는 대상이다. 명성과 부를 함께 가지고 있는 인물이다. 그림을 아는 사람은 그의 작품 하나쯤 가지고 싶어하지만 워낙 손에 닿지 않는 곳에 있는 하늘의 별인 셈이다. 돈으로도 계산이 되지 않는다. 작품을 소장할 사람을 심사한다는 소문도 있다. 여간해선 팔지 않는다. 그는 쉬지 않고 작업을 하지만 그리는 족족 그림창고에 넣어둔다.

돈이 아쉽지 않은 오 화백은 그린 작품을 남의 손에 넘긴다는 건 자식을 팔아넘기는 것과 같다고 생각한다. 비싼 값을 치르고 가져간 소장자는 작품을 허술하게 보관할 리도 없거니와 만약에 전쟁이 나서 집에 불이 나더라도 그림 먼저 들고 피할 것이 분명하다.

그러나 왠지 작품을 돈과 바꾼다는 행위가 싫다.

작품에 들인 시간만큼 애정을 쏟은 만큼 작가와 굵은 끈으로 연결지어있다. 그 질긴 끈을 끊어버린다는 건 칼로 끊어버리는 것처럼 잔인한 마음 없이는 불가능한 것이다. 칼이 필요한 과정은 혈전을 겪어야 하는 것이다.

오 화백의 손톱엔 늘 하얀 페인트가 끼어있다. 그는 작업을 할 때에도 금방 외출에서 돌아온 것 같은 옷차림이다. 애인을 마주하듯이 캔버스 앞에 서서 작업한다.

시아는 하얀 페인트가 낀 오 화백의 손톱이 좋다. 언제나 작업 중이다. 그건 지금 이 순간에도 열정을 다해 살고 있다는 증거다. 며칠 동안 코에 밴 페인트 냄새도 좋아진다. 이러다가 여기에 스스로 갇혀버리게 되는 것이 아닐까.

작업실은 유리 창문이 없는 벽면엔 천정에 맞닿은 거울을 붙였다. 어느 쪽을 봐도 자기 모습을 볼 수 있다. 그래서 그는 항상 집안에서도 정장을 하고 있다. 주로 어두운 그린색에 회색이 섞인 톤이다. 어떤 옷을 새로 꺼내 입어도 똑같아 보이지만 오 화백은 매일 옷을 갈아입는다.

열나흘 만에 캔버스에 변화가 생겼다. 오른 구석 위쪽에 희미한 빛으로 파란 네모난 점이 나타났다. 마치 하늘이 열린 것 같은 느낌이다.

"선생님 웬일이세요? 깜짝 놀랐잖아요?"

"어째서?"

"하늘이 열렸어요."

"그렇게 보이나? 좋은 느낌은 아니군. 그럼 다시 지워야지."

"아니에요, 지우지 마세요. 제가 잘못 해석했나봐요."

"시아 눈이 보통 눈인가?"

시아는 그림을 볼 줄 모른다. 그림을 모른다. 눈에 보이는 그림을 볼 뿐이다. 아무런 생각도 없이 그냥 보는 거다. 아무 거리낌 없이 지껄이는 말을 사람들은 심각하게 듣는다. 그럴 때마다 부끄러워지는 것이 아니라 자신감이 생긴다. 그림을 본다는 것이 별게 아니라고 생각한다.

그냥 보는 거다. 고흐도 보고 세잔도 본다. 피카소도 단원도 본다. 누구든 보는 거다. 그림의 대가들이 보는 것과 시아가 보는 것이 다를 바 없다. 그림을 마주한다는 것은 감상자이다. 감상자의 자격이란 어떤 규제도 없다. 눈이 있으면 다 볼 수 있는 것이다.

"맞는 말씀이에요. 시력은 좋아요."

시아가 멋쩍어서 우스갯말로 얼버무린다.

이제야 생각이 난다. 원장이 시아를 여기에 보낸 미션이 무엇인지 알 것 같다. 꼭 집어서 어떻게 하라고 말은 하지 않았지만 어렴풋이 짐작이 간다. 오 화백의 창고 가득 작품을 채워두고 팔기는커녕 전시조차 하지 않는 유별난 화가라고 하던 말이 떠오른다.

오 화백의 작품을 전시할 수 있도록 부추기든지 아니면 그림 한 점을 살 수 있도록 교섭을 하든지다. 이 두 가지 어려운 미션들을 다 잊어버리고 그냥 여기서 즐겁게 지내는 것만으로도 시아는 행복하다. 지금까지 시아가 살아온 어쭙잖은 인생을 다 접고 여기서 살 수 있다. 전세방, 부엌살림살이, 옷가지들 모두 미련 없이 던질 수 있다. 홀로 남겨질 유일한 혈육인 할아버지도 버리고 달아난 시아다. 핏덩어리 새끼를 병원에 내버리고 뛰쳐 나온 걸 한 번도 후회하거나 죄책감을 느끼지 않고 살아온 시아 다. 시아는 지금까지 자기 방어를 잘하며 살아왔다. 용납될 수 없는 지난 일들을 잊었다. 정신적으로 고통스러웠을 지난 기억 을 깨끗이 잊어버렸다. 언제부터인지 그 기억들이 시아의 머릿 속에서 사라졌다. 뇌의 한 부분에 박혀있던 고통을 깨끗이 도려 내듯이 사라졌다.

신기하게도 기억에 남아있지 않다. 거짓말 같은 기억상실 상 태다.

준이 계단을 올라오는 발소리가 들린다. 무엇인지 간식을 만 들어 올려오는 모양이다. 준은 주방이 있는 아래층에서 유리창 을 통해 보이는 강물을 향해 앉아서 하루 온종일 요리책을 읽는 다. 그러다 마음에 드는 것 한 가지를 뽑는다. 준비할 자료를 읽 어보고 집에 있는 자료를 체크한다. 요리는 그에게 있어서 재미 있는 예술이고 모험이다.

준이 들고 올라온 요리는 운동화만 한 만두다.

노릇노릇 오븐에서 잘 구어 낸 넓적한 군만두다. 준은 창가에 있는 카운터 위에 식탁을 차려 놓았다.

"음, 맛있는 냄새."

시아는 용수철이 튀어 오르듯 자리에서 일어나 카운터로 간다. 허리까지 올라오는 높은 의자에 걸터앉는다. 처음 보는 요리다.

오 화백은 물감판에 붓을 던져두고 만두 쪽으로 옮겨 앉는다.

"자넨 참 신기한 체질이야. 눈만 뜨면 먹을 것만 생각하고 먹기도 그렇게 잘 먹는데 조금도 군살이 안 붙으니 말이지. 이건 어디 요리인가?"

"이태리 요리죠."

"이태리 만두로군."

"말하자면요. 이태리말로 칼조네라고 하죠. 밀가루로 피를 만들어 그 안에 재료를 볶아서 생크림을 넣고 졸이다가 치즈를 듬뿍 얹어서 만두처럼 빚고 오븐에 구어 냈습니다. 오늘 만두소는 버섯들과 치즈죠."

"어떻게 먹어요? 손으로 들고 입으로 베먹어요?"

"그렇게 무식하게 먹으면 안 되죠."

준이 포크와 나이프를 가져다가 썰어 먹는 방법을 가르친다.

오 화백은 만두를 두 조각으로 잘라놓더니 손으로 들고 먹기 시작한다. 별미의 요리다.

반 조각만 먹어도 배가 부르다. 두 남자는 거뜬히 접시를 비웠다. 식욕이 왕성한 사람들이다. 오 화백은 많이 먹는 만큼 몸집이 건장하다. 하루 종일 서서 작업을 하기 때문에 에너지가 필요하고 준은 그 칼로리를 몸 만드는 데 쓴다.

"난요 지금, 국물 없이 멸치 넣고 달달 볶은 김치찌개가 먹고 싶어졌어요."

"시아 씨는 치즈를 싫어하는군요. 그렇지만 이태리 음식은 한국사람 입맛에 제일 가까운 음식이랍니다. 사람들의 성격도 그렇지요."

"그러는 자네는 왜 이태리에서 오래 견디지 못하고 돌아왔지?"

"이태리가 싫다기보다 음악이 싫었습니다."

"음악이 싫다기보다 한국에 나오고 싶었던 거지."

"선생님이 그리웠습니다."

"그래서 우리가 또 이렇게 다람쥐 쳇바퀴에 갇혀버린 시간을 살고 있지 않은가."

"저는 행복한데요."

"난 아니라구 아니란 말이야."

시아는 두 남자의 말싸움 가운데서 시선을 강물에 던지고 앉은 채 칼조네를 오래오래 씹는다.

서너 마디 주고받는 말다툼의 내용으로 그들 사이에 흐르는 물길을 짐작할 수 있다. 두 남자의 관계가 정상은 아니다. 조건으로 봐선 오 화백 쪽이 쫓아가는 위치여야 마땅하지만 대화의 정황으로 봐선 준이 쫓는 것처럼 보인다.

시아는 머릿속으로 가상 시나리오를 쓴다. 두 남자의 비정상적인 생활이 언제부터인가 시작되었고 거기에 길들여진 준의 장래를 염려하던 오 화백이 준을 이태리로 유학 보내며 그 연을 끊으려 애썼지만 준이 얼마 못 가 되돌아오면서 다시 제자리로 돌아오고 만다.

이런 시나리오가 맞을까.

점점 이 집에서의 생활이 재미있어진다. 아무튼 두 남자 모두

가 시아한테 아무 관심도 없는 태도에 심심하고 불쾌하기도 하지만 당분간 그걸 즐기기로 한다.

육식동물 가운데 피어난 사막의 꽃처럼 향기도 꽃잎들의 흔들림도 아무 가치가 없다.

오 화백이 분풀이하듯 고함지르는 건 자신의 늙음에 대한 분노일 뿐이다. 그 고함소리가 준한테로 전달되는 걸 원하질 않는다. 그래서인지 준은 오 화백의 옆얼굴을 측은하게 살피면서 조용하다.

시아가 이곳에 온 이래로 보름 만에 처음으로 손님이 찾아왔다. 곱게 늙은 여인과 모녀처럼 보이는 젊은 아가씨다. 시아가 그들을 아래층으로 안내하는데 멋대로 이 층 작업실로 올라가는 계단 쪽으로 방향을 잡는다. 이 집의 구조에 익숙한 여자들이다.

젊은 아가씨가 시아를 유심히 보면서 계단을 오른다. 넌 누구냐는 물음을 담은 시선이다. 그들의 기세에 눌려 시아는 뒤로 물러설 수밖에 없다. 요리책을 읽던 준은 슬쩍 밖으로 나가며 자리를 비켜준다.

시아도 준을 따라 마당으로 나간다.

"저 사람들은 누구예요?"

"몰라도 되요. 이따금 오는 손님이지요."

시아는 더 이상 궁금해하지 않기로 한다. 올 만한 사람들이고 시아가 관심 가질 사람들이 아닌 모양이다. 그때 집 마당을 파낼 듯 원을 그리면서 요란한 소리를 내며 수상스키가 날아간다.

"준 아저씨는 무슨 음악 공부를 하고 있는 거예요?"

"안 해요."

"이태리에서 음악 공부하다가 돌아왔다고 했잖아요?"

"다 끝난 얘긴데요."

"그럼 이제부터 요리 공부를 하시지 그러세요, 적성에 딱 맞는 거 같은데요."

준은 생김새와는 정반대로 여자처럼 세심하고 얌전하다.

"그러지 않아도 요리 공부하려고 해요. 선생님만 허락하신다면요."

"유학 가시게요?"

"파리로요."

참 신기한 남자도 다 있다. 멀쩡하게 남자답게 생겨가지고 요리책을 끼고 살면서 그의 꿈은 요리공부 하러 파리로 유학하는 것이라고 한다.

"저 손님들한테 차 대접을 해야 하는 거 아니에요?"

"그냥 모른 체 하는 게 좋아요."

시아는 이 층에 올라간 그 여인들한테 끌리는 관심을 끊을 수가 없다. 어쩌면 시아가 안고 온 미션과 두 여자가 가지고 온 미션이 같은 것일는지도 모른다는 느낌이 들었다.

오 화백의 그림을 노리는 사람들일 것이다.

"내가 차를 준비할 게요. 보이차를 대접할까요?"

"마음대로."

시아가 다구를 들고 이 층으로 올라갔다. 세 사람은 적당한 간격을 두고 앉거나 서서 말이 없다. 세 사람 모두 마음이 편안치 않은 표정이다.

"충분히 알았으니까 그만 돌아가요."

"결론이 없잖아요?"

"당신 하고픈 대로 하라니까. 이 집하고 그림만 빼고."

"준이를 언제까지 끼고 돌 거에요?"

"자기 발로 걸어 들어온 걸 내가 어째?"

"준이가 우리 시야에 걸리적거리는 한 평화는 없어요."

"원래 우리 사는 세상에 평화는 없어. 차 마시겠소?"

"누구예요?"

그제야 시아의 존재를 알아차린 듯 여인이 묻는다. 시아한테 인지 오 화백한테 인지 애매하게 묻는다.

시아가 차를 따르며 대답한다.

"그냥 선생님 작업실에서 심부름하며 지내고 있어요."

"점점 재미있는 집이 되어가는군. 이 꼴 저 꼴 보기 싫어서 난 정말 떠날 거라구요."

"난 말리지 않아."

"차 드세요."

시아는 그들의 대화가 심각하다는 걸 눈치채곤 급히 아래층으로 내려간다. 자세히 알고 싶지 않다. 시아는 다른 사람들에게 아무 관심이 없다. 그뿐아니라 세상 일 모든 것에 무관심하다.

19

일요일 이른 아침, 용수는 멀리서부터 오토바이 엔진을 끈 채 영아원마당으로 들어섰다.

오토바이 핸들에 헬멧을 걸고 그 안에 선글라스를 벗어 넣는다.

먼저 영아원 원장을 만나려고 사무실로 갔지만 아무도 없다. 아침 식사시간이어서 직원 모두 식당에서 급식 중인 모양이다.

용수는 식당 안을 살짝 들여다보곤 마당으로 나갔다. 지해를 한눈에 찾아냈지만 아이들의 식사를 방해하고 싶지 않았다.

지해가 밥을 먹는 동안 영아원 마당 여기저기에 수북하게 올라오고 있는 잡초를 뽑아 정리하고 뒤뜰로 돌아가서 쓰레기들도 치웠다. 여직원들만 있는 곳이라 힘든 일은 뒤로 미뤄둔 탓인지 한참 동안 치워야 겨우 뒤뜰이 훤해졌다. 지난번 용수가 치워주고 간 뒤 쓰레기가 그대로 쌓이기만 한 모양이다.

수돗가에서 손을 씻고 있는데 영아원 원장이 지해를 데리고 마당으로 나왔다.

용수의 오토바이만 봐도 그가 온 걸 알았는지 미리 지해를 데리고 나온다.

"지해는 좋겠다. 아빠가 오셨네."

등 뒤에서 영아원 원장의 목소리가 들린다. 용수는 손에 묻은 물기를 바지에 문지르고 얼른 지해를 가슴에 따스하게 품는다. 그러곤 높이 들어 올린다. 까르르 까르르 지해의 행복한 웃음소리가 용수의 이마에 스친다. 솜 인형처럼 가볍다.

"어디 보자, 얼마큼 컸나. 어이구 우리 지해 많이 자랐네."

다시 공중 높이 올렸다 되받는다. 지해의 웃음소리를 또 듣고 싶어 두 번 세 번씩 연거퍼 올려준다.

"아침 맛있게 먹었나? 반찬이 뭐였어?"

"소시지, 김치, 김, 음…… 콩나물."

"또?"

"그게? 다야. 아니다, 두붓국도 먹었어."

"남기지 않고 다 먹었어?"

"응."

영아원 원장은 지해가 다른 아이들이 보는 앞에서 용수를 만나는 걸 몹시 삼가는 눈치다. 되도록 아이들의 시선이 닿지 않는 장소에서 만나도록 한다. 그러지 않아도 어떤 이유로든 부모와 떨어져 자라고 있는 아이들에게 작은 상처라도 만들어 주고 싶지 않았다.

지해를 빨리 데리고 가기를 재촉하는 눈치다.

“지해는 할아버지 만나러 가야지? 방에 들어가서 손가방 가지고 와라.”

지해가 방에 들어간 사이에 영아원 원장은 지해가 워낙 영리해서 초등학교에 조기 입학시키는 게 어떠냐고 묻는다.

“아직 집에 데려올 여건이 안 돼서요.”

“그건 나도 알아요. 그렇지만 지해를 위한다면 앞으로의 교육도 중요하죠. 당장은 아니니까 신중하게 생각해 보세요.”

지해가 초등학교에 들어간다는데 갑자기 가슴이 답답해지는 건 왜일까.

처음 용수가 시아를 만났을 때로 돌아간다. 소를 몰고 산으로 올라가 풀 먹이던 가엾은 아이의 얼굴에 지해의 얼굴이 겹쳐진다. 지해마저 가엾게 자라게 하고 싶지 않다.

집이라고 데려온다 해도 집엔 아무도 없다. 종일 마루 끝에 쭈그리고 앉아 담배 피우며 소주를 쉬지 않고 홀짝이는 할아버지, 오토바이로 택배 일을 하다가 어두워져야 집에 돌아오는 용수가 지해를 위해 무얼 해줄 수 있을까. 아무것도 없다.

“학교에 보낸다 해도 지해 나이만큼 여기서 지낼 수 있도록 할게요. 그렇지만 앞으로 지해 때문에 이런저런 일이 많을 텐데 지해 아빠도 장가를 들어야 할 것 같아요.”

사람들은 모두 지해가 용수의 딸이라고 알고 있다.

고양이처럼 영특한 지해도 용수를 아빠로 인정하지 않아 아빠라고 불러본 적이 없는데 영아원 원장만 둔하게도 용수를 부를 때 지해아빠라고 똑 떨어지게 부른다.

지해가 가방을 챙겨 들고 나온다. 그리 기쁜 표정이 아니다. 차라리 영아원에서 지내는 게 좋다는 몸짓이다. 용수도 느낌으로 지해의 마음을 알지만 할아버지한테 지해를 보여주는 것도 하나의 의무 같은 일이다. 요즘 들어 부쩍 할아버지의 건강이 안 좋아진 걸 보면 오래 버틸 것 같지 않다. 이미 할아버지는 유언 같은 내용으로 차분하게 용수한테 말해왔다.

다 쓰러져가는 집 한 칸 용수한테 남길 테지만 빚진 돈도 받을 돈도 없다 해도 지해를 맡기려니 미안하기 짝이 없노라고 .

인정머리 없고 싹수가 노란 시아를 어미라고 찾아주지도 말 것이며 혹 핏줄이라고 찾아오더라도 지해를 만나게 하지 말라고 당부해 왔다.

말은 하지 않지만 할아버지가 손녀딸 시아를 그리워한다는 걸 용수가 모를 리 없다. 틈만 생기면 서울로 올라가 시아의 흔적을 찾아 헤매지만 언제나 허탕이다.

오토바이 뒷자리에 택배용 플라스틱 상자에 지해를 넣고 해변도로를 달린다. 바다 쪽으로 기울어질 때마다 시퍼런 바다가 쏟아져 들어오는 것 같다.

지해가 즐거우라고 해변도로를 달리는데 지해는 소름 끼치게 두렵기만 하다.

시아를 세상 밖으로 내쫓아버린 태풍의 기억을 지해한테 심어주었는지 바다를 그리 좋아하지 않는 것 같다. 기억도 유전된다 하는 말이 맞는 모양이다.

"재미없니?"

지해는 대답하지 않는다. 토할 것 같다.

오토바이를 멈추고 소나무에 기대어 놓고 세운다. 지해 손을 잡고 모래사장을 가로질러 바다로 나간다.

멀리 떠가는 배가 보인다.

"저 배는 어디로 가는 배게?"

"몰라."

지해는 생각하기 싫다. 말대꾸도 하기 싫다.

"집에 갈까?"

"응."

이 아이는 용수가 아빠가 아니라는 걸 알고 있는 것 같다. 굳이 위장하고 싶지는 않다.

알면 아는 거고 모르면 모르는 대로 상관없다. 그렇지만 정은 더럽고 치사한 것이어서 핏덩이로 용수의 가슴에 던져진 아이란 생각을 하면 마음이 저려 눈앞에 있을 때엔 잠시도 눈을 뗄 수가 없었다.

피는 못 속인다는 말이 잘 들어맞는다. 하는 짓이 어린 시아를 쏙 빼어 닮았다. 이유 없이 뿌르퉁해질 때 표정은 시아 그대로다. 말로 전해 듣거나 사진으로도 본 적이 없는 어미의 표정을 닮는다는 건 무서운 일이다.

226

용수는 시아의 얼굴이 전혀 생각나지 않을 때도 있었다. 그러나 요즘 지해를 지켜보면서 시아의 얼굴이 또렷해진다. 가물가물하던 시아의 존재가 다시 살아 움직이며 용수의 삶으로 파고든다. 시아는 용수에게 어떤 존재인가. 삶의 목표를 만들어주는 것도 아니고 기쁨이거나 보람은 더욱 아니다. 구태여 이유를 찾는다면 용수의 눈앞에서 시아가 산산이 부서지고 지독하게 불행해지던 순간의 기억을 공유하고 있다는 것이다. 시아의 불행을 구경하고만 있었다는 죄책감 때문이기도 하다.

지금이라면 그렇게 당한 채로 넘어가지는 않았을 것이다. 용기도 의리도 없었고 시아가 거들떠보지도 않고 떠날 만큼 존재감이 없었던 남자였음에 틀림없다.

세상에 있는 모든 것이 자기 나름의 가치를 가지고 있다는데 용수의 가치는 얼마만큼일까.

오토바이에서 지해를 내려놓자마자 마루 끝에 웅크리고 앉아있는 할아버지한테로 달려간다. 작은 몸을 날려 할아버지한테 안기려는데 할아버지는 뒤로 나동그라지고 만다.

지해는 몸을 일으키더니 할아버지 뒤로 돌아가 등을 밀어 일으켜 앉힌다. 앞으로 돌아가서 할아버지의 주름투성이인 얼굴에 입맞춤하며 반가워한다. 피가 무엇일까. 매주 보러 가는 용수를 저렇게 반긴 적은 없다. 두어 달에 한두 번 잠깐 만나는 것뿐인데 서로의 얼굴을 잊지 않고 있는 것만도 신기할 일이다.

저토록 반가울까.

“할아버지 술 줄까요?”

지해는 마루 끝에 있는 됫병 소주를 보면서 묻는다. 할아버지가 좋아할 무엇을 찾아내느라 애쓴다.

“그게 술인 줄 어찌 아노?”

“다 알아요.”

“지금은 말고 나중에 마실게. 우리 지해가 좋아하는 건 뭘까.”

“할아버지하고 같이 사는 거.”

지해의 말에 대꾸하지 못하고 숨이 턱 막히는 것 같다. 헛기침을 하면서 옆에 있던 종이컵을 집어서 먼지를 털고 소주를 따른다. 세상에 나와서 허리가 휘도록 뱃일을 한 것 말고 살아온 흔적이 남아있는 거라곤 다섯 살 난 증손녀 지해 하나밖엔 없다. 이 아이마저도 얼굴 안 잊어버릴 만큼 오랜만에 한번 품에 안아 보는 거다. 이렇게 하는 것밖에는 해줄 수 있는 것이 아무것도 없다. 용수가 부엌에서 안줏거리로 토마토를 썰어 내온다.

할아버지는 한 조각을 집어 지해의 입에 넣어준다.

“자네도 한잔하지.”

“이따가 마시겠습니다. 지해도 왔으니 점심엔 청요리를 시켜 먹을까요?”

청요리라고 해야 겨우 자장면에 탕수육 한 접시 배달해오는 것이다. 부둣가 중국집에 가서 먹으면 간단하겠지만 세 식구가 함께 움직이는 게 만만치 않다.

세상이 점점 살기 좋아져서 집안에 가만히 앉아서 온 천지에서 나오는 물건을 다 살 수 있다는데 아무리 그럴 수 있으면 뭐 하는가. 사는 게 하루하루가 지루하고 따분할 뿐이다.

할아버지는 맨 소주 한잔에 이미 취했는지 마루에 길게 눕고 말았다.

지해는 가방에서 그림 부채를 꺼내 할아버지 얼굴에 바람을 보낸다. 대나무 베개를 가져와 머리에 괴어 주곤 용수는 지해에게 나가자고 손짓한다.

가까운 마트에 가서 지해가 가지고 싶어 하는 건 뭐든지 사 줄 생각이다. 신통하게도 지해는 알고 싶은 게 많을 텐데도 묻지 않는다. 물어도 말해 줄 수 없는 것이 너무 많다는 걸 미리 알고 있는 것 같다. 본능적으로 강한 심성을 가지게 되는 것인가.

마트에 가서도 가지고 싶은 물건이 없는 듯 별로 관심이 없다. 물건을 봐도 무관심한 눈빛이다.

"뭐든 골라 봐. 다 사줄 게."

지해는 고개를 가로젓는다.

"내가 좋은 거 가지면 다른 애들이 부러워해서 안 돼요."

"다른 애들 꺼도 사줄게."

"그럼 우리가 밀져."

"괜찮아. 우리 지해를 위해서니까."

"아, 집에서만 가지고 놀면 되겠다."

열쇠로 잠그는 그림 노트하고 그림 전자팽이를 샀다.

어린아이답지 않게 고르는 물건이 특이하다. 다른 아이에 비해 영특하다더니 이해하기 어려울 정도로 남달랐다.

다섯 살짜리 지해의 머릿속은 서른 살 정도의 어른에 맞먹는 생각이 들어있는 것 같다.

어미 없이 살아가야 할 자기의 운명을 미리 알고 있는 것처럼 말이다.

마트에서 그들이 돌아왔을 때까지도 할아버지는 마루에 누워 잠들어 있었다. 요 며칠째 할아버지는 한번 잠들면 좀처럼 깨지 못한다. 죽은 사람처럼 잠에 빠지곤 했는데 마치 죽음을 연습하는 것처럼 보인다.

때론 심하게 코를 골기도 하고 헛손질을 하며 누군가를 부르면서 달려가고 있는 듯 알 수 없는 말을 웅얼거리기도 한다.

지해는 마루로 올라가 할아버지 팔을 끌어다 베고 곁에 눕는다. 그러다가 금세 몸을 일으켜 앉더니 할아버지 얼굴을 가만히 들여다본다. 듬성듬성 자란 수염을 쓰다듬어 본다. 사람의 온기가 그리웠던 모양이다. 지해가 자라오는 동안 살을 대고 안아준 손길이 없었다. 누군가의 등에 업혀본 기억도 없다. 그저 길 위에 돌멩이처럼 이리저리 밀리며 굴러다니면서 부대끼고 차이면서 저절로 자랐다. 시간이 키워준 셈이다.

자장면이 왔다. 할아버지를 깨워 밥상머리에 앉힌다. 자장면을 비벼서 지해 앞으로 놓는다. 용수는 가위로 면발을 짧게 잘라 먹기 좋도록 만들어준다. 지해는 자장면을 처음 먹어본다. 젓가락질도 아주 능숙하다. 젓가락을 잘 쓰는 아이가 머리가 좋다더니 지해는 어른처럼 자장면 오라기를 감아 입에 넣는다. 처음 먹어보는 음식인데도 입맛에 잘 맞는 모양이다. 원래 자장면이란 전 국민의 양식이라고 하지 않았나.

할아버지가 소주를 잔에 따라 용수에게 건넨다. 몸을 옆으로 돌려 술을 입에 털어 넣는다.

오랜만에 마주 앉아 마시는 술이다. 할아버지가 문밖에 나가길 힘들어 한 뒤로부터 어시장주막집에 같이 갈 일이 없었다. 조금씩 세상일에서 멀어지는 과정이 눈에 보이지 않게 진행되고 있었다. 종일 누워있기만 할 뿐, 용수가 눈앞에서 어른거려도 보이지 않는 모양이다. 좀처럼 입을 열지 않는다. 할 말이 없다는 것은 아무 일에도 관심이 없기 때문이다.

자장면을 몇 오라기 입에 넣었을 뿐인데 할아버지는 밥상 앞에서 물러나 앉는다.

"다 먹거든 종이하고 볼펜을 가져오지."

용수와 지해가 있는 데서 해 두어야 할 얘기가 있다. 머릿속이 별로 맑은 것 같지는 않았지만 기회를 놓치게 된다면 아차 싶을 때가 올 것이라는 걸 예감한다. 지해가 철들어 말귀를 알아들을 만한 나이가 될 때까지 기다릴 수가 없다.

언제 죽을는지 점점 불안하다. 처음엔 그냥 막연한 느낌으로 끝이 있을 거란 생각이었지만 요즘에 와선 확실하게 모든 생명에는 시작과 끝이 있다는 걸 확신하며 그 끝이 곧 닥칠 것 같은 느낌이다.

오늘이 될는지 내일이 될는지 죽음의 그림자가 한 걸음씩 다가오고 있다는 걸 안다. 두렵지는 않다. 이미 태풍에 아들 며느리 한꺼번에 잃고, 그 통에 불량하게 자란 손녀딸 시아마저 발을 끊은 지 오래되었다. 이젠 그 얼굴마저 생각나지 않는다.

바구니에 넣어둔 돋보기를 꺼내어 입김을 불어 먼지를 닦아낸다. 돋보기로 글을 읽었던 기억도 모두 가물가물하다. 글자가 제대로 써질는지 자신이 없다.

"아니지. 자네가 받아쓰는 게 좋겠구만."

용수는 자장면 그릇을 밀어내고 상 위에 자리를 만든다.

"유언장이라고 제목을 달아 봐."

삶을 제대로 살아온 것 같지 않는 노인이 무슨 유언을 남길 게 있을까만 그래도 정신이 말짱할 때 하고 싶은 말을 남겨두는 것이 좋을 것 같다. 어려서 집을 나간 손녀 시아를 죽은 아들 대신 의지하고 살고 싶었지만 이젠 보고 싶은 마음도 없다. 무슨 염치로 엉뚱하게 남남인 용수한테 모든 걸 의지하고 살아가고 있는 걸 보면 알 수 없는 게 운명인 것 같다.

용수가 선뜻 유언장이란 제목을 달지 못하고 머뭇거리자 재촉이다.

옆에서 보고 있던 지해가 기다리다 못해 용수가 쥐고 있는 볼펜을 뺏는다.

"내가 쓸게, 부르세요, 할아버지."

"아니다. 네가 쓰는 게 아니야."

유언장이라는 제목을 붙이면서 머리가 띵하다. 사람은 언젠가는 죽는다, 죽을 날을 기다리듯이 조마조마하게 더 살고 싶어서 안달하며 그 시간을 보내는 사람도 있지만 용수의 부모나 시아의 부모처럼 어느 순간 불어닥친 태풍에 휩쓸려가 흔적도 없이 사라져버리는 죽음도 있다.

─이제 내 나이 칠십이 넘어 살아온 날들을 정리할 때가 온 것 같다.

몸 아끼지 않고 열심히 일만 하면서 살아왔지만 자랑할 만한 것도 없고 모아놓은 재산도 없다. 단 하나 피붙이인 아들과 며느리는 두 살 난 딸 시아를 남기고 세상을 떠났다.

그 아이마저 내 곁을 떠난 지 오래다. 이제 나는 살아있어 숨 쉬기조차 귀찮고 어렵다.

아마도 나는 곧 이 세상을 떠나게 될 것 같다. 그걸 누가 알겠냐만 그래야 할 것 같다. 나처럼 팔자 사나운 사람이 오래 산다는 것은 고통일 뿐이다.

지금 이 글을 받아 적고 있는 청년 용수가 오랫동안 아들 대신, 시아 대신 내 곁에 살아주었다. 용수는 지금까지 내가 버티어 온 힘이었을 것이다.

내가 없었다면 도시로 나가 제 인생을 펼칠 수도 있는 똑똑한 사내가 오늘까지 발전성 없는 어촌에서 살아준 것에 대해 감사하고 죄스럽게 생각한다.

아마도 나를 땅에 묻어주어 사람들의 발에 불쌍하게 차이는 걸 막아줄 것이라고 믿는다.

분명 그렇게 해 줄 것이다. 약속하지 않더라도 용수는 그럴 것이다. 정직하고 겸손하고 인정 많고 부지런하고 이만한 사내가 더 있을까 생각한다.

그래서 오늘 이 자리에서 다음과 같이 약속한다.

나의 재산인 이 집(대지 40평 건평 15평)과 월세로 빌려주고 있는 어선 동해 호를 용수 앞으로 물려준다. 아무 조건도 없다. 용수는 내 손녀딸인 시아를 나보다 더 걱정하고 있으니 따로 당부할 말이 필요 없을 것이다.

이 자리에 있는 시아의 딸 그러니까 나의 증손녀인 지해가 공부 마치고 자립할 수 있을 때까지 잘 돌봐 주길 부탁한다. 지해가 무척 똑똑하다니 다행이다. 고마운 일이지.

물려주는 이 재산을 마구 쓰지 않길 바란다. 이 늙은이가 평생 모은 것이니까. ―

어디서 봤는지 할아버지는 유언장 아래쪽에 날짜를 적고 세 사람의 이름을 적고 공동으로 서약하자고 한다. 할아버지 용수 지해 세 사람의 이름을 각자 자필로 이름을 썼다.

용수는 지해한테 천천히 할아버지의 유언장을 읽어준다. 잘 알아듣도록 또박또박 읽어주고 구절마다 이해하였는지 지해의 표정을 살핀다.

"할아버지가 언제 죽는데?"

지해는 울음을 터뜨리며 용수한테 매달린다.

234

작은 가슴의 갈비뼈가 불어날 만큼 흐느끼는 지해를 꼭 끌어안아 준다. 머리를 한 손으로 잡아 지해의 얼굴에 볼을 맞대고 진정시킨다. 지해의 슬픔은 좀처럼 가라앉지 않는다.

“이리 와봐라. 당장은 아니다. 지해가 커서 어른이 되면 그때, 할아버지가 없어도 될 때 그때, 오래오래 있다가 죽을 거다. 걱정하지 마라. 알았지?”

지해는 금세 울음을 그친다. 울음을 달래는데도 피가 통하는 그 어떤 기운이 있는 것 같다.

퉁퉁 불어 못 먹게 된 자장면 그릇을 치우고 나서 시계를 본다. 지해를 영아원에 데려다 줄 시간이 되었다.

지해가 떠나는 걸 기다리지 못하고 할아버지는 밥상머리에 그대로 눕는다. 기력이 다 해가는 게 보인다. 오래 앉아있지 못하고 무슨 일이든 지속적으로 매달리지 못하는 모습이 부쩍 눈에 띈다.

용수가 할아버지를 처음 보았던 십 년 전만 해도 종일 뱃일을 하고나서도 돌아오는 길에 주막에 들러 큰 목소리로 마을 사람들과 밤 가는 줄 모르고 이야기판을 독차지하곤 했었다.

그 장대했던 모습은 어디 가고 이젠 쪼그라들고 시들어 어깨가 좁아보였다. 옆으로 누워 잠들어 있으면 작은 아이처럼 보였다.

지해는 잠든 할아버지 뺨에 입을 맞추고 오토바이를 향해 뒷걸음질로 걸어 멀어진다. 영아원으로 돌아가기 싫은 표정이 역력하다. 키우기 어렵더라도 지해를 데리고 같이 살아볼까 하는 마음도 없진 않지만 그건 모두를 위해 좋은 선택은 아니다.

모진 마음으로 지해를 오토바이에 태우고 동네를 빠져나간다. 시계를 봐가며 들어갈 시간에 맞춘다. 마음대로 놀 수도 없고 잠을 잘 수도 없는 영아원생활이 얼마나 싫을까. 그래도 지해의 얼굴에선 거부의 느낌이 전혀 보이지 않는다. 숙명적인 것이어서 선택의 여지가 없는 것으로 받아들이는 얼굴이다. 작은 아이가 자신의 숙명을 알고 있다는 건 얼마나 안타까운 일인지 모른다. 지해를 가슴에 꼭 끌어안고 용서를 빌고 싶다.

영아원 건물 안으로 지해를 들여 넣으며 용수는 늘 마음이 아프다. 차라리 데리고 외출하지 말걸 그랬다는 후회도 든다. 만일 지해가 용수의 친딸이라면 이렇게 억지로 영아원에 밀어 넣지는 못했을 것이다. 지해가 집에서 사는 것이 가족 모두한테 어려움을 주는 한이 있어도 따로 떼어 놓고 살 수는 없었을 것이다. 어떤 방법으로든 같이 살 수 있는 길을 찾았을 것이다.

영아원 현관 쪽으로 가다가 걸음을 멈추고 고개를 돌린다. 그 자리에 서서 보고 있는 용수에게 손을 흔든다.

"사랑해. 금방 또 올게."

"응"

지해는 뛰어 건물 안으로 들어가 버린다.

돌아오는 길 위에는 온통 지해의 얼굴로 덮여있어서 달릴 수가 없었다. 용수는 오토바이에서 내렸다. 해변 모래사장을 가로질러 바닷가로 갔다. 바다 저 끝에서 어둠에 잠긴 수평선 위에 오징어잡이 배들이 불을 켜기 시작한다.

236

우편환으로 송금해왔다. 아무 내용도 없이 500만 원 짜리 우편환 한 장만 달랑 들어있는 봉투가 유령처럼 던져진 등기우편이다. 수취인으로 할아버지 이름이 확실하게 적혀있었지만 송금인은 알 수 없는 웬 남자의 이름이었다.

시아가 주소를 밝히지 않으려고 다른 사람을 시켜서 송금한 게 분명하다.

"그 애가 죽으려고 환장했나보다. 남경장사한테 몸을 팔았든지. 지가 이렇게 큰돈을 만들 재주가 어디 있었겠나. 그래도 제 새끼는 생각하고 있는 게 분명하구만."

용수는 이제부터 본격적으로 시아를 찾아 나설 판이다. 서울 어딘가에 살고 있겠지만 바닷가 모래 속에서 바늘 찾기라는 생각에 무작정 찾아다니다가도 맥이 주욱 빠지면 한두 달 동안은 아예 시아 생각을 접어버리고 말 때가 많았다.

그러다가 갑자기 제정신이 들면 시아를 찾아 나선다. 그냥 찾아다니는 거다. 때로는 시장 터이고 때로는 술집이고 아니면 사창가다.

생김새를 말로 설명해도 소용이 없고 이름을 말해도 그건 더 소용없는 일이다. 사진 한 장 남기지 않고 자취를 감춰버린 채 용수의 가슴 속에서만 살아있는 여자다. 어린 시절을 불행하게 보낸 아이는 어린 시절에 찍은 사진이 한 장도 없는 게 당연하다. 사랑하는 여자도 아니고 꼭 찾아야 할 의무 같은 게 있는 여자도 아니다. 이젠 머릿속으로 세던 나이조차도 희미하다.

나이나 얼굴이나 다 뭉그러져 없어지고 강한 느낌 몇 컷으로 남아있는 여자다. 해 질 녘 강둑을 따라서 소를 몰고 걸어가던 단발머리의 작은 소녀와 피투성이로 산길에 쓰러져 있던 조금 자란 소녀와 만삭의 몸으로 버스 정류장에 내린 아가씨.

이렇게 단 세 컷으로 기억되는 시아다.

그런데 용수는 왜 이 여자를 기다리고 있는 것일까. 용수가 기다리고 있는 여자는 그 세 가지 기억 속의 여자 중에서 어떤 여자를 사랑하는 것일까.

보통 사람들이 말하고 알고 있는 사랑이란 이름을 붙일 수는 없지만 분명 이건 사랑이다.

용수의 가슴에 살고 있는 여자는 해 질 녘 소를 몰고 강둑을 따라 걸어가던 단발머리의 소녀다.

우편환에 발송자의 주소를 추적해 보기로 한다. 바로 그 인물

238

은 아니라도 어떤 관계로든 이어진 인물일 것이다. 만일 그가 밝히지 않는다 해도 어떤 방법으로든 한번 붙잡은 실마리를 놓칠 수는 없다.

우편환에 적는 이름은 가명으로 통할 수는 없다. 주민번호를 정확하게 적어야 송금할 수 있다. 최악의 경우 그 인물이 시아와 아무 상관이 없는 인물일 수도 있다. 지나가던 사람한테 부탁하거나 우체국 직원일 수도 있다.

아무튼 불가능한 백 가지의 경우를 상상하더라도 아무것도 모르던 어제보다는 훨씬 희망적이다. 송금한 우체국 근방에서 송금인을 찾았다. 역시 시아하고는 아무 상관도 없는 남자였다. 시아의 얼굴도 잘 기억하지 못하는 것 같다.

우체국 옆 구두수선 박스에서 일하고 있는 50대 후반의 남자다. 송금을 하러 왔는데 주민증을 깜박 잊고 안 가져와 송금을 할 수 없으니 도와달라고 부탁한다. 아버지가 위독해서 병원에 입원시킬 돈이라 급히 송금을 해야 하는데 집에 갔다 올 시간이 없다면서 다급하게 부탁하기에 의심 없이 도와주었다고 한다.

돈을 빌려달라는 것도 아니고 바로 옆에 있는 우체국 안에 잠깐 얼굴을 내밀면 되는 건데 어려울 게 뭔가 하고 생각했다고 한다. 순하고 정직한 남자였다. 무슨 문제가 있는 돈이냐고 오히려 용수한테 묻는다. 그럴 여자 같지는 않아 보였다고 덧붙인다.

용수는 자판기에서 커피 두 잔을 뽑아 가지고 와 구두수선 박스 밖에 놓인 의자에 앉는다.

이 남자한테서 어떤 꼬투리라도 건져내야 한다. 아니면 다시 바닷가 모래밭에서 바늘 찾기가 시작될 것이다.

"아저씨가 주민증을 빌려주었다고 고맙단 말을 안 하던 가요?"

"그렇게 꼬치꼬치 묻기 전에 내가 먼저 물읍시다. 그 여자가 그 돈을 어디서 훔쳐온 것이요?"

"아닙니다. 그 여자가 돈을 보낼만한 처지도 아닐 텐데 연락처를 숨기고 몰래 보낸 거에요. 되돌려주든가 고맙단 말은 해야 할 것 같아서 찾아 나섰습니다."

"요즘 같은 세상에 그런 일이 있단 말이요? 착하긴 무척 착한 여자 같았어요. 고맙다면서 담뱃값이라고 돈 만 원을 내미는데 안 받겠다고 거절하니까 그럼 구두수선을 할 테니 고쳐달라 했지요. 새로 산 구두인데 커서 자꾸 벗겨진다며 어떻게 하면 되냐고 물었지요. 결국 이천 원짜리 깔창을 깔아주고 만 원을 받았는데."

"도움을 주셨는데 당연히 받으셔야지요. 커피 드세요. 아저씨."

"지금 생각이 나는군. 그 구두가 흔한 게 아니어서 물었더니 효자동에 오래된 구둣방이 있는데 노인 혼자서 50년도 넘게 수제 구두를 만들어 팔고 있다면서 싼데다가 편안하대요. 그 말을 듣고 보니 나도 언젠가 들은 적이 있거든. 유행과는 상관없는 구두인데 할아버지를 아는 손님이 팔아준대요. 아는 사람만 신는 구두지요. 요즘 아가씨들은 명품구두나 브랜드 구두만 신는데 그 여자는 좀 특이했지요. 난 구두쟁이니까 구두에 예민해요."

용수가 효자동 구둣방을 찾아냈을 때 가게 안은 아무도 없었다. 아직도 서울에 이런 가게가 있을까 할 정도로 낡고 오래된 작은 간판이 그냥 "구두"라고만 써 있었다. 겉으로 보기엔 서너 평도 안 돼 보이는 집이다. 집이라기보다 양쪽 집의 담을 연결해서 그 사이에 지붕을 덮어 놓은 듯한 모양새였다. 가게를 비우고 주인이 마음 놓고 외출할 정도라면 짐작이 간다. 상품을 훔쳐갈 만한 뜨내기손님은 오지 않는다는 것, 말하자면 단골손님밖에는 찾지 않는다는 것이 분명하다. 용수는 가게 밖에 서서 주인을 기다린다. 멀리는 안 갔을 것이다. 화장실을 갔거나 근처 식당에서 식사를 하고 있거나 일 것이다.

한 시간이나 지났다. 주인은 돌아오지 않는다. 옆집에 기웃거려본다. 누굴 찾느냐고 물으면 이 가게 주인은 언제 돌아오는지를 물어볼 생각이었지만 그들도 용수가 오랫동안 어정거리는데도 별 관심이 없다.

이런 어수룩한 동네가 아직도 서울 한복판에 있다는 게 신기하다. 오래되고 낡은 동네일수록 옛날 그대로 살아가는 사람들이 있다.

용수는 길 건너편에 있는 분식집에서 라면 한 그릇으로 간단하게 끼니를 때웠다. 다시 돌아와 가게 안을 살펴보는데 허술한 유리문을 작은 자물쇠로 잠가 놓은 게 보인다. 주인은 오래전에 문을 닫고 들어갔던 모양이다. 아니면 아침부터 문이 닫혀있었거나.

용수는 간판에 있는 전화번호를 핸드폰에 찍는다.

오늘은 여기 까지다. 갑작스레 시아한테 가까워지는 게 두려운 마음도 없지는 않다. 어둠 속이 들여다보이지 않을 때일수록 무서운 것처럼 용수가 짐작도 할 수 없었던 상황이 나타날 수도 있다.

지친 몸을 끌고 집으로 돌아가 수돗가에서 발을 씻는다. 찬물에 발을 담그고 밤하늘을 본다.

대체 무엇 때문에 시아를 기다리는 것일까. 시아를 찾아서 어쩌겠다는 것일까. 시아는 용수를 어떤 존재로 생각하는 것일까. 별이 높은 걸 보니 여름이 가고 있는 모양이다.

방안에서 인기척이 나며 할아버지가 문을 연다.

"저녁은 드셨어요?"

"찾지 말어. 쓸데없이 애쓰지 말어."

할아버지의 볼멘소리 뒤에는 시아의 소식을 무척 기다리고 있었던 것을 알 수 있었다. 내심 궁금하지만 뜻과는 반대로 말하고 있다는 걸 알 수 있다. 빤히 보이는 노인들의 얕은 술수를 용수가 모를 리 없다.

"그냥 찾아보는 거지요. 지해가 가엾으니까요."

"자네가 더 딱해."

서울 가서 어떻게 되었는지 자초지종을 듣고 싶은 마음을 누르고 할아버지는 방문을 닫고 만다. 오늘 밤 잠결에 죽더라도 억울할 것도 없다. 시아를 원망하지도 말란다. 시아 없이도 피 한 방울 안 섞인 용수의 보살핌을 이만큼 받으며 살아왔으면 그것

또한 감사한 일이다. 어쩌면 그 인연도 시아가 떠나면서 생긴 것이 아닌가. 아무 미련도 없다. 가지고 갈 수 없는 모든 것을 정리하고 이제 맺었던 인연마저 놓아버리고 가야 한다.

용수가 부엌에 들어가 멸치 몇 마리와 고추장 종지기를 안주로 가지고 와 마루에 앉는다.

마루에 있던 됫병 소주를 잔에 따러 놓고 마루 기둥에 등을 기댄 채 눈을 감는다. 눈을 감은 채로 소주잔을 더듬어 입에 털어 넣는다. 연거푸 다섯 잔을 마시고 나서야 겨우 심호흡을 뱉어낼 수 있다. 가슴 속에 단단한 덩어리가 막혀있어 숨을 쉴 수 없었다. 그 자리에 그대로 잠이 들었다. 한 숨자고 눈을 떴을 때 마당은 대낮같이 밝았다. 보름달이 처마 끝에 떠있다. 달 구경을 한 지도 오래되었다. 배달하느라 종일 달리다 집에 들어오면 그대로 쓰러져 잠이 들고 아침이 되어야 겨우 눈을 뜨고 또 하루종일 달리는 노동의 연속인 생활이 삼사 년 넘게 계속되었다는 걸 오늘 처음 깨달았다. "내"가 없는 시간을 살아온 셈이다. 사는 의미나 목적도 없이 길 위에서 지내왔다.

새벽 네 시다. 성표를 만나 머릿속을 정리해 달라해야겠다. 용수는 오토바이로 7번 국도와 해변도로를 번갈아 타고 달려 거진항에 도착했다.

성표가 벌써 거진항에 있는 백반집에 나와 앉아 용수를 기다리고 있었다. 어항은 수산물들을 거의 다 정리하고 조금씩 한산해지는 시간이다.

“입안에 곰팡이가 슬었지? 네가 나타날 때가 되었는데 왜 안 나타나는가 했지.”

“그렇게 오래되었나? 사업은 잘되지?”

“요즘 잘되는 게 어디 있어? 그럭저럭 빚 안 지고 살지. 넌 어때?”

“보시다시피. 오토바이 인생이지. 세월을 메우고 있지.”

“아직도 그 애를 기다리고 있어?”

“음. 그렇지만 기다리는 이유를 나도 모르겠단 말이야.”

“난 이해할만한데. 이젠 오기로 기다리고 있는 거 아닐까?

그건 분명 아니다. 시아 할아버지나 시아나 나나 그리고 그 어린아이나 다 모아놓고 봐야 가족이라고 할 수 없다. 모두 제멋대로 흩어져서 흘러가는 구름 같은 존재들이다.

절대로 가족이라고 할 수 없는 이 네 사람을 한 줄로 이어주고 있는 건 무슨 힘일까.

세상에 부는 세찬 바람일까, 우주의 별들을 움직이고 있는 기운일까.

“조금씩 가까워지고 있는데 이젠 자네가 좀 도와주어야겠어. 더 가까이 다가가면 완전히 숨어버릴지도 모르니까. 느닷없이 마주치게 되는 것도 떨려서 못할 노릇이고. 난 서두르지 않을 거야. 자네가 시간 날 때마다 알아봐 주면 좋겠어.”

“애기는 잘 크고 있나?”

“음, 다섯 살이네. 그 애가 천재라는 거야.”

“아비는 바보인데 말이야. 참 신기하군.”

244

장어구이 백반을 시켜 놓고 아침부터 소주를 곁들여 식사한
다. 어린 시절 친구를 만나 얘기를 나누니 시간 가는 줄 모른다.
입안에 슬었던 곰팡이가 말끔하게 가셨다.

성표에게 효자동 구둣방 전화번호를 알려주었다. 당분간 자
신한테 휴가를 준다.

너무 오랫동안 잡히지 않는 허상의 존재인 시아한테 매달려
살아왔단 생각이 든다. 이제부터는 시아 실제 인물로 돌아왔을
때 어떻게 살아야 할지를 생각해야 할 것이다.

할아버지가 전 재산을 용수한테 맡긴 이상 이전처럼 무책임
하게 살아갈 수는 없다.

"숯불 가마가 뭐예요?"

컬러 인쇄로 만들어 마당 안에 던져진 전단지를 주워서 들여다보며 시아가 묻는다.

준은 나무 그늘 아래 놓인 기다란 벤치 위에 길게 누워 무거운 바벨을 들었다 놓았다 끙끙대며 운동을 하고 있다. 하던 운동을 끝내고 바벨을 내려놓으며 대답한다.

"여자들이 살을 빼려고 발광들을 하지. 몸은 가만히 모셔두고 뜨거운 숯불 가마에 들어가 앉아서 억지로 땀을 빼는 거지."

"글쎄, 숯불 가마가 뭐냐니까요? 그럼 사우나 같은 건가요?"

"한국식 사우나라고 할까."

"찜질방하고 다른 건가요?"

"같을 수도 있고 다를 수도 있지."

"무슨 대답이 그래요?"

귀찮은지 준은 더 이상 설명해줄 생각이 없다. 다시 운동을
계속한다. 아름다운 근육이 저절로 만들어지는 것이 아니라 시
간과 인내의 열매라는 걸 알았다.

"운동할 때 끙끙대지 않을 수 없어요? 듣기 거북해요. 마치
밤에 내는 소리 같잖아요?"

"밤에만 끙끙대는 소리를 낼까요?"

땀을 닦으며 벤치에 걸터앉아 준이 짓궂게 대꾸한다.

"재미있는 옛날 얘기, 하나 해줄게요."

옛날 옛날 한 옛날에 아주 아주 부자 영감이 살았다는군. 땅
도 많고 돈도 많아 어쩔 수가 없었지. 그래 밥 먹고 하는 짓이란
입엔 술, 손엔 여자를 달고 살았대요. 그러다 맘에 들면 첩으로
들여 앉히는 거지요. 그래 자그마치 첩이 여섯이나 되었는데 모
두 한집에 살았대요. 얼마나 정신이 없었을까요.

요즘도 중동에 가면 여자 서너 명을 아내로 데리고 사는 남
자들이 많이 있다고 하던데요. 스무 명이 넘는 아이들을 모두 데
리고 저녁을 먹으러 나가려면 돼지 싣듯 트럭에 가득 태워 데려
가야 한 대요.

그런데 어느 날, 그 부자 영감 집에 일곱 번째 첩이 들어왔어
요. 건너편 동네에 영감의 친구가 살고 있었는데 먹고 살 쌀이
없어서 쌀 다섯 가마에 손녀딸을 영감한테 팔았다는군요.

겨우 열여섯 살, 너무 어려서 좀 키워 가지고 마누라 삼으려
고 심부름만 시키다가 이듬해 봄에 혼례를 올렸다는군요. 영감

이 그 막내 마나님한테 홀딱 빠져서 다른 마나님들은 영감의 얼굴도 볼 수가 없었을 지경이었대요. 어린 마나님이 얼마나 귀여웠겠어요? 비단옷에 고기반찬에 종일 영감의 무릎 위에 앉혀 놓고 살았지요. 종일 귀여운 여자의 깔깔대는 웃음소리가 그칠 줄을 몰랐대요. 그 집 모든 여자들이 부러워했겠지요.

그러던 어느 날 예쁜 막내 마나님이 도망을 갔네요.

그 대목에서 준은 얘기를 멈췄다. 시아의 반응을 한번 떠본다. 강물 쪽으로 몸을 돌린 채 준의 얘기를 듣는 둥 마는 둥 하던 시아가 준한테로 고개를 돌린다.

"그래서요?"

"듣고 있었어요? 얘기가 재미있어요? 다음 얘기는 수박 한쪽 먹고 나서 계속하죠."

준은 안으로 들어가 수박을 준비한다. 잠깐 동안에 샤워도 말끔하게 하고 수박을 썰어 오 화백한테도 올려다 주고 내려왔다.

수박을 오각형으로 모양을 내어 썰었다. 이 남자는 요리를 위해 태어난 사람 같다. 칼과 재료만 있으면 무엇이든 예술작품이 된다.

소금 한 알갱이를 시아가 들고 있는 수박 조각 위에 얹어준다. 맨 수박보다 감칠맛이 난다. 시원하고 달콤하고 혀끝에 닿는 짠맛이 수박의 풀어진 물기를 입안으로 맛깔스럽게 모아준다. 아무리 싱거운 수박도 맛을 내는 요리법이다.

영감은 막내 마나님의 친정으로 사람을 보냈지. 음식과 돈을 서한과 함께 보냈네.

—나 좋은 것만 생각하고 자네 손녀가 집이 그리워할 것을 미처 생각하지 못해 죄송하다고. 며칠 묵거든 돌려보내라고.—

그런데 웬걸 막내 마나님은 친정으로 돌아간 게 아니었네. 영 감은 자기가 잘못한 것이 무얼까 곰곰이 생각해봤지만 아무것도 없었지요. 호강에 초쳤다는 말 알아요?

영감은 식음을 전폐하고 누웠지요. 산 위 절의 스님이 문병하 러 왔어요. 백약이 소용없고 막내 마나님을 찾아오는 것만이 수 라고 진단을 내렸지요. 온 나라를 뒤져서라도 찾아보겠노라 약 속하곤 그 길로 막내 마나님을 찾아 길을 떠났어요.

나이는 십팔 세 얼굴은 달덩이 눈썹은 초승달 입술은 앵두 살빛은 백옥 머릿결은 비단 살결은 찰떡 자태는 물 찬 제비.

스님의 발걸음은 가벼울 수밖에. 그렇게 예쁜 여자를 머릿속 에 담고 마음에 품고 다녀도 죄가 되지 않을 테니. 집도 절도 없 이 온 땅을 뒤져가며 떠돌다가 어느 날 그런 여자를 산속 숯가마 터에서 만났네요.

얼굴이 숯검댕이가 묻어 시커멓고 머릿결은 몇 날 며칠 감지 않아 얼크러져 있었지만 입술 눈썹 자태는 그 안에 감춰져있어 서 금세 알아볼 수 있었지요.

숯가마를 머리에 이고 장터로 가는 여자를 따라가 앞에서 보 고 뒤에서 보며 유심히 살피다가 스님이 말을 걸었네요.

두물머리에 살던 조씨 영감 댁 막내 마나님이 아니냐고. 깜짝 놀란 여자가 숯가마를 길에 내동댕이치고 달아났어요. 스님은 내동댕이친 숯가마를 지고 쫓아갔지요.

그 집 대문 앞에 소도둑 같은 사내가 떡 버티고 기다리고 있었어요.

—중놈이 어째서 남의 여자를 쫓아다니는 거요.

말과 동시에 스님의 멱살을 잡고 한 손으로 들어 올렸다 내려던지니까 땅바닥에 처박혔죠. 스님이 의연하게 흙을 털며 일어나 눈을 감고 시간을 거슬러 올라갔지요. 산에서 풀을 뜯고 있는 황소가 보였지요. 그 남자의 전생이 보인 거지요.

황소의 털 속에 머리를 박고 있는 벼룩 한 마리가 보였는데 그게 영감이 찾고 있는 막내 마나님이었던 거예요.

스님은 아무 말도 하지 않고 그 집을 나와 그 길로 영감한테 갔지요.

—영감님, 막내 마나님은 절대로 돌아오지 않을 것입니다. 전생의 연분 찾아가 세상에서 다시 만나 잘 살고 있더이다. —

영감은 분에 못 이겨 대여섯 번 까무러쳤다가 깨어나더니 이를 악물고 다시 물었지요.

—이 세상에서 어느 놈이 나보다 더 저를 위해준답디까?—

—숯쟁이요. 영감님과 소도둑 같은 힘센 사내 둘 중에 누가 더 막내 마나님을 행복하게 해 줄 수 있겠습니까?—

—그 짓만 잘하면 행복한 거요?—

—막내 마나님이 열여덟 살이라는 걸 잊으셨습니까?—

스님은 아직도 펄펄 뛰며 억울해하는 영감을 마당에 남겨두고 그 집을 떠났지요.

숯검댕이로 알록달록한 얼굴에 행복으로 가득 찼던 그 여자를 다시 생각하며 혼자서 비시시 웃으며 산길을 걸어갔지요.

"너무 재미있어요. 어떻게 그렇게 얘기를 잘해요? 얘기의 출처가 어디예요?"

"그냥 전해주는 것뿐이니까 출처 같은 건 묻지 말아요."

"숯불 가마가 그 숯가마 같은 거에요?

"황토 흙으로 만든 가마 안에 참나무를 넣고 태워서 숯을 만들어 꺼낸 다음에 그 열로 가마 속은 오븐 효과를 내게 되겠죠? 피자를 만들 때 쓰는 오븐 말이요. 그 오븐에 사람이 들어가서 땀을 빼고 온몸이 익는 거지요. 그래서 두꺼운 누더기를 쓰거나 가마니를 뒤집어쓰고 들어갑니다."

"사우나 좋아하세요?"

"난 별로인데 우리 선생님이 무척 좋아하십니다. 그래서 여러 번 같이 갔었죠."

시아는 오 화백의 기쁨을 위해 숯불 가마 동행을 계획한다.

"황소와 벼룩 얘기를 선생님한테 했어요?"

"아뇨."

시아는 준 보다 더 재미있는 얘기로 만들어 오 화백한테 들려줄 생각이었다.

60대 후반의 오 화백과 스물다섯 살의 시아를 상상할 수 있도록 얘기를 만들 자신이 있다.

　세 사람은 뜨거운 여름날 숯불 가마로 외출한다. 준이 인터넷을 뒤져서 그런대로 가깝고 고급스런 숯불 가마를 찾아냈다. 해외여행만큼이나 기대에 찬 나들이였다. 오 화백은 흰색 마 양복에다가 빨간색 넥타이까지 매 한껏 모양을 냈고, 준은 흰색 아르마니 티셔츠를 입었다. 시아는 청바지에 가슴이 푹 파인 검정색 민소매 티셔츠를 입었다. 이 세 사람의 패션은 각각 튀어 전혀 조화롭지 않았지만 나름대로 환한 빛을 내며 시선을 끈다. 마치 곡마단 단원들이 밤에 공연할 무대를 위해 광고 퍼레이드를 벌이는 것처럼 사람들의 시선을 끈다. 아무도 그들이 숯불 가마에 땀을 빼러 가는 사람들이라고 생각하지 못했다. 야외 음악회나 결혼식에나 갈만한 옷차림이다.

　숯불 가마 앞 주차장엔 고급승용차들이 꽉 차있다. 어쩌면 거기 온 사람들이 거의 모두 명품으로 감고 왔을는지도 모른다.

　숯불 가마 안으로 두꺼운 누더기를 뒤집어쓰고 들어갔다. 처음, 잠깐 동안은 온몸이 뜨거운 불길에 닿은 것처럼 뜨겁더니 더듬더듬 자리를 찾아 들어가 조용히 앉아 기다리니까 그 뜨거운 기운은 사라지고 아무렇지도 않다. 그제야 여기저기 벽에 기대 앉아있는 다른 사람들의 모습이 보인다. 잘 견디고 있다가도 나갈 때 보면 옥수수 튀기듯 발딱 일어나 뛰어나간다. 더 이상 참을 수 없는 순간에 다다르면 나가겠다고 마음먹게 되고 그 이후로는 일 초도 지체할 수 없다. 인내의 한계를 경험하게 되는 것

252

이다. 그 안에서는 말도 할 수 없다. 뜨거운 기운이 입안으로 들어오면 숨을 쉴 수가 없다. 먼저 준이 못 참고 뛰어나간다.

원래 가지고 있는 열기가 많은 데다가 가마 속의 열을 더하니까 다른 사람보다 더 뜨겁게 느끼는 모양이다. 근육은 지방보다 열을 더 잘 흡수한다. 근육질인 준이 더위를 못 참는 건 당연하다. 잠시 뒤에 오 화백이 뛰어나간다. 그가 열기를 못 참는 건 나이 든 탓이다. 나이가 들면 인내심이 약해진다. 뜨겁고 찬 것뿐만 아니라 눈에 거슬리는 것 마음에 언짢은 것 오래 기다리게 하는 것 등을 못 견뎌 한다. 인내력은 체력에서 온다는 말이 맞다.

그들 중에 시아가 제일 오래 견뎠다. 시아가 가장 젊기도 했지만, 어린 시절에 막장의 불행을 많이 겪은 탓이다. 이 정도 뜨거운 것쯤은 얼마든지 이길 수 있다.

이렇게 예쁘고 싱싱한 시아가 상상할 수도 없는 불행을 겪었으리라곤 아무도 눈치채지 못했다. 그들이 견디지 못하고 뛰어나간 시간의 두 배 이상이나 버티다가 천천히 아무 일도 없었다는 듯 걸어나간다. 오 화백은 문 옆 흙벽에 기대앉아 부채질하며 아직도 얼굴에 열기를 덜어내지 못하고 더워한다. 준은 겉으로는 멀쩡한 듯했지만 기진맥진한 게 틀림없다.

시아는 여유 있는 표정으로 생글거린다.

"여자는 독해요."

준이 머리를 가로 저으며 말한다.

"마실 물 좀 사 올게요."

이렇게 허약한 남자들을 마음먹은 대로 요리하기란 별거 아니란 자신이 섰다. 시아는 생수 세 병을 사 들고 와 뚜껑을 따서 하나씩 배급한다. 생수 반병을 마시고나서 오 화백 곁에 바짝 다가앉아 부채질을 해준다.

"선생님, 좀 쉬었다가 또 한 번 들어가실 거죠?."

아직도 얼굴에 땀을 흘리며 가쁜 숨을 자주 내쉬고 있는 오 화백한테 묻는다.

"여자들은 이래서 아이를 낳는 모양이야. 머리가 나쁜건지 독해선지 그렇게 고통스러웠던 산고를 금세 잊어버리고 또다시 아이를 낳는다는 거 아니야? 난 다시 안 들어 가고싶어."

"뱃속에 생긴 아이를 어떻게 하라구요? 죽여요? 아무리 고통스럽더라도 나오도록 해야 하는 거 아니예요?"

"그건 그렇지. 한번은 몰라서 낳는다하지만 그렇게 고통스러운데, 두 번 세 번 아이를 낳는 게 여자거든."

"그래서 선생님은 숯불 가마 속에 다시는 안 들어가신다는 말씀이세요? 재미있는 얘기 해 드릴게요. 듣다가 재미없으시면 나가도 되세요."

시아는 코미디 프로에서 본대로 오 화백의 머리에 타올을 돌돌 말아 헤드폰처럼 귀에 붙여준다.

"선생님, 정말 귀여워요."

시아는 오 화백을 숯불 가마 안으로 살짝 밀어 넣고 따라 들어간다. 몸집이 큰 사람이 들어가 앉으니까 갑자기 가마 안이 좁아진다. 비교적 문에 가까운 자리가 조금은 덜 뜨거운 느낌이다.

옛날 옛적 한 옛날에요. ……

시아는 준이 말해준 숯 굽는 사내와 부잣집 막내 마나님 얘기를 다른 사람들이 들을 수 있도록 적당한 크기의 목소리로 조근조근 시작했다.

오 화백뿐만 아니라 가마 속에 앉았던 사람들 모두 시아의 얘기에 빨려들었다. 뜨거운 줄도 모르고 나갈 생각을 하지 않았다.

"황소와 벼룩"의 전생이란 대목까지 왔을 때 시아와 오 화백의 전생이 황소와 벼룩이었을 것 같은 생각이라고 끝을 맺는다.

그러자 사람들의 시선이 그 두 사람한테로 쏠린다. 부러워하는 시선들이다.

"이렇게 오래 잘 견디시면서 뜨겁다고 엄살이셨어요?"

즐거운 일에 정신이 팔려 인생을 산다면 그처럼 행복한 일이 또 있을까. 그렇지만 정신 팔만큼 즐거운 일에 빠져 살았다면 그림 한 점도 제대로 그리지 못했을 것이다. 악처하고 살았기에 천만다행이다.

오 화백의 가족들, 두 모녀가 집을 팔아버리고 파리로 떠난다는 말을 전화로 알려왔다.

컨테이너 하나를 빌려 오 화백의 짐들 그리고 작품들을 넣어 보냈다고 전한다. 작품들 중에서 가장 마음에 드는 것 한 점을 함께 살았던 기념으로 가져간다고 말한다.

"그건 안 돼. 한 점도 줄 수 없어. 도로 갖다 놓으라구."

“이미 그걸 이민 이삿짐에 넣고 배로 부쳤어요. 그동안 아무 사랑도 없이 가정부처럼 살림만 해 준 여자에게 준 일 삯이라고 생각하세요.”

“돈으로 주겠소.”

“돈은 나도 필요한 만큼 있어요. 아니면 딸한테 남기는 아버지의 유산으로 알겠어요.”

“장물로 신고하겠소. 해외로 절대 못 가지고 나가지.”

“이미 보냈어요. 공연히 망신스럽게 사람들의 입에 오르내리지 말고 조용히 계시라구요.

딱 한 점이라는 것만도 다행으로 아세요. 이민 가서 어떤 집에 살는지도 모르면서 큰 그림을 가져가는 것도 바보일 테고 적당한 걸로 챙겼어요.”

그의 아내는 자기 하고 싶은 얘기만 일방적으로 다 쏟아내곤 전화를 끊어버린다.

오 화백이 그리는 그림엔 아무 관심도 없던 그 여자가 골랐다는 작품이 대체 어떤 것인지 궁금했다. 어떤 작품도 오 화백에게 의미 없는 것은 없다. 수없이 많은 작품들을 머릿속에 모두 넣고 있다. 작품들이 다 비슷해 보여도 다 다른 것이다. 어쩌면 아무것이나 골랐을 테고 그것이 하필이면 그가 가장 아끼는 것이었을지도 모른다. 이젠 어쩔 수 없다.

다른 사람의 손에 작품을 넘긴다는 것은 불 속에 넣고 태워버리는 것이나 다름없는 것이라고 생각했다. 어차피 다른 사람한테로 팔려가야 할 그림이라면 딸이 가지고 있는 편이 보다 바람직할 것이라는 결론에 이르자 오 화백은 마음이 편해졌다.

시아는 지금 오 화백의 신상에 어떤 일이 벌어지고 있는지 짐작할 수 있다. 그러나 끼어들어서는 안 되는 시점이라는 것도 안다. 모르는 체하고 기다려 보는 거다.

이제야 시아가 이곳에 온 이유를 알게 된다. 오 화백의 초유의 작품전을 기획하고 그의 작품을 세상 밖에 내놓고 햇빛을 받게 되는 날이 오고 있다. 그는 그의 작품이 타인의 평을 받게 되는 걸 거부했다. 어떤 미술상도 거절해왔고 그의 작품이 돈으로 가치 평가되는 것을 치욕으로 알고 있다. 타인에게 보여주기 위해 그림을 그리는 것이 아니다. 그냥 호흡을 해야 살 수 있듯이 그림을 그리는 일이 그가 생존하기 위한 행위였을 뿐이다. 살아 있는 한 그림을 그렸을 것이고 그림을 그릴 수 없게 되는 날 그 날이 그의 삶의 끝이 될 수 있도록 그는 기도한다. 그리고 그다음 어떻게 되는지 아무도 모른다.

카키색으로 칠한 열 평짜리 컨테이너 박스가 서종리 오 화백의 집 마당에 운반되었다. 며칠 동안 문을 열어보지 않은 채로 방치해두었다. 시아도 준도 그 안이 궁금하지만 열어보자는 말을 하지 못했다. 오 화백이 살아온 수십 년 동안의 인생이 겨우 열 평짜리 철제 컨테이너 박스 하나에 담겨졌다는 것이 쓸쓸하고 마음 아픈 일이었다.

사람이 죽고 나면 3평짜리 묘지 하나에 갇혀 정리된다는 것과도 비슷하다.

시아는 처음으로 오 화백의 침실에 들어갔다. 이틀째 침대에서 일어나지 않았다. 혹시 죽지나 않았는지 살짝 문을 열고 들여다본다. 문쪽에 등을 돌리고 창문 쪽으로 누워있다. 숨을 쉴 때마다 어깨에 덮인 모시 이불자락이 움직인다.

시아는 다가가서 침대 아래 무릎을 꿇고 앉는다.

"선생님, 좀 일어나세요. 답답해 죽겠어요. 집 안이 무덤 속 같아요."

오 화백은 눈을 감은 채 시아 쪽으로 돌아눕는다.

"눈을 뜨기가 싫구만."

"준이 오빠한테 죽 좀 끓이라고 할까요?"

"아니, 괜찮아. 내 옆에 좀 누워봐."

시아는 조심스럽게 침대가 출렁이지 않도록 기어 올라가 나란히 눕는다. 천정에 형광 빛 푸른 별들이 그려져 있다.

"이 별들 선생님이 그리셨어요?"

"열흘이나 걸려서 그렸지. 저 별들을 그릴 때는 마음이 무척 평화로웠는데, 지금은 사막이야."

"제 인생은 언제나 사막이었는데요."

"사막이 어떤 건지 알고나 하는 말인가?"

"왜 몰라요? 그렇게 괴로울 일이면 그분들을 떠나보내지 말죠."

"내가 지금 그 여인들이 떠났다 해서 괴로워하는 것 같은가? 원래 그 여인들은 내 인생에 머물 자리가 없었던 사람들이야. 오

258

랫동안 많이 참아왔지. 나나 그 여인들도 마찬가지."

시아가 몸을 돌려 그의 가슴 위에 팔을 얹고 귀를 댄다. 너른 바위처럼 넓고 두터운 가슴이 든든하고 편안하다. 그의 심장 뛰는 소리가 들린다. 남자의 심장 뛰는 소리는 언제 들어도 좋다. 그 소리를 들으면 행복해진다. 그 여자는 어째서 이렇게 멋진 남자를 버리고 떠났을까?

모른다. 남녀 사이의 관계란 아무도 모른다. 돈이 없나 예술이 없나 인품이 없나 유머가 없나 가슴도 넓고 편안한데 그 여자는 왜 딸까지 데리고 서울을 떠났을까.

시아는 머릿속으로 오 화백과의 나이 차를 셈해본다. 40년이 가깝다. 고향에 있는 할아버지 나이만큼 된다. 그제야 무식한 사람과 유식한 사람의 나이는 다르다는 걸 깨닫는다.

무식한 사람의 나이는 몸에 간직되고 유식한 사람의 나이는 머리에 간직된다.

오 화백은 육체적으로 젊다 해도 이미 실험적이고 모험적이지 않다. 정신적으로는 이미 노인이다. 아무리 그렇다 해도 그들 두 사람이 모두 시아를 여자로 보지 않는 데 대해 시아는 심한 모욕으로 느낀다. 다짜고짜 남자들만 사는 집에 무방비 상태로 침입한 여자라는 딱지가 붙어있다지만 이 정도로 매력이 없단 말인가.

준은 확실한 동성애자지만 오 화백은 정체성이 애매한 편이다. 상황에 따라서는 남자일 수도 있고 중성일 수도 있다. 시아는 신경을 곤두세우고 기다려 본다.

오 화백은 천정에 있는 별을 세고 있는 중인지 미동도 없다.

"선생님, 저는 아래 내려가서 준이 오빠하고 점심 식사를 준비할게요."

시아는 일부러 힘껏 두 손으로 그의 가슴을 눌러 짚고 몸을 일으켰다. 그래도 그는 천정을 향해 반듯이 누운 채 시아를 돌아보지도 않는다. 다른 남자 같았으면 시아를 확 끌어당겨 안았을 것이다.

이상한 남자, 점잖은 남자, 이해할 수 없는 남자, 늙은 남자, 재수 없는 남자, 구제불능인 남자라고 입안에서 중얼대면서도 다정한 목소리로 말한다.

"식사 준비되면 올라올게요. 그동안 샤워도 하고 시원한 옷으로 갈아입으세요. 선생님이 일어나셨다고 알려주면 준이 오빠가 무지 기뻐하겠네요."

오 화백이 일어났다는 말을 듣자마자 준은 이 층으로 달려올라간다. 족제비가 나무를 타듯이 계단을 밟지도 않고 줄에 매달리듯 올라간다. 준은 혼을 빼놓고 오 화백을 사랑하고 있다. 저렇게 남자의 매력을 온몸에 지닌 남자가 여자한텐 전혀 관심이 없다는 건 무향의 꽃에 비유해야 할까. 가시로 탈바꿈한 나뭇잎이라 해야 할까.

준은 이 층으로 올라와 침실 문 앞에 잠시 멈추었다가 가만히 문을 밀고 안으로 들어간다.

오 화백은 샤워 중이다. 바닥에 던져져 있는 잠옷을 집어 올려 코에 대고 체취를 맡는다. 깊이 숨을 들이쉬곤 가슴 안으로 밀어 넣는다. 눈물이 난다. 항상 그를 생각하기만 해도 슬픈 생각뿐이다.

이유도 없다.

강으로 향한 창문을 소리 죽여 열었다. 강바람이 방안으로 몰려들어온다. 커텐이 깃발처럼 날리며 생기를 불어넣는다. 강물 냄새는 언제나 좋다. 오 화백의 온 집안에 배어있는 오일페인트의 향기만큼이나 준의 코에 익숙하다.

"비누칠 할까요?"

오 화백은 샤워 물줄기를 멈추고 문 앞에 서 있는 준을 돌아다본다. 준은 티셔츠를 벗고 목욕탕 안으로 들어간다.

준은 레몬 향 샤워 젤을 비누 타월에 듬뿍 쏟아서 거품을 낸다. 손가락 끝에서부터 팔목 팔꿈치 다음엔 반대 손끝으로 넘어간다. 어린아이가 엄마한테 몸을 맡기고 서 있듯이 시키는 대로 몸을 돌린다. 비누 타월을 바닥에 던져놓고 준은 맨손으로 구석구석 닦아준다. 넓고 두터운 가슴통이 멋지다. 아래쪽으로 내려가 넓고 펑퍼짐한 엉덩이에 옆 줄 주름이 생겨 탄력이 없어진 엉덩이의 살을 올려주며 비누질을 해준다. 준은 그의 앞쪽으로 돌아가 왼손으로 엉덩이를 잡고 오른손으로 비누질을 한다.

모든 남자들이 날 부러워하지 라고 늘 자랑하던 오 화백의 남근이 주글주글하게 늘어져있다. 다빈치의 다비드 조각상처럼 좌우의 균형은 물론 준만 보면 혈행이 빨라 탄탄한 탄력이 느껴지던 모습은 사라지고 지금은 더위와 노화를 이기지 못하고 지쳐있다.

그러나 준은 오 화백이 늙어가고 있다고 생각하고 싶지 않다. 준도 오 화백에게 이십 대의 청년 그대로 인정받고 싶기 때문이다. 처음 만났을 때 빨아들일 듯이 뜨겁게 바라보던 오 화백의 욕망 어린 눈빛을 잊을 수가 없다. 그 순간부터 준은 남자인지 여자인지 정체성을 잃어버린 채 혼미한 상태로 살아왔다. 오 화백의 연인으로 스스로 가두어 놓고 산다. 그 후 십 오 년이 지났어도 지금도 준은 그 눈빛 속에 갇혀 살고 있다. 언제든 그의 시선이 닿는 곳에 있다.

샤워의 물 온도를 잘 맞춰 비누 물을 씻어낸다.

큰 목욕 타월로 등의 물기를 닦아내고 바디로션을 손바닥에 듬뿍 덜어 잘 문지른다. 피하 지방도 줄어들어 살갗이 얇아진 걸 알겠다. 준은 그의 등에 얼굴을 가만히 대고 기대본다. 오랫동안 격렬하게 사랑했고 꼼짝할 수 없게 서로를 감금시켜놓고 살아왔던 시간들을 돌아보고 있다.

데생모델을 찾는다는 광고를 보고 장난삼아 찾아간 그날, 준의 삶이 결정지어졌다. 스포츠클럽의 인스트럭터였던 준은 화가란 직업을 가진 사람들은 내 몸을 어떻게 평가하고 있는지 궁금했다. 한번 평가받고 싶은 마음에 광고에 적힌 오 화백의 작업실로 찾아갔다. 그날 화실 앞에 나타난 지원자들은 모두 다섯 사람, 만만치 않은 생김새다.

화실 문 앞에 의자 두 개가 놓여있었지만 아무도 앉지 않는다.

그때 사십 대 중반 정도인 남자가 나타났다.

"오래 기다렸나? 내가 인터뷰 광고를 낸 오 화백이요."

화실의 도어 락 비밀번호를 누르면서 말한다.

오 화백의 성미는 아무도 범접할 수 없이 급한데다가 강하다는 걸 첫눈에 알 수 있었다.

짙은 회색 풍성한 스웨터를 입었는데 한국사람 같지 않았다. 게다가 스웨터 밖으로 살짝 내놓은 까만색 실크 셔츠가 풍기는 분위기는 유럽 어느 깊은 성 안에 살고 있는 귀족 같은 느낌이었다.

"들어오지."

준은 오 화백을 보는 순간 가슴이 뛰기 시작한다. 이렇게 매력 넘치는 남자는 처음이다. 사십 대 중반의 완성된 남자의 완벽한 매력이다. 생김새뿐만 아니라 몸통에서 우러나오는 기름 진 목소리는 깊은 소에 떨어지는 물소리 같았다.

오 화백은 좀 떨어진 자리에 있는 긴 책상에 위에 걸터앉더니 앞에 서 있는 다섯 명의 지원자들을 천천히 훑어보며 만족스런 웃음을 보인다.

지원자들에게 미리 준비해두었던 흰색 봉투 한 개씩 건넨다.

"이건 교통비, 와주어서 고맙고, 먼저 한 사람씩 볼까? 순서를 어떻게 정했으면 좋겠나?

꼴찌로 온 사람부터 볼까? 누가 제일 늦게 왔나? 순서라는 건 말이지, 성경에 나중 된 자가 먼저 되고 라는 구절이 있지. 아니, 자네 먼저 볼까?”

준을 가리킨다. 준이 첫 번째로 면접을 하게 되었다. 준만 화실 안에 남겨놓고 다른 지원자들은 밖으로 나갔다.

“이름이 준? 외자인가?”

“네.”

“벗어보게.”

“어디까지요?”

“누드모델이라면 어디까지 벗어야 할까?”

“다입니까?”

준이 머뭇거린다. 오 화백은 지원서를 들여다보면서 묻는다.

“스포츠클럽의 인스트럭터라 했나? 그런데 벗는 게 뭐 어렵나?”

“예, 벗겠습니다.”

준은 바지는 그대로 입은 채로 셔츠를 벗어 의자 위로 던진다.

“몸을 잘 만들었군. 운동은 언제부터 했지?”

“칠 년 정도 했습니다.”

벨트를 풀고 바지를 내린다. 손수건만 한 팬티만 남았다. 이처럼 쑥스런 경우는 처음 당해본다. 수영장이나 목욕탕에서 옷을 벗는다면 다른 사람들도 다 벗는 것이니까 아무렇지도 않지만 몸을 보여주기 위해서 벗는 건 아무래도 어렵다.

나머지 팬티 한 장을 마저 벗는 데는 용기가 필요하다.

“타월을 줄까? 여자 모델들 중엔 타월 없이는 못 벗는 사람도 있지. 프로가 못 되는 거지. 말하자면 그것부터 감점 인거야.”

그 사이에 팬티를 벗는다. 그리고 오 화백을 정면으로 바라보고 섰다.

“벗는 게 별거 아니지?”

자랑할 수 있는 기회도 늘 있는 것이 아니란 생각을 했다. 어떤 땐 잘 만들어 놓은 몸을 누구한테든 보여주고 싶어서 안달이 난 적도 있었다.

“그림쟁이들은 말이지 모델을 그냥 정물로 보는 거야. 정물이지. 정물은 어떤 걸 정물이라고 하는지 아는가? 사과나 꽃병에 꽂힌 꽃들 같은 거 말이지. 모델을 설 때엔 숨을 쉬는 것조차 들켜서는 안 되는 거야. 정물처럼 존재해야 하는 것이지.”

“어렵겠군요.”

“포기하는 건가, 거절인가?”

“선생님은 제가 마음에 드십니까?”

“난 첫눈에 준을 선택했는데 자네는 어떤가? 조건은 나중에 정하기로 하지. 일단 밖에 있는 사람들을 보내고 나서.”

그날 이후로 준은 선택받은 정물로 화실 안에서만 지냈다. 하루 종일 눈으로 준을 만지고 종이 위에 연필로 옮겨 놓는다. 어떤 날은 말 한마디도 없이 지내기도 한다. 매일 모델을 서는 것도 아니고 그냥 빈둥빈둥 지내는 날이 더 많았다.

그래도 끼니마다 애완동물한테 먹이를 주듯 파출부가 차려 놓고 간 밥상에 마주 앉아 식사를 한다. 밥을 먹는 동안에도 오 화백은 준에게서 눈을 떼지 않는다. 준은 그의 시선 속에 갇혀 살고 있었지만 조금도 답답하거나 불편하지 않았다.

준은 오 화백의 화실에 놓인 정물로 길들여지면서 정체성을 잃어갔다. 그렇게 되기까지는 이년도 채 안 걸렸다. 서종리 강가에 집을 짓고 준과 단둘이 살기로 한다. 가족으로부터 독립을 선언하고 화구들만 가지고 나온다.

오 화백은 하루 종일 그림을 그리고 준은 사방에 거울로 장식한 운동 방에서 몸을 만드는 게 일이다. 행복 평화 그 덩어리인 셈이다. 그 이후로 두 사람은 커플이다. 준은 여자 오 화백은 남자로 정해지는 것이 아니라 그냥 커플이다. 신발의 왼쪽과 오른쪽처럼 아니면 오른손과 왼손 역할과 같다고 할까. 열쇠와 자물쇠가 아니다.

준은 몸을 가꾸고 마당을 가꾸는 일 말고는 할 일이 없다. 파출부를 오지 못하게 하고 준은 인터넷으로 요리책을 주문했고 요리재료도 사들였다. 요리에 걸맞은 그릇들을 사들였다.

레시피 대로 만들었지만 먹을 수 없는 요리가 되는 날도 있었다. 그런 날은 외식을 하거나 준이 밖에 나가 음식을 사오기도 했다.

많은 날의 시행착오를 거쳐 준은 요리 전문가가 되었다. 요즘 들어선 오 화백과의 생활을 접고 딱 일 년만 파리에 가서 요리 공부하러 가겠다고 조르고 있는 중이다.

질긴 인연으로 오 화백과 준의 의미 없는 시간이 십오 년씩이나 흘렀고 누가 먼저 털고 일어서기 전엔 어떤 변화도 생기지 않을 상태가 이어지고 있었다.

오 화백과 준과의 사이가 서로 무덤덤해지고 어떤 모양으로든 결말을 져야겠다고 생각하던 중에 어디서 나타났는지 엉뚱한 여자 시아란 존재가 태풍을 몰고 왔다. 태풍이 기존의 모든 것을 쓸어가 버리면 그 자리에 새로운 것이 자리를 잡게 마련이다.

오 화백의 어정쩡했던 삶이 컨테이너 하나로 정리되어 실려 오기까지 십오 년이 걸렸다. 마당 안에 쓸쓸한 모습으로 놓여있는 컨테이너를 바라본다. 그 안에 그림 말고 어떤 물건들이 들어 있는지 열어보기가 두렵다. 화가 치밀어 오를 땐 컨테이너를 통째로 폭발시켜버리고 싶단 생각도 해봤다. 죽을 때 가져갈 수 없는 물건들은 반드시 내 거일 수 없듯이 저 안에 들어있는 물건 전부가 속된 집착일 뿐이다.

시아는 아래층에서 그들이 내려오길 기다리다 못해 이 층으로 올라간다. 침실 문이 활짝 열려 있다. 얼핏 보아 두 남자는 모두 벗은 채 몸을 붙이고 서 있는 것처럼 보인다. 준이 오 화백을 등 쪽에서 끌어안고 있다.

시아는 그들의 눈에 띄기 전에 급히 몸을 돌려 아래층으로 내려간다. 인도 사원 벽에 새겨진 조각들을 사진으로 본 적이 있다. 남자끼리 또는 남녀가 뒤엉켜서 온갖 성교 체위를 표현한 조각이었다. 사원의 벽 전체를 뒤덮은 흉측한 조각을 보았을 때에도 그리 기분 나쁘지는 않았다.

조각 하나하나가 아름답다고 느껴지기도 했었다. 확대경을 대고 자세히 들여다보고 싶은 생각이 들기도 했었다.

그런데 지금 시아의 기분은 전혀 다르다. 토할 것 같다. 그들의 모습이 추하고 더럽게 보인다. 두 남자를 따로따로 본다면 완벽에 가까울 만큼 멋지고 매력적인 사람들이다. 외모로도 내면으로도 그들이 가지고 있는 문화적 재산으로 봐도 중량을 가지고 있는 사람들이다.

그런데 어째서 시아는 그들의 동성애적 성향을 용서할 수 없는 것일까. 그들의 동성애적 성향과 시아의 삶과 아무 상관이 없는 것인데도 불구하고 말이다. 전부터 그들 관계를 모르던 것도 아닌데 왜 새삼스럽게 느낌이 달라진 것일까.

남자와 여자의 차이가 무엇인데. 육체적인 사랑은 반드시 남자와 여자 사이에만 이루어져야 한다는 조건은 없다.

생각을 바꾸어야 한다. 시아는 화장실로 들어가 메슥거리는 구토물을 변기에 토해내고 말끔하게 이를 닦는다. 한결 개운하다. 기분은 좀 전환되고 아무렇지도 않은 표정으로 그들을 마주볼 수 있을 것 같다.

그날 저녁 준은 식사준비를 하지 않았다. 마당에 놓인 운동용 긴 의자에 가로 앉아 강물만 바라본다. 해가 지고 어두워진다. 이 층에도 불빛이 없다.

계단 발아래를 비추는 희미한 전등을 켠다. 시아는 발소리를 죽여 이 층으로 올라간다.

오 화백은 강물이 보이는 창가 식탁 의자에 앉아서 혼자 와인을 마시고 있다.

시아는 이것저것 와인 안주가 될 만한 것들을 찾아 내놓는다.

"저도 한 잔 마실래요."

와인 잔을 꺼내 들고 오 화백의 옆자리로 다가가서 앉는다. 오 화백은 말없이 시아의 잔에 와인을 따라준다.

"다투셨어요? 남자들도 싸워요?"

"싸우긴. 우리들 사이엔 대화란 없어."

"그렇게 어떻게 살아요?"

"십오 년이나 살아왔지. 난 결혼생활도 그렇게 했거든. 난 캔버스 앞에 앉아서 늘 나 자신과 얘기하면서 살아왔지. 누가 내 생각의 마당에 끼어드는 게 싫어."

오 화백은 새 와인 병을 딴다. 두 병째다. 시아는 와인 잔을 들고 다가가서 잔을 부딪쳐 유리 팅기는 소리를 낸다. 방 안 어둠이 유리잔 팅기는 울림으로 오랫동안 흔들린다.

"준이 기어이 파리로 가겠다는군. 요리 공부를 한다는 거야."

"다들 선생님 곁에서 떠나는군요."

"그렇군."

"준이 오빠를 잡아주세요. 불쌍하잖아요? 선생님만 애틋하게 바라보고 사는 사람인데."

"그래서 놓아주려는 거야. 정물이 아닌 생물인 남자로 살아갈 수 있도록 말이지."

"잘 모르겠지만 준이 오빠는 선생님 없이는 못살아요. 괜히 그렇게 말해보는 걸 거에요."

"나도 내가 살아오며 벌여놓은 것들을 정리해야 될 때가 온 것 같아. 시아가 나타난 시기가 바로 그때라는 생각이 드는 거야. 날 좀 도와줘야겠어."

"그건 준이 오빠한테 부탁하세요."

"아니지. 준을 보내는 것부터가 정리야."

시아는 입안에서 뱅뱅 돌고 있는 말, 컨테이너박스는 언제 열 것이냐는 질문이었지만 혀를 물고 인내한다. 이제야 여기 온 목표가 보이기 시작한다. 그 목표를 지워버리고 여기 그대로 눌러 살 수도 있다. 징검다리를 건너듯 발아래 깔린 돌을 짚어가며 균형을 잃기도 하며 임기응변으로 앞으로만 걸어온 게 시아의 인생이다. 그러는 사이에 어느덧 나이도 스물다섯이나 되었고 책임질 수 없는 지난날의 잘못들이 뒤로 쌓여갔다. 수많은 후회들이 지워지기도 하고 앞을 가로막기도 한다. 시아가 살아온 방식대로 탐내지만 않으면 바로 그곳에 저절로 익은 열매가 있다. 목표도 없이 비틀거리며 살아왔어도 태풍에 살아남은 질긴 운명을 타고난 걸 증명하듯 오늘 여기까지 왔다.

집을 둘러싼 산에 붉은 가을이 오기 시작했다.

삶을 정리하겠다던 오 화백보다 먼저 준이 자신의 흔적을 정리하기 시작한다. 군민회관 직원을 불러 운동기구들을 기부하고 옷가지와 전자제품들을 재활용센터로 보낸다.

"요리책은 두고 갈까? 시아가 볼래?"

"아뇨. 난 요리에 취미가 없어요."

"그릇들은?"

"글쎄요. 선생님이 필요하실라나?"

누구든 아직 숟가락을 놓지 않는 이상 그릇은 필요할 것이고 아무리 가난한 살림살이 이삿짐이라도 전기밥솥 냄비 한두 개, 그릇 몇 개는 꼭 들어있게 마련이다.

버리고 버린 나머지 마지막으로 만든 짐은 쿨렁쿨렁하게 비어 있는 색 한 개뿐이다.

"어디로 가실 건데요?"

"글쎄."

"요리 공부하러 파리에 가고 싶다 했잖아요? 돈은 있어요?"

"선생님이 이만 유로를 주셨지."

"한국 돈으로 얼만데요? 그거면 돼요?"

"난, 돈이 필요 없어. 돈 쓸데가 별로 없거든."

"유학 가는데 어째서 돈이 필요 없어요?"

"어떻게든 살아가겠지. 이 돈, 시아한테 다 줄까?"

"미쳤어요? 그 돈을 내가 왜 받아요?"

"가져. 그냥 내가 주고 싶어서 그래."

준이 부럽다. 욕심도 없고 자신만만하고 그처럼 맑은 생각이 어디서 나오는 것일까. 사랑에서 나온 것일까. 아니면 스포츠에서 나온 것일까. 보통 남자는 아니다. 한 남자를 사랑하고 그가 만들어내는 예술 전부를 사랑하고 자신을 녹여서 그의 예술에 부어 넣고 싶을 정도로 헌신했다. 그를 바라보는 준의 시선은 늘 슬퍼 보인다. 준을 멀리하려는 그의 마음을 알게 되어서 슬펐고 그가 시간과 햇빛에 바래가는 걸 보면서 슬퍼했다.

십오 년 동안 준은 오 화백의 작업에 최면제 역할을 해왔다. 늘 흥분한 상태라야만 그림을 그릴 수 있었던 그를 위해 존재해왔다. 준은 그의 시야 밖으로 나가 본 적이 없다.

"나도 곧 떠날 거에요."

"선생님의 허락 없이는 못 떠날걸. 올 때는 마음대로 왔어도 떠날 때는 마음대로 못 가는 곳이 이 집이야. 내 대신 선생님을 잘 보살펴드려."

더 이상 말이 필요 없다는 걸 안다. 준은 등나무 의자에 기댄 채로 잠이 들어버리고 시아는 그의 어깨너머로 강물에 떠서 흔들리는 자동차의 불빛을 본다.

시아에겐 살아간다는 일이 쉽지 않았다. 보통 사람들처럼 시간이 가면 저절로 갈 만큼의 거리를 갈 수 있고 조금 멈추었다가 다시 가면 가던 길이 이어졌으면 좋겠다. 그러나 시아에겐 자고 일어나면 가던 길이 사라지고 다시 출발해야 하는 낯선 길이 있을 뿐이었다.

내일 아침에는 분명 낯선 길 위에 서 있게 될 것이다. 눈을 뜨면 지금 만났던 사람들은 어디로 가버리고 요르단의 붉은 사막 위의 바그다드 까페 66 앞에 홀로 서 있는 자기를 발견하게 된다.

272

앰뷸런스의 요란한 경적에 눈을 뜬다. 자주 수상경찰 보트가 물 위로 질주하며 내는 소음이다. 새벽부터 무슨 일이 있는 걸까. 귀에 익은 소리여서 무시하고 몸을 돌려 햇빛이 들어오는 반대 방향으로 얼굴을 돌린다.

경적이 아주 가까운 곳에서 맴돌며 계속된다. 새벽 세시가 넘어 늦게 잠이 든 탓인지 일어나기가 힘들다. 소음을 참을 수 없어 무거운 몸을 일으켜 잠에 취해 마당으로 나간다.

강가에 경찰차와 앰뷸런스가 서 있고 물 위에 수상경찰 보트도 정박해있다. 구경꾼 여러 사람이 웅성거리며 서 있다.

앞에서 걸어오는 경찰과 시아의 시선이 마주친다. 강으로 통하는 좁은 이 길은 오 화백의 집에 닿는 외길이다. 경찰의 시선과 마주치자 아무 죄가 없어도 온몸이 굳어진다. 불길한 예감이다. 불길한 예감을 쫓아버리려고 시아는 일부러 경찰한테 다가간다. 머뭇거리며 무슨 일이 생긴 거냐고 묻기도 전에 먼저 경찰이 다그치듯 묻는다.

"아가씨 저 집에 살아요?"

"그런데요."

"이런 사람 알아요?"

경찰은 물에 젖은 여권의 사진을 시아 눈앞에 바짝 들이댄다. 너무 가까워서 보이지 않았다기보다 보려고 하지 않았다는 편이 맞다. 안 봐도 알 사람이다. 시아는 사진을 확인해줄 여유도 주지 않고 사람들이 모여 있는 강변으로 달렸다.

들것에 뉘인 준은 어젯밤에 입었던 하얀 티셔츠에 검정색 반바지 차림 그대로다. 온몸이 떨려서 똑바로 서 있을 수 없다. 땅에 주저앉는다.

준이 차가운 주검으로 세상을 버리고 간 날의 기억은 시아가 살아있는 한 잊을 수가 없을 것이다. 비지땀을 흘리면서 운동으로 만들어 놓았던 조각 같은 몸이 아깝다. 눈에도 즐겁고 입으로도 즐거운 요리를 만들던 솜씨도 아깝다.

오 화백은 며칠 동안 짐승처럼 울부짖었다. 시아는 죽은 듯 집구석에 틀어박혀있다. 무엇으로도 그를 위로할 수 없다. 오 화백은 그러다 허기지면 와인을 마셨다. 한 달 내내 술에 취해 지냈다. 정신이 맑은 날엔 유골 항아리를 안고 강으로 나가 앉아 노래를 부른다.

49일이 되는 날 그는 유골 항아리 뚜껑을 열고 짙은 회색빛 재를 강가 갈대숲에 뿌린다. 준의 혼백도 몸도 모두 이 세상에서 사라져버린다.

"늙고 추해진 나는 남고 젊고 아름다운 너는 갔네. 내 가슴에 칼을 꽂아놓고 가면 나는 어찌 살라고."

오 화백은 비틀거리며 집으로 돌아간다. 시아는 오 화백이 괴로워하는 모습을 차마 볼 수 없어 그냥 강변에 남아있다.

준이 강물에 몸을 던지기 전날 밤 새벽까지 시아와 같이 있었지만 아무것도 눈치채지 못한 걸 후회한다. 돈이 필요 없는 곳으로 가겠다고 여러 번 말했었다. 자살할 것이라는 싸인을 수없이 많이 보내왔는데 시아는 전혀 알아차리지 못했다. 시아는 남달리 삶에 대한 집착이 강한 여자여서 그 반대편에서 살아가며 고통받는 사람의 마음을 읽지 못하는 건 당연하다.

시아는 준이 하던 일을 대신한다. 그가 남겨 놓고 간 요리책을 뒤적이며 간단한 것부터 공부하기 시작했다. 재료의 가지 수가 적고 만들기 쉬운 것을 찾아본다. 그러잖아도 입이 짧은 오화백은 준의 부재로 거의 식욕을 상실하고 종일 누워있거나 와인의 알코르 기운으로 살아간다. 시아는 며칠 동안 공부하고 나서 한두 가지 음식을 만들어 놓지만 오 화백은 손도 대지 않는다. 밖에 나가거나 음식을 배달시키자고 제안해도 그는 대꾸도 없다. 그를 위로할 길이 무엇일까. 사랑으로 상처받은 사람은 사랑으로 치료하고 독초로 상한 몸은 독초로 독을 다스린다하였는데 사랑도 독초도 아닌 인물 상실의 병을 무슨 수로 다스릴 수 있을까.

세상의 모든 병은 자가 치료되고 모든 것은 제자리로 되돌아가고야 마는 원칙이 있다.

그냥 지켜보기로 한다. 겨울이 오고 있다. 단단하게 마른 땅에 빗방울이 떨어지는 소리가 야무지다. 기온이 많이 내려간 모양이다. 강 물빛 색깔을 보면 알 것 같다. 깊고 푸른빛이다. 그 푸른 색깔이 차다. 준의 영혼이 강물 위 어딘가에 떠있을 것 같다. 분명 준은 오랫동안 살던 이 강을 떠나지 못하고 집 안에서 자리를 잡지 못한 채 서성이고 있는 오 화백을 안타깝게 바라보면서

흔들리고 있을 것이다. 그래도 끼니마다 식탁을 차린다. 애완동
물처럼 음식 냄새를 맡고 식탁으로 나오길 기다리지만 매번 허
탕이다.

시아는 이 우중충한 집안에 하루도 머물러있고 싶은 마음이
없다. 처음 이 집에 찾아올 때 메고 온 숄더백을 현관 앞에 던져
놓고 이 층으로 올라간다.

"선생님, 저, 오늘 서울에 갈 거에요. 숨 막혀서 죽을 것 같아요."

식탁 의자에 앉아 강물 위에 내려온 가을을 내다보던 오 화
백이 고개를 시아한테로 돌린다. 낯선 사람을 바라보는 시선으
로 한참 동안 말없이 시아를 보다가 그제야 시아의 말을 이해했
다는 듯 여러 번 고개를 끄덕인다.

"뜻밖에 일어난 준이 오빠의 불행은 제가 선생님 댁에 나타
난 탓이 아닌가 해요. 난 원래 재수 없는 여자인가 봐요."

시아는 그날 밤에 준이한테서 받은 이만 유로를 오 화백한테
내밀었다.

"선생님한테 받은 유학비용이라면서 자기는 파리에서 돈이
필요 없다고 내게 몽땅 주었어요. 그때 그 말의 의미를 눈치챘어
야 하는 건데요. 난 정말 둔하고 바보인가 봐요. 그날 준이 오빠
를 붙잡고 재미있는 얘기로 밤을 새웠더라면 마음을 바꿔먹었을
수도 있었을 텐데. 언젠가 죽더라도 바로 그날은 아니었을 수도
있었는데."

"그건 아니야. 그가 갈 시간이 정해져 있었던 건지도 모르지.

나하고의 연이 다했던 거야. 준이 내게 바친 십오 년의 젊음은 참으로 아름다웠지. 내일 아침에 컨테이너를 열고 준을 그린 데 생들을 찾아서 보여줄게. 시아는 그 데생들을 한번 봐야 해. 준 이 얼마나 아름다웠었는지 보여줄 거야.”

시아는 멍하게 정신이 나가는 듯 충격을 받는다. 이것이야말 로 준이 시아한테 준 선물이다. 드디어 내일 아침이면 컨테이너 의 문이 열릴 것이다. 하늘에 계신 엄마 아빠가 주시는 선물이 다. 시아는 눈물이 핑 돈다. 심장이 터질 듯이 뛴다.

“시아한테 참으로 미안하군. 이런 불행한 사건을 아무 상관 도 없는 시아가 함께 당하게 하다니. 평생 잊지 못할 몹쓸 기억 을 남겨준 셈이니까 말이지. 다른 건 다 잊고 준은 멋지고 아름 다웠던 남자라고만 추억해주면 좋겠군. 내일 아침 그림들을 보 면 아마 더욱 그런 생각이 들 거야.”

“눈물이 나서 못 볼 것 같아요.”

화실 안에서 그려진 이후로 세상 빛을 본 적이 없던 오 화백 의 작품들을 만나게 될 것이다. 그의 그림을 세상 밖으로 끌어내 는 첫걸음이 되는 것이다.

시아는 밤을 꼬박 샜다. 다음 날 아침 그의 그림들을 볼 생각 을 하면 온 신경이 곤두서서 잠을 잘 수가 없다. 그렇잖아도 준 이 강물에 몸을 던진 날 이후로 깊은 잠을 잔 날이 없다.

몇 달도 채 안 되는 준과의 생활이었지만 시아에겐 지금까지 살아온 인간관계 중에서 가장 오래 그리고 가장 가까이에서 살아온 유일한 사람이다. 쓸데없고 진정성이 없는 대화였다 해도 눈을 마주 보고 귀담아들었다. 시아는 세상 사람들의 마음속으로 들어가 본 적이 없다. 시아 안으로도 들어 온 사람이 없었고 시아 또한 그들 속으로 들어가 본 적이 없었다. 언제나 겉돌며 살았다.

강물 위에 물안개가 자욱한 새벽녘에 이 층에서 그가 움직이는 기척이 들린다. 시아가 이 층으로 올라간다. 전등을 있는 대로 모두 켜 놓았다. 무엇이 두려운지 그는 자리를 잡지 못하고 서성였다.

"커피 내릴까요?"

"그러지. 준이 좋아하던 킬리만자로로 하지."

킬리만자로가 뜨거운 아프리카에 있는데도 그 꼭대기엔 하얀 눈이 일 년 내내 덮여있다고 준이 말했었다. 기운 좋은 짚차 한 대를 빌려 킬리만자로에 올라가고 싶은데 그때 같이 가겠냐고 물은 적이 있다. 킬리만자로에 오르고 싶어서 커피라도 킬리만자로를 좋아했나보다. 하고 싶은 일이 그렇게나 많았던 남자가 어떻게 세상을 접을 생각을 했는지 이유를 알 수 없다.

시아는 커피 통을 하나씩 돌려 브랜드를 읽어가며 킬리만자로를 찾는다. 아무리 찾아도 킬리만자로 커피는 없다. 준이 모두 마셔버렸나 보다.

"킬리만자로가 없으면 탄자니아를 찾아봐."

"탄자니아AA 커피는 있어요. 아 킬리만자로라고 아래쪽에

써있네요. 킬리만자로가 탄자니아에 있어요?"

"탄자니아와 케냐의 국경에 있지. 건기를 피해 동물 떼가 마라 강을 건너는 모습이 장관이지. 강을 건너기 위해 물속에 있는 악어들에게 동료 몇 마리를 제물로 바치지. 자연의 질서를 보면서 많은 걸 깨닫게 되지. 사람이 죽는 것도 그 질서의 한 대목이라고 생각하면 마음이 편해지거든."

오 화백은 킬리만자로를 마시지 못한다. 두 손을 모아 커피 잔을 들고만 있다가 가슴 깊이 향기만 들이킨다.

시아는 킬리만자로든 마라 강을 건너는 야생들이든 이미 머리 밖으로 빠져나갔고 지금은 오 화백이 컨테이너 열쇠를 들고 마당으로 나가기만 기다린다.

"오늘은 말지. 왠지 마음이 편하질 않아. 어쩌면 내가 죽기 전에는 저 컨테이너가 열리지 않을는지도 모르지. 이 열쇠 시아한테 줄까?"

시아는 정신이 멍하게 나간다. 이대로 까무러쳐 죽을 것만 같다. 그러나 곧 시아는 다른 고민이 생긴다. 언제까지 여기서 살아야 한단 말인가. 여기가 시아를 가둬 놓을 감옥이 되는 것일까. 시아의 경제 감각으로는 얼마 정도의 가치가 있는 컨테이너인지 짐작할 수도 없다.

4부

할아버지의 환절기 기침 감기가 심상치 않다. 기력이 떨어지니 기관지 깊은 속에서 나오는 기침을 시원하게 내뱉지 못하고 가슴이 파열될 것 같은 고통을 겪는다. 숨이 막혀 당장 호흡이 멎을 것 같아 보인다. 약국의 조제약도 아무 효험이 없다. 그러다가 호흡이 정지되고 고요하다. 용수는 불을 켜고 마루 건너 할아버지의 방문을 열고 들여다본다. 아무 일도 없는 듯 숨을 쉬며 잠들어있다. 아무래도 기침 감기가 오래가는 것 같다. 내일 오후엔 시간을 내서 할아버지를 모시고 병원에 가봐야 할 것 같다.

그날 따라 추석이 가까워진 탓인지 배달 일이 산더미처럼 밀려있다. 밤 아홉 시가 넘어서야 겨우 일이 끝났다. 조급한 마음으로 퇴근했을 때, 할아버지는 불도 켜지 않은 방에 출근할 때 본 모습 그대로 누운 채였다. 덜컥 겁이 났다. 혹시 그대로 숨을 거둔 게 아닐까 하는 생각이 든다.

아침에 차려 놓고 간 밥상이 그대로 머리맡에 놓여있다. 하루 종일 아무것도 먹지 않고 누워있었던 게 분명하다.

"식사도 안 하셨어요? 이러다 큰일 나겠네."

"큰일은 무슨."

할아버지는 그렇게 큰소릴 쳤지만 그날 밤으로 병원에 입원하고야 말았다. 열이 40도나 오르고 기침이 멈추지 않고 나와 호흡마저 곤란했다.

일반 병동에서 노인병동의 응급실을 추천한다. 그곳은 죽기 직전의 노인이거나 회생 가망이 없는 노인들만 입원해 있다는 얘기였다. 치료하는 병원이라기보다 죽을 시간만을 기다리는 곳이란 의미다. 의미 없는 생명체들이 병상에 누워 마른 나뭇가지처럼 숨을 쉬고 있다. 병동 문을 열었을 때 거기에선 병원 냄새가 아니라 노인한테서 나오는 퀴퀴한 늙음의 악취가 풍겼다.

제 발로 걸어 들어간 노인이 산소 호흡기를 달고 병상에 뉘이니 순식간에 중환자가 되고 말았다. 이제부터는 면회도 통제되고 일체 보호자가 어떤 의견도 낼 수 없게 되었다. 용수로선 잘 된 일이다. 할아버지한테도 다행스런 일이 될는지도 모른다. 하루 종일 아무도 없는 집에서 지내는 것보다 주변에서 사람 소리도 들리고 시간 맞춰 들여다봐 주는 의사 간호사도 있고 병실에는 간병인도 상주하고 있어 무엇인가 요구할 일이 있다면 의사가 소통된다.

집으로 돌아오는 길에 용수는 뒤통수를 얻어맞듯 자신의 목소리가 들렸다.

"이제부터 어쩔건데."

할아버지가 얼마 못 견딜 것 같은 생각이 들었다.

임시 휴직을 하고라도 시아를 찾아내야 할 의무가 있다. 할아버지 때문만 아니라 용수가 목숨 걸고 시아를 찾아내고 싶은 욕망에 불을 붙인 것이다. 성표의 도움이 필요하다. 서울에서의 수소문 작업이 어느 정도 진전이 있었는지 아직 확인을 안 해본 터였다. 뭔가 작은 꼬투리만이라도 잡았다면 성표 쪽에서 어련히 연락을 했을라고. 아마도 아무것도 찾지 못한 모양이다. 용수가 직접 발 벗고 나서야 할 모양이다. 거리를 좁혀 갔을 때 시아가 몸을 감출 수도 있겠다는 걱정이 있어서 성표를 앞으로 내세우려 했지만 다급해진 용수는 그런 여유조차 없다. 효자동 구두 가게로부터 시작해야겠다.

시장 골목 안에서 도둑이 경찰에 쫓길 때 급히 달리면 그의 발 앞엔 넓은 길이 열린다. 그래서 도둑은 마구 달려 도망칠 수 있다. 성표는 어디까지 쫓다가 포기했을까. 아무 소식이 없는 걸 보면 쫓는 걸 포기하고 제자리로 돌아갔을는지도 모른다. 용수가 실망할까 봐 말없이 지내고 있는 게 틀림없다.

구두 가게 안엔 나이 든 남자가 앉아서 열심히 일하고 있다.

"대체 그 여자가 무슨 잘못을 저질렀기에 나를 귀찮게 하는 거요? 미인도 아니더만 웬 남자들을 약 올려가지고 찾아다니게 하는 건지 원."

남자들이란 성표를 말하는 것이다. 성표가 이미 다녀갔고 이 남자는 다시 같은 대꾸를 반복하기 싫어하는 게 분명하다. 용수는 가게 밖으로 나와 성표에게 전화를 걸었다.

무슨 곡절이 있었는지 올림픽 공원 앞 은하갤러리에 찾아가 보란 말을 짧게 전하곤 전화를 끊는다.

성표가 포기한 것처럼 보이지만 거기가 끝은 아닐 것이다. 성표의 추적 작업은 아직 진행 중이란 걸 알지만 용수는 그걸 기다리지 못한다. 세상의 모든 일은 때가 정해져 있다. 할아버지의 명이 그리 길지 않으리란 예감이다. 오늘이 될는지 내일이 될는지 불안했다. 시아와 할아버지의 운명의 찌꺼기는 모두 털어버리고 그들의 관계가 끝나야 할 것이다.

오토바이로 시내를 헤집고 다니긴 매우 위험한 일이다. 지하철과 택시를 이용하기로 한다. 돈을 아끼려다가 수포로 돌아갈 수도 있다. 시아하곤 전혀 연관이 있을 것 같아 보이지 않은 빌딩 꼭대기의 갤러리다. 용수는 문이 열리길 기다린 지 세 시간이다. 12시가 다 되어서야 진한 갈색 코트를 입은 여인이 나타나 문을 열면서 경계의 시선으로 용수를 본다. 갤러리에 온 손님이 아니곤 꼭대기 층의 엘리베이터를 누를 리가 없다.

바람과 햇빛에 거칠게 그으른 용수의 얼굴이 그리 좋은 인상을 줄 리 없었다. 불량한 청년이 아니라는 데엔 다소 안심을 했는지 안으로 들어가려다 말고 용수를 돌아다보며 묻는다.

"무슨 일로 오셨죠?"

"최 시아를 만나러 왔습니다. 시아 할아버님이 위독하셔서요."

"누구 신데요?"

용수는 갑자기 말이 막힌다. 시아와 어떤 관계인지를 말하라면 어떻게 답해야 할는지 한 번도 생각해 보거나 준비해두지 않았었다. 시아가 부르는 대로 오빠인지 아니면 그저 오랫동안 아는 사이의 사람인지 시아의 아이를 키우고 있는 아버지인지 어쨌든 아무 관계도 아니란 답이 정확하다.

"할아버지의 부탁으로 그냥 말을 전하려고 왔습니다."

시아가 서종면으로 떠난 이후로 연락이 끊어졌고 어떻게 지내고 있는지조차 확인해 본 적이 없는 원장은 난감한 얼굴로 한참 동안 생각에 잠긴다.

시아가 어디서 어떻게 무얼 하며 지내는지 지금은 관심이 없다. 물에 떠내려온 풀잎처럼 시아의 신분을 확인해본 적도 없고 물어봤어도 제대로 말하지 않았을 것이 분명하다. 다만 시아가 갤러리에서 큐레이터로 일하는 동안 손해 끼치거나 말썽을 일으킨 일이 없다는 것, 그리고 지금 서종면에 가서 사명을 다하고 있는지에 대해서도 채근하거나 중간보고라도 해야 한다는 약속도 없이 보낸 일이니까 시아가 거기서 반드시 돌아와야 한다는 의무도 없다. 원장은 서종면 오 화백의 화실을 알려주어야 할지 말아야 할지를 결정하지 못한 채 갤러리 안으로 들어간다.

용수는 갤러리 안으로 따라 들어간다. 여기서 줄이 끊어진다면 시아를 찾을 길이 없다는 생각에 다급하다.

“시아의 핸드폰 번호라도 알려주시면 고맙겠습니다.”

“원시인처럼 핸드폰을 꺼놓고 사는가 봐요.”

“그동안 연락도 없이 지냅니까?”

“나도 답답해요. 찾으면 연락 부탁할게요.”

“시아가 빚진 거라도 있습니까?”

“없어요.”

용수는 원장한테서 오 화백의 화실 주소를 받을 수 있었다. 주소라야 번지도 없는 면, 리 이름으로 끝이다. 소식을 끊은 지 반년이나 지났기 때문에 아직도 최 부장이 거기에 있을 거라고는 생각하지 않는다고 덧붙인다. 소식 끊고 맘 내키는 대로 사는 건 시아의 사는 법이라는 걸 용수는 알고 있다. 시아에게 늘 붙어 다니는 자학적 구석은 세상 누가 자기 사는 데에 관심을 가질 것이냐 하는 마음이다.

그래도 전진할 수 있는 꼬투리를 잡게 된 것만도 고마운 일이다.

성표가 여기서 전진하지 못한 이유를 이제야 알겠다. 아마도 성표는 서종면 주소조차도 얻지 못하고 그 지점에서 다리 끊긴 길에 서게 되었을 거다. 주소라곤 해도 반년 전의 궤적이고 그렇게 오랫동안 한곳에 있을 시아가 아니라는 걸 안다. 물론 거기에도 없을 것이다. 이건 감감한 절벽을 만난 느낌이다.

그래도 한번 확인은 해봐야 한다. 거기에서 다시 길을 이어가야 하기 때문이다.

두렵다. 거기서 길이 끊어질 것 같은 예감이다. 절망을 유예시키기 위해 용수는 뒷걸음질친다. 서종 행을 미루고 그 길로 동해로 내려간다. 산소 호흡기를 달아 놓은 채 병원에 맡기고 온 할아버지가 마음 놓이지 않는다. 용수는 양쪽 벼랑에 외줄을 매어 놓고 줄타기를 하고 있는 것 같다. 이쪽 벼랑 끝에서 저쪽 벼랑으로 겨우 건너가면 저편의 일이 불안하고 다시 건너오면 이번엔 반대편 쪽의 일이 불안해진다. 터미널에서 내려 병원으로 달려 들어간다. 병원이 가까워지면서 불안이 더욱 커진다. 요란스럽게 달려드는 용수를 보고 야근하던 간호사가 놀라서 뒤로 물러난다.

"우리 할아버지, 최 준구 씨 별일 없으시죠?"

"네. 괜찮으세요. 어제는 혈압이 많이 떨어졌었어요. 그러다가 곧 회복이 되셨구요. 그래서 연락 안 드렸죠."

용수도 짐작할 수 있는 할아버지의 다가온 임종을 간호사들이 모를 리 없다. 그래도 그들은 조금도 내색하지 않고 보호자를 안정시키려고 애쓴다.

출입이 제한된 병실이어서 말로만 병세를 들을 수밖에 없다. 가까이 들여다본다 해도 별수 없는 일이다.

"무슨 일 있으면 연락 드릴 테니까요 안심하고 일하세요."

위로하는 말이겠지만 조금도 위로가 되지 않는다. 무슨 일이라는 건 노인을 병원에 입원시켜 놓고 숨을 거두는 일을 의미하는 것이다. 시간을 가늠하지 못할 뿐이지 정해진 결말이 기다리고 있다. 그 시간이 길어지는 것은 모든 사람들에게 해로울 뿐이다. 간호사들조차도 용수가 할아버지의 임종을 기다리고 있다고 생각하는 것 같다. 하늘에 맹세코 그런 마음은 털끝만큼도 없다. 하루라도 빨리 시아를 찾아내서 할아버지 생전에 만날 수 있도록 해야겠단 생각뿐이다. 두 사람 모두 얼마나 모진 세상을 살아와 여기까지 왔단 말인가. 할아버지가 병상에 누워 세상을 등지지 못하고 질기게 버티고 있는 건 시아를 만나 따뜻하게 안아주고 싶어서일 것이다. 시아가 세상을 홀로 떠돌며 살아가면서도 할아버지를 사랑하고 있었다는 걸 끝내 말하지 못한다면, 할아버지도 결코 너를 미워하지 않는다고 마음을 전하지 못하고 만다면 그건 모두 용수의 잘못이다.

용수는 서둘러 성표를 찾아가 부탁한다. 용수가 불쑥 서종에 나타난다면 시아는 자취를 감춰버리고 다시는 용수가 찾을 수 없는 곳으로 숨어버릴는지도 모른다. 할아버지의 소식을 전하지도 못한 채 끝날 것이다. 용수는 눈이 멀도록 시아가 보고 싶지만 그 마음은 오래전에 고목으로 변해 용수의 가슴에 묻혀버리고 말았다. 이젠 보고 싶단 마음도 아니다. 그리움이나 사랑도 상처로 변해 심장이나 간 같은 장기의 일부로 변해버렸다.

이젠 시아의 실체조차도 용수에겐 없다. 다만 시아라는 느낌뿐이다.

"우선 시아가 거기에 있는지를 확인하고 나서 만날 수 있다면 할아버지가 위독하다는 말을 전해주면 돼. 시아가 나를 피한다면 그 말조차도 전할 수 없게 되니까."

"같이 가서 너는 뒤에 숨어있으면 되지 않겠나? 보고 싶잖아.
난 네 맘 다 안다."

"앞으로 시아를 볼 시간은 얼마든지 많이 있을 거야."

"미친놈. 넌 미친놈이야. 그건 사랑도 아니라구."

그런지도 모른다. 성표의 말대로 용수는 미친놈이고 사랑도
아닌 사랑을 하고 있는지도 모른다.

　며칠째 시아는 살얼음판을 걷고 있다. 오 화백이 마당에 있는 컨테이너를 열지 않고 시아의 속을 말린다. 오늘일까 하고 종일 기다리지만 아무 일도 없이 하루가 그냥 지나고 그렇게 지루한 일상은 반복된다. 오 화백은 작업도 하지 않는다. 종일 커피 마시다 와인 마시다 과일 몇 쪽 깎아 놓으면 집어 먹고나선 밤에 못 잔 잠을 낮잠으로 때운다.

　컨테이너의 열쇠는 창가의 긴 테이블 위에 시한폭탄처럼 놓여있다. 시아의 눈에만 그렇게 보이는지도 모른다. 시아의 관심은 온통 오 화백의 작품을 세상 밖으로 끌어내고 싶은 것에 집중되어있었다. 준의 비극을 하루빨리 잊고 싶어서 이 집을 떠나고 싶지만 그럴 수 없는 건 저 컨테이너 안에 들어있는 오 화백의 작품들 때문이다.

　시아는 스스로 생각해도 이상할 정도로 갤러리의 큐레이터로서의 능력을 보이고 싶은 욕망에 매달려있다. 어쩌다 올라간 사다리에서 내려오고싶지 않다. 오 화백의 작품을 은하갤러리로 유치할 수만 있다면 화단에선 가장 실력 있는 큐레이터로 자리 잡을 수 있을 것이다.

새로운 세상이 열릴 것이다. 높은 나무 위에 단단한 둥지를 틀고 세상의 어떤 바람에도 흔들리지 않고 살아갈 수 있을 것이다. 실력으로 돈과 이름을 얻을 수 있는 길이 열렸다.

조급한 마음을 죽이고 기다리는 거다. 세상엔 공짜로 얻어지는 건 아무것도 없다. 진흙탕에서 발을 빼 약수로 헹궈서 고운 모시 수건으로 물기를 닦아내고 산들바람으로 말려서 비단 신을 신는 거다.

"우리, 어디 여행할까?"

"좋아요. 어디로요? 선생님은 산이 좋으세요, 바다가 좋으세요?"

"이 넓은 세상을 산과 바다 그 두 가지로만 나눌 수 있는가?"

점점 더 멀어지고 있다. 고지가 보일듯하더니 망원경 밖으로 벗어나고 말았다. 그렇지만 참아내야 한다. 기다려야 한다. 여행을 가자면 따라가고 집에 앉아있자면 또 그렇게 죽은 듯 구겨 박혀 있어야 한다.

오 화백은 분노에 떨고 있다. 아내와 딸이 컨테이너 한 개로 오 화백의 삶을 정리하여 던지고 간 뒤 강가에 버려진 죽은 민물고기 같은 자기 모습을 본다. 물 빠진 강변에 던져진 물고기가 몸에서 수분이 빠지고 비늘이 말라 비늘들이 일어난다. 조금씩 썩어가는 살에서 풍기는 비린내가 파리 떼를 부른다. 썩은 물고기에 몰려드는 파리는 푸른빛을 띤 형광 날개를 가졌다. 푸른 형광 빛 날개는 칼날처럼 번득이며 살을 찢는다.

오 화백은 지금 어떻게 해야 분을 삭일 수 있을지 몰라 펄펄 뛰고 있는 모습이다. 시아는 오 화백의 가라앉은 목소리에서 그 분노의 온도를 느낀다. 건드리면 곧 폭발할 것 같은 뇌관을 손에 잡고 있는 사람처럼 보인다.

날이 갈수록 다가오고 있는 것 같은 위기감을 못 본체하며 시아는 그의 곁에서 되도록 큰 움직임 없이 숨 죽이고 지내고 있다.

지금 당장 여행을 떠나자고 말하면 따라 나서야 한다. 며칠 전부터 몇 가지 속옷을 챙겨 넣은 색을 현관 앞에 준비해두고 있다.

말은 여행이라지만 콜택시를 불러 청평역으로 나가 춘천행 열차를 탔다.

거기서 영화 한 편 보고 팝콘 봉지를 들고 아이스크림을 먹으면서 강변을 걸었다. 시아는 앞장섰고 간격이 벌어진다 싶으면 뒤돌아서 뒷걸음질로 마주 보고 걷는다.

달랑달랑 아이처럼 튀어 오르며 뒤로 걷는 시아를 본다. 아침 햇살이 시아의 모습을 비추며 후광으로 감싸고 있다.

욕심을 낸다면 저 아이하고 같이 살고 싶기도 하지만 내 나이 몇 살이냐 예순이 넘어가고 있다. 내가 몇 년 만 더 젊었을 때 너를 만났더라면 욕심을 내 볼 용기도 있었을 테지만 지금은 아니다. 그냥 곁에서 웃고 재잘거리는 것으로 감사한다. 시아를 보고 있으면 슬프다.

헤어져야 할 날을 예감하며 아래로 가라앉는다. 시아가 어디서 왔건 여기 온 이유가 무엇이건 묻지 않는다. 이 처절한 날들을 살아갈 수 있도록 함께 해주는 존재에 감사한다.

시아가 어떻게 왔는지 모르듯이 시아가 떠날 때 어떤 모습으로 떠날는지 모른다. 어떤 이유로 떠나게 할는지 몰라 불안하다. 바람이 어디서 불어와 나를 스쳐 가고 있는지 모르듯 시아가 어디서 와서 어디로 가는 중인지 모른다.

겨우 이틀을 지냈다. 이틀만 같이 지내기도 힘든데 어떻게 같이 살겠다고 생각했을까.

시들한 여행을 서둘러서 끝내고 서종으로 돌아온 저녁은 또 다른 평화의 기운이 마당에 가득했다. 오랜만에 마당으로 식탁을 끌어냈다. 해물 바비큐를 준비하고 감자 두 알을 같이 구웠다.

"사람은 참 미련한 동물이야. 아니 특히 난 말이지, 하등 동물이라는 생각이 드는 거야. 식인종이라 할까. 식인종이 별거 아니란 생각이 들어."

"선생님 말이 맞아요. 선생님은 어떤 때는 곰처럼 전혀 움직이지 않고 말미잘처럼 뭘 드시고 사는지 몰라요. 아무것도 드시지 않거든요. 구운 새우를 발라 드시는 지금 모습은 꼭 원시인 같아요."

"자식이. 그런 말이 아니라 좀 심각한 의미야."

"난 심각한 거 싫어요."

서종의 석양은 조금 쓸쓸하긴 하지만 살맛 나게 하는 기운이다. 내일은 희망찬 아침이 오리란 확실한 약속이 들어있다.

시아는 안으로 들어간다. 찬 기운이 강에서 몰려오면 추울 것 같아 얇은 무릎 담요를 가지러 이 층으로 올라간다.

마당으로 한 발 내 딛는데 대문 앞에 한 남자가 서 있다. 낯선 사람이다. 시아가 이 집에 온 이래로 남자손님이 한 사람도 찾아온 적이 없었다. 가슴이 덜컹 내려앉는다. 오 화백의 손님이 아니라 시아를 찾아온 사람일 것이다. 은하갤러리에서 사람을 보내왔을까 아니면 준을 찾아온 사람일까. 짧은 순간 시아는 정확하게 판단하고 재빠르게 행동해야 할 것 같은 불안한 떨림이 온다. 그러나 그게 누구든 겁먹을 게 없다는 생각이 든다.

오 화백은 뒷짐 쥔 손으로 시아에게 밖으로 나오지 말란 신호를 보낸다. 시아는 집안으로 급히 몸을 숨긴다.

그 남자가 타고 온 지프의 헤드라이트가 멀리 사라진다. 남자가 가고 나서 시아는 밖으로 살그머니 나간다.

"누구예요?"

"시아가 어떻게 생겼는지도 모르는 남자가 시아를 찾고 다니누만. 조금 전에 문 앞에 서 있던 그 아가씨가 시아가 아니냐고 묻는 거야. 그 애는 내 손녀딸이라고 했지. 의심이 가면 불러 줄 테니 만나 보라고 했더니 그냥 돌아가네."

"손녀딸이라구요?"

킬킬대며 시아는 오 화백의 무릎에 얼굴을 묻는다. 혹시 밖에서 그 남자가 보고 있을는지도 모른다는 생각이 들어 다소 불안하다.

"이런 걸 반지하 방에서 사는 애인들이라는 거지. 반은 햇빛이 잘 들어 낮이지만 반은 어둠에 가리어져 언제나 밤중이지. 우린 햇빛이 비치는 낮에 보면 할아버지와 손녀고 어두운 밤엔 불륜의 남녀 사이가 되는 거지. 내 말 이해하나? 밖에 나가서 우리가 같이 다녀도 아무도 이상하게 보지 않지."

"불륜이란 임자 있는 사람들끼리 사귀는 걸 말하죠? 선생님이나 저나 임자가 없잖아요?"

"시아는 똑똑한 것 같지만 가끔 바보 같은 말을 한단 말이야. 요즘 불륜의 해석은 달라. 윤리란 말이지 ."

"그만 하세요. 난 그렇게 어려운 강의는 싫어요. 그냥 간단하게요, 좋으면 잘 먹는 것이고 물리면 안 먹게 되는 것이죠. 특별 요리는 한 두 번 먹으면 질리지만 밥이나 된장국은 잘 안 물려요."

"시아의 사랑의 정의는 그 어떤 윤리 강의보다 명료하고 알아듣기 쉽고 옳은 말씀이야."

"난요 쉽게 생각해요. 사는 게 그냥 숨 쉬는 건데요, 누가 숨쉴 때 어떻게 숨을 쉬어야 한다는 걸 생각하면서 숨을 쉬나요 그냥 쉬는 거죠."

시아는 언제나 당당하고 솔직하다. 무서운 세상을 지금까지 혼자서 잘 헤엄쳐 살아왔다.

시아가 어디에 있든 있는 곳에서 열심히 살아왔다. 조금씩 뿌리를 감추고 신분을 꾸민 죄는 있어도 그것이 큰 죄가 될 것 같지는 않다. 시아는 가만히 있어도 주변에서 그렇게 신분을 만들어 인정해준 셈이다. 미술대학을 다녔다든가 졸업을 했다든가 아니면 큐레이터라든가 하는 말을 시아가 먼저 한 적은 없다. 어쩌다 보니까 여기까지 왔고 시아 자신도 큐레이터인 걸로 자주 착각한다.

시아가 아무 말이나 떠들어대면 솔직하고 밝은 성격 탓으로 볼 것이고 몰라서 가만히 있으면 겸손하다고 볼 것이다.

내일 다시 올 것 같았던 그 남자는 사흘이 지나도 나타나지 않는다. 반지하 방에 살고 있는 그들을 할아버지와 손녀로 인정한 모양이다.

토요일 낮 강물 위에 가을비가 안개처럼 내리고 있다. 겨울이 조금씩 잠입하는 첨병처럼 다가오고 있다. 이 집의 겨울은 두 세 배 추울 것 같다. 시아는 추위가 오기 전에 이곳을 떠나야 할 것 같다. 그렇지만 아무런 결과물도 얻을 수 없었던 반년이 아깝다. 오 화백과 시아 사이에 가로막혀 있는 두꺼운 벽은 허물어지지 않을 것이다. 그림에 대한 거리가 너무 멀기 때문이다. 오 화백의 그림을 세상 밖으로 끌어내는 것도 의미 없는 일이 되어가고 있다. 캔버스 가득 칠해 놓은 하얀 색 페인트에 대한 의미도 시아한텐 아무 매력이 없다. 매력은 커녕 아무 가치도 없다. 세상 모든 것이 갑자기 시들해지는 건 아무래도 강물 위에 내리는 가을비 탓이다.

오 화백은 창가에 앉아서 아침부터 와인을 마신다.

"비 오는 날이면 준은 수상스키를 타고 싶어서 안절부절못하였지. 땡볕에서보다 해가 구름 속에 들어가 서늘하다면서 폭우를 더 좋아했지. 강한 빗줄기를 맞으면 매 맞은 사람처럼 온몸이 빨갛게 변하곤 했지. 아픔을 즐겼던 모양이야. 끝내 물에 묻혀버리고 말았네. 언젠가는 물보라 속에 보일 듯 말 듯 가려진 준을 그려보려고 했는데."

"지금 시작해 보세요. 준이 오빠는 선생님 머릿속에서 절대로 사라지지 않을 거예요. 하얀 물보라를 하얀 캔버스에 그리면 되겠네요."

"머릿속에 있는 준하고 실제로 만질 수 있는 준하고는 달라. 생명이 없지. 피도 없어. 심장 뛰는 소리도 없어. 죽은 생선 같은 거야."

"선생님은 준이 오빠를 안 보고도 그릴 수 있을 거에요. 눈앞에 살아있는 것처럼요."

"난 눈에 보이지 않는 건 못 그리는 사람이야."

"그러면 선생님, 여기 이 하얀 그림들은 무얼 보고 그리신 거예요?"

"내가 사랑하고 있는 인물만 빼곤 온 세상이 다 하얗게만 보여."

"준이도 지금은 하얀색으로 변하고 말았지. 그냥 없는 것으로 변했어."

"난 선생님 말씀이 어려워서 못 알아듣겠어요. 맛있는 부침

개 부칠까요? 비 오는 날 사람들이 제일 먹고 싶어하는 음식이
죠. 집 안에서 부치면 냄새가 안 빠지니까 마당 원두막에서 부칠
게요. 조금 뒤에 내려오세요. 모시러 오기 전에 내려오셔야 해요.
아니면 나 혼자서 다 먹어치울 수도 있어요."

"음, 알았어. 지금 같이 내려가지."

와인 잔과 와인 병을 챙겨 들고 따라 내려온다. 오 화백은 아
침부터 술에 취하기로 작정하였는지 내려오다 말고 다시 올라가
와인 한 병을 더 꺼내서 안고 내려온다.

그때 아래층 문밖에서 요란한 오토바이 소리가 들린다. 시아
는 오토바이 소리만 듣고도 용수가 나타났다는 걸 알았다. 어렸
을 때 듣던 용수의 소리다. 그가 처음으로 시아 앞에 나타났을
때에도 오토바이 소리와 함께였다. 용수를 까맣게 잊고 살다가
도 어디서 오토바이 소리가 들리면 문득 용수가 생각나곤 했다.

시아는 잠시 그 자리에서 몸이 굳어지는 것 같았지만 용수를
피하면 안 될 것 같다. 용수가 여기까지 시아를 찾아올 때까지
얼마나 힘들고 오랜 시간이 걸렸을까. 미안한 마음이 앞선다. 대
문에 달린 종이 울린다.

"시아는 안으로 들어가 있지. 며칠 전에 왔던 그 남자일 거야.
내가 돌려보낼 테니까."

"만나 볼 거에요. 들어오라 하세요."

"미안해요."

용수를 보자 시아는 자기도 모르게 미안하단 말이 나온다.

용수는 헬멧을 벗는다. 고생하며 살고 있는지 얼굴이 까칠한 게 눈가엔 잔주름마저 보인다. 용수의 나이가 그렇게 되었단 생각은 미처 하지 못한다.

"비옷 벗고 자리에 앉으세요. 마침 부침개를 부쳐 먹으려던 참이었는데 같이 들어요."

용수는 비옷을 벗어 원두막 난간에 걸쳐놓고 자리에 앉는다.

"많이 변했네."

"고맙고 죄송해요."

"이렇게 습격하듯 찾아와서 만나고 싶지는 않았어. 시아가 언젠간 집으로 돌아올 날이 있을 거라고 생각하고 그날까지 기다리려고 그랬지. 그런데 지금 할아버지가 위독하서. 그분은 시아가 돌아올 때까지 기다려 주지 못 할 거야. 성미가 급한 분이시잖아. 시아가 할아버지한테 마지막 작별인사를 드릴 수 있길 바래.”

“내가 어떻게 할아버지를 만날 수 있어요? 지금은 아무 준비도 되어 있지 않아요.”

“무슨 준비가 필요한데? 돈? 아무것도 필요 없어.”

“나 나름대로 계획이 있어요. 되는대로 세상을 막살아왔지만 그래도 목적은 있어요. 우리 식구 먹여 살릴만한 준비가 되면 갈게요. 그땐 용수 오빠한테 진 신세도 다 갚을 수 있어요.”

“난 그런 거 바라지 않아. 시아가 세상 어디서든 건강하게 잘 지내고 있기만 바랬지. 지금 할아버지는 시간이 없잖아.”

“난 이 세상에 없는 사람으로 알아주세요. 오래전에 죽어버렸다고 생각하세요.”

용수는 시아의 처참하고 불행한 모습만 보아 온 남자다. 뿌리째 뽑혀서 땡볕에 던져져 말라버렸을 잡초가 다시 뿌리를 땅에 내리고 살아나서 이렇게 살아있는 걸 보면 아무래도 비명에 간 부모가 하늘에서 보살펴주고 있는 게 분명하다.

용수는 그동안 시아가 걸어온 길을 한 군데도 빼놓지 않고 더듬어가며 여기에 이르렀다. 그래도 신통한 건 술집 접대부나 사창가에서 몸을 파는 여자로 산 것 같지는 않았다. 집단 폭행, 애비 없는 아이의 출산, 영아 유기, 이렇듯 강한 항생제를 복용한 덕분이라고 해야 할 것 같다. 웬만한 불행은 불행으로 알지도 않는다. 그 모든 사건들을 철없는 나이에 겪었기에 잘 회복할 수 있었는지도 모른다.

용수는 오토바이로 길을 달리는 헬멧 속으로 바람에 실려 들어오는 시아의 얼굴을 본다. 가슴이 바람에 찢긴 듯 아파온다. 이런 걸 사랑이라고 할까. 사랑이라는 말이 그들에게는 아무런 의미도 없는 단어다. 이렇게 마주 앉아있을 수 있는 시간도 그냥 스쳐지나가다가 힐긋 시선이 마주친 순간이라고 생각되기도 하다. 그들 생의 일정에 없었던 일일 것이다.

잠시 자리를 비켜 주었던 오 화백이 원두막으로 돌아온다. 용수는 자리에서 일어나 정중하게 인사한다.

"앉으시오. 비도 오고 하니 술 한잔 같이 합시다. 난 그림쟁이오요. 손님이 찾아오시니 사람 사는 집 같구만요."

"불쑥 들어와 죄송합니다."

"괜찮소. 우리가 날 잡아 손님을 초대할 일은 없지요. 우리 둘이서만 살아도 심심하지 않으니까요."

"예에."

아직 오 화백과의 관계에 대해서 묻지 못한 상태지만 나이와는 상관없이 시아가 의지하고 살아가고 있는 이 집의 주인임에 틀림없을 것이다. 그가 용수의 출현에 대해서 심한 질투나 경계를 나타내지 않는 사람이라면 보이는 나이만큼 정신적으로 넉넉한 남자일 것이다.

시아의 몫으로 가져온 와인 잔을 용수에게 권한다.

오 화백은 자기의 잔을 시아에게 건네며 나누어 마시자고 한
다. 같은 잔으로 번갈아 마셔 보기는 처음이다. 이런 모습을 용
수한테 보이고 싶었던 건 의도적인 것이었을까. 그렇다면 오 화
백은 용수의 존재를 이미 파악하고 있다고 봐야 할 것이다.

아무런 설명이나 변명이 필요없이 시아와 용수의 관계도 오
화백의 눈에 파악되고 말았을 것이다. 그는 많은 시간을 살아온
노련한 남자였으므로.

부침개를 뒤집어가면서 구워내지만 번번이 까맣게 태우고
만다. 음식솜씨가 서툴기도 하지만 도무지 부침개 부치는 데에
정신을 집중할 수가 없다.

용수는 와인 두 잔을 연거푸 받아 마시더니 다음 잔은 거절
한다.

"강원도 동해까지 가려면 더 이상 마시면 안 될 것 같습니다."

"두 사람, 얘기는 잘 되었는가?"

"결론은 없습니다. 선생님께 부탁드려도 될까요?"

"무엇이든지."

"시아를 놓아주십시오. 나이 어린 여자가 가엾지도 않습니까?"

"뭔가 오해하고 있구만. 시아뿐만 아니라 난 이 세상 누구든
붙잡거나 소유하려드는 사람이 아니오. 언제든지 있고 싶으면
있고 가고 싶으면 갈 수 있는 곳이 이 집이요."

"그게 더 잔인하다는 거 아십니까? 누구의 사람도 아니면서
그 자리에 머물러 있어야 하는 거 말입니다. 난 압니다. 그 심정

을 잘 알아요.”

용수는 약간 취기도 돌았지만 자기 자신을 보는 것 같아서 화가 치민다. 꼭 그래야만 되는 거 아닌데도 그럴 수밖에 없는 용수 자신의 삶에 대해서 화를 내고 있는 것이다.

오 화백은 어이없는 용수의 비난을 듣고 잠시 뜸을 들이더니 말없이 일어나 집안으로 들어가 버린다.

빗소리가 커진다. 대화 없이 나란히 앉아있는 시간이 길어질수록 무거운 무게에 짓눌리는 기분이다. 할 말은 많았지만 그 어떤 말로도 해결되지 않는 사이다.

너무 오랜만에 갑자기 만난 충격을 아직도 가라앉히지 못하고 있다. 언젠가는 이런 날이 올 것이라고 예감하고 있었지만 그때 어떻게 해야겠다는 준비가 되어있지 않았다.

“할아버지를 만나고 싶어요. 마지막 작별 인사를 해야겠죠. 그렇지만 오늘은 아니에요.”

“나도 오늘 가자고 말하는 게 아니야. 그렇지만 별로 시간이 많이 남아있지 않아.”

“알아요. 그만 가세요. 어두운데 조심하세요.”

용수가 헬멧을 쓴다. 시아는 난간에 걸쳐 놓았던 우비의 묻은 물기를 털어서 뒤집는다.

그리곤 용수에게 입혀준다.

“미안해요.”

시아는 다시 또박또박 끊어서 말한다. 미안하단 말, 백번을 말해도 모자라는 말이다.

"지해는 잘 크고 있어."

귀에 선 이름이다. 그렇지만 시아는 그 이름이 누구의 이름인지 묻지 않고도 알 수 있다.

"미안해요."

용수는 마당에 있는 오토바이를 대문 밖으로 끌어내곤 엔진을 걸어 출발한다. 시아는 오토바이 소리가 들리지 않을 때까지 원두막 난간에 기댄 채 서 있다. 몸이 비에 젖는지도 모른다.

가슴이 텅 비는 것 같다. 머릿속도 하얗게 빈다. 오 화백의 그림처럼 하얗다. 이제야 조금 알 것 같다. 그의 그림이 하얀 건 "무위無爲"이다.

사람이 세상을 다 살고 나면 그런 상태가 되는 거 아닐까.

"감기 걸리겠다. 왜 그러고 있는 거야?"

시간이 얼마나 흘렀는지 가늠할 수 없지만 옷이 흠뻑 젖어있는 걸 보면 상당히 오랫동안 그러고 있었던 모양이다.

오 화백이 시아를 부축하고 안으로 들어간다.

뜨겁게 샤워를 틀어 놓고 한동안 꼼짝하지 않고 서 있었다. 죽은 세포가 떨어져 나가고 살아있는 세포가 살 속에서 돋아난다. 슬프고 주눅 들었던 시간들이 떨어져 나가고 생생하고 파란 시간들이 돋아난다. 다시 일어나는 거다. 아무도 시아의 손을 붙잡아 일으켜주지 않을 것이다. 용수철처럼 튀어 올라 스스로 일어나는 거다.

"실컷 울었나?"

두꺼운 목욕 타월로 머리카락 물기를 털어내고 있는 시아를 등 뒤에서 포근하게 안아주며 오 화백이 물었다. 그의 가슴은 넓어서 편안하다.

시아는 몸을 돌려 젖가슴을 마주 댄다. 잠들어 있던 관능 감각이 스믈스믈 주름이 펴지듯 일어난다. 그가 처음으로 남자로 느껴진다. 나이 차도 없고 목적을 가지고 찾아온 곳에 사는 화가도 아니며 준이 오빠가 사랑한 남자도 아닌 그냥 한 남자로 느낀다.

오늘 처음 만난 사람처럼 설렌다. 가슴이 넓고 어깨가 두터워서 든든한 성벽 같은 남자다. 그의 가슴 한복판에 이마가 닿는다. 그를 두 팔로 끌어안으면 그의 허리춤이다. 팔을 올려 그의 목을 끌어안으면 매달리듯 안길 수 있다. 목에 매달린 시아를 창가에 있는 카운터 위에 올려놓는다. 벽을 더듬어 스위치를 찾아 방안의 전등을 모두 켠다. 천장에 매달린 샹들리에, 벽등, 스포트라이트까지 온 방 안이 대낮처럼 밝다.

밖은 어두워서 아무것도 보이지 않는다. 강 쪽으로 향한 창으로는 아무도 들여다볼 수 없는 밀실이다. 그들은 무대 위에서 섹스 라이브 쇼를 벌이는 남자와 여자가 된다. 관객들은 숨을 죽이고 그들의 움직임을 본다. 그는 혀끝으로 시아의 발끝에서부터 더듬어 올라간다. 매끄러운 피부는 물 묻힌 인절미처럼 혀끝에 붙는다. 팽팽한 젖가슴을 지나 유두에 닿는다. 그들의 인내의 한계는 거기까지다. 그의 힘은 타오르는 불기둥 같다. 시아의 온몸이 용광로 속 쇳물처럼 녹아내린다. 뻘 속에서 넘어지고 허우적 거리다가 지치고 쓰러질 때까지 온몸의 체액을 한 방울도 남김 없이 주고받는다.

두 사람 모두 물에 젖은 한지가 되어 침대에 나란히 누웠다. 숨 쉬는 시체가 된다.

"물 드려요?"

먼저 기운을 차린 시아가 가만히 묻는다.

"아니. 그냥 누워있어."

"지장수를 드실래요?"

순간 시아는 준을 떠올렸다. 준이 처음 시아한테 건네준 생수 이름이 동해약천 지장수였다.

기어이 시아는 지장수를 가져와 한 모금 입에 가득 담아 그의 입에 넣어준다. 그는 누운 채로 물을 받아 삼킨다. 꿀맛 같은 물이다. 지금까지 살아온 날들이 모두 헛되이 살았다는 느낌이다. 이렇게 사랑스럽고 예쁜 여자가 지금까지 어디에 있다가 이제야 나타났을까.

"물 더 드려요?"

그는 대답없이 가물가물 단잠에 빠진다.

아침에 눈을 떴을 때 오 화백은 덜컹 가슴이 내려앉는 것 같았다. 곁에 잠들었던 시아가 보이지 않는다. 아침 일찍 떠나려고 어젯밤에 그렇게 다정했던 것일까. 두렵다. 무슨 일이 생긴 것이 아닐까.

벌떡 일어나 아래층으로 급히 내려가다 말고 난간에 서서 조심스럽게 주방 쪽을 살핀다.

커피 향기가 올라온다.

"빵은 몇 쪽 구울까요?"

벌써 그의 기척을 듣고 시아는 난간 쪽을 향해 묻는다.

"세 쪽."

"네, 커피 먼저 드세요. 선생님."

"와인 한잔 마시면 안 될까?"

"아침부터 와인이게 , 알콜 중독이세요?"

"시아 중독자."

사람한테 중독되면 그 끝이 어디인지 안다. 그 중 한 사람이 이 세상에서 사라지기 전엔 끝이 나지 않는다.

"그러시면 안 되세요."

준이 세상에서 사라지면서 끝이 나는 걸 보았다.

잠시 생각이 다른 데로 가 있는 동안 오븐에 넣었던 빵이 새까맣게 타 버렸다.

커피를 마시다 말고 오 화백은 낮은 목소리로 묻는다.

"어제 그 남자 말이야. 오토바이."

"용수 씨 말씀이세요?"

"용수, 옛 애인이었나?"

"애인보다 더 진한 사이."

"그럼 남편?"

“남편보다 더 깊은 사이.”

“그럼 친오빠? 삼촌?”

“어서 커피 드세요. 아무런 관계도 아니니까요.”

시아는 당당하게 그렇게 말할 수 있다. 용수는 아무 관계가 없는 남자다. 그러나 애인보다 더 진하고 남편보다 더 깊은 관계의 남자임에 틀림없다.

오래된 나무처럼 그 자리에 늘 서 있는 사람이다. 그 자리에 나무가 서 있었네, 그 자리에 나무가 서 있었나, 아, 나무가 서 있었구나.

어떻게 말해도 용수는 시아를 용서할 것이다.

시아는 마당 구석에 육중한 건물처럼 자리 잡고 있는 저 컨테이너 속이 몹시 궁금하다.

저 작품들을 세상 밖으로 끌어내는 작전에 성공할 수만 있다면 수상가옥같이 물 위에 떠있던 시아의 삶이 실제의 현물로 변할 것이다. 모든 것이 변하게 된다. 너른 바위 위에 두 발을 짚고 서게 될 것이다. 그렇게 된다면 미술계에서 실력 있는 큐레이터로 당당하게 자리 잡을 수 있을 것이다.

운이 좋으면 오 화백의 작품만으로 채워진 미술관을 지을 수도 있고 그의 직계가족이 없기 때문에 그의 작품을 소유할 수는 없지만 영구히 보관 전시할 수 있는 우선권을 가질 수 있게 될 것이다. 생각만 해도 가슴 뛰는 일이다. 어쩌다가 이렇게 다이아몬드 같은 행운을 길에서 줍게 되었을까.

1등 복권에 당첨되는 것 같은 행운에 비할 수 있을까.

그러나 오 화백이 전혀 눈치채지 않도록 고양이 걸음으로 다가가서 쥐를 잡아야 한다.

꼬리를 잡아야 할까 머리를 짓눌러야 할까. 그 어느 부위도 잡을 자신이 없다. 미끄럽고 긴 꼬리의 촉감은 뼈도 아니고 털도 아닌 살을 발라 먹고 버린 생선뼈를 만진 것 같을까.

몸집에 비해 유난히 작은 머리를 두 손으로 덮쳐볼까 생각하기도 했지만 올롱하게 까만 눈을 피할 수 없을 것 같았다. 고양이는 보드라운 털 속에 날카로운 발톱을 숨기고 다가간다.

벽에 걸려있던 챙 넓은 밀짚모자를 막대로 끌어내렸다. 시아는 마당 여기저기에 수북하게 자란 잡초들을 정리할 판이다. 늦가을이라 하지만 바로 머리 위에서 내리쬐는 볕은 따갑다. 이마에서 땀이 비 오듯 떨어진다. 잡초도 겨울을 맞는지 누렇게 변색하고 저절로 말라서 없어지겠지만 문득 마당을 핥은 듯 말끔하게 가꾸던 할아버지가 생각난다. 작업을 끝내곤 마루 끝에 앉아서 땀을 닦으며 밀짚모자로 부채질을 하곤 했다.

시아는 할아버지를 생각하며 밀짚모자로 부채질을 한다.

시아가 열 몇 살 때, 그 어린 시절에도 일에 지쳐 구질구질한 할아버지의 모습이 보기 싫었다. 저렇게 살지 말아야지. 저렇게 살려면 살지 않을 거야.

땀을 흠뻑 흘리며 일하고 난 뒤의 흐뭇함을 이제야 조금 알 것 같다.

마당이 찬물에 세수한 것 같다.

원두막 마룻바닥에 길게 누웠다. 지붕과 난간 사이로 좁은 하늘이 보인다. 하늘 아래로 나무 끝에 조금씩 단풍들어가는 산이 옆으로 길게 누웠다.

시아는 밀짚모자를 얼굴에 덮었다. 노곤하게 피로가 몰려와 잠이 온다. 몸이 아래로 끌려내려 땅속으로 가라앉는다. 얼마나 깊은 잠에 빠졌는지 원두막이 산그늘에 잠겨 체온이 내려간 줄도 몰랐다.

매캐한 연기 냄새에 잠이 깬다. 시골에서 밥 짓는 냄새다. 누구인지 엄마일 리는 없고 일고여덟 살 적의 기억일까. 어떤 여자 곁에 쪼그리고 앉아 아궁이에 나뭇가지를 넣고 불을 지피던 기억이 난다. 얼굴에 뜨거운 불길이 몰려왔다. 매운 연기에 눈물이 난다. 그 여자가 누구였을까.

시아는 얼굴에 불어오는 열기를 손으로 흐트러뜨린다. 열기를 피해 물러나려다가 뒤로 나동그라진다. 그 순간 아궁이 앞에 앉아있던 여자가 시아의 어깨를 붙잡아 준다.

두 손으로 그 여자의 손을 붙잡고 겨우 균형을 잡는다.

여자의 손치곤 두터운 손이다.

"그만 일어나지."

시아가 잡고 있는 손은 오 화백의 손이다.

그가 지펴 놓은 장작불이 마당 가운데에서 타오르고 있었다.

"무얼 구울까요? 냉동연어를 해동해 올까요?"

"그러지. 그런데 그 밀짚모자 어디 있었지?"

“현관문 뒤 못에 걸려있었어요. 준이 오빠가 쓰던 거죠? 준이 오빠 냄새가 나요. 그립네요.”

“나쁜 놈이야.”

준을 두고 내뱉는 그의 욕설은 몹시 아프게 들린다. 탄식이고 절규로 들려온다. 시아의 가슴을 헤집는다.

시아가 안고 있던 밀짚모자를 빼앗아 장작불 속으로 던져 넣었다.

준이 미처 정리하지 못하고 떠난 그의 유일한 유품이다.

불길이 치솟으며 마른 밀짚모자가 금세 재로 변한다. 마치 화장터에서 타오르던 준의 목관을 다시 보는 것 같다.

밀짚모자가 다 타버리자 그는 천천히 일어나서 컨테이너로 간다.

그가 컨테이너 문을 연다. 고대 피라미드의 돌문이 열리듯 신비로운 기운이 돈다. 시아는 숨을 죽인 채 지켜본다. 그는 컨테이너 안으로 들어간다. 한참 만에 컨테이너 안에서 시아를 찾는다.

시아가 컨테이너 안으로 발을 들여 넣으려는데 먼 데서 들리는 듯 깊은 안쪽에서 그의 목소리가 들린다.

“공구 박스에서 랜턴을 찾아와요.”

“공구 박스가 어디 있어요?”

“집 뒤에 있는 창고 안에 있을걸.”

창고 문을 처음으로 열어본다. 서재보다 더 깨끗이 정돈되어 있다. 깔끔한 준의 성격대로다. 공구박스 위에 놓여 있는 랜턴을 쉽게 찾아냈다. 스위치를 올렸지만 불이 켜지지 않는다. 마당으로 나가며 랜턴 스위치를 올렸다 내렸다 반복한다. 고장 난 랜턴이다.

"건전지를 돌려 끼워 봐. 준은 건전지를 거꾸로 끼워두곤 했거든. 아니면 저절로 방전이 된다는 거야."

"그럴 수도 있겠네요. 사람이 저절로 싫어지는 것처럼 요."

"시아는 가끔 엉뚱한 소리를 하는 게 병이야."

"어서 랜턴을 켜봐."

컨테이너 안이 환하게 밝는다. 랜턴을 들고 안으로 살금살금 걸어 들어간다. 겹겹이 세워져 있는 그림들을 잠깐잠깐 눈길을 주면서 살핀다. 모든 작품들이 하얀색이다.

중간쯤 그가 그림들 사이에 서서 시아를 기다린다. 그는 어렴풋이 빛이 비치자마자 그림 대 여섯 점을 뽑아낸다.

"나가지."

시아를 앞세우고 컨테이너 밖으로 나간다.

그는 들고 나온 그림을 한꺼번에 장작불에 얹어놓고 불태운다. 불길에 비치는 그림은 준을 그린 데셍들이다.

시아는 무슨 말을 할 수가 없다. 그는 극도로 분노에 차 있었고 말릴 틈도 없이 순간에 일어난 일이었다.

불길 속에서 준의 아름다운 몸의 선들이 타고 있다. 돌아선 채 등을 보이기도 하고 고개를 숙인 채 어깨로 슬픔을 전하기도 한다.

준이 이 세상 밖으로 사라지고 있다. 연기와 불길로 올라가서 공중에 흩어지고 있다.

작업을 하며 오 화백은 준을 사랑하며 그렸다. 준을 그림 속에 가둬 두고 밖으로 내 보내지 않고 살아왔다. 이제 그림 속에 가둬두었던 준을 완전히 떠내 보낸다.

캔버스 뒤쪽에 숨어있던 나무프레임이 하찮은 땔감 나무처럼 마지막으로 타서 없어진다.

시아는 처음부터 불 앞에 쪼그리고 앉아있다. 처음엔 애써 그린 그림이 아깝단 생각을 했다. 그림값으로 치면 얼마짜리인데라고 돈으로 계산했다.

그러나 이젠 아니다. 사슬을 풀고 훨훨 날아가는 준의 영혼을 본다. 준은 얼마나 홀가분할까.

때론 이렇게 목숨으로부터 풀려나고 싶은 심정이 될 때도 있었다.

집단 성폭행을 당한 뒤 죽음 같은 차가운 얼음의 계곡에서 기어 올라와 파란 잎이 달린 나뭇가지를 잡는 순간 살아있다는 기쁨을 만났다. 그때 뜨거운 눈물로 맛본 기쁨을 안고 그 어떤 고통이나 괴로움도 이겨내며 살아가고 있다. 그러나 아무 목적도 없고 정해진 길도 없는 시간 속을 걸어가고 있다. 세상에 무엇이 어렵고 힘든 것이 있을까. 두려운 것도 없다. 피투성이로 용수의 등에 업혀서 산등성이를 내려오던 흔들림을 잊지 못한다. 몸이 흔들리고 있는 것이 아니라 세상이, 땅덩어리가 흔들리고 목에 달린 머리가 뎅그렁 매달려 덜렁거리는 느낌이었다. 그때 시아는 이미 삶을 던져 버렸다.

오 화백의 그림이 얼마나 비싸든, 그걸 불에 태우든 말든 그림에 갇혀있던 준이란 남자의 인생에 대해서 깊이 생각하고 싶지 않다.

그냥 어쩌다가 이 시간 이 자리에 앉아있게 된 것뿐이다.

그런데.

그러나.

그리고.

시아는 깊은 생각에 잠긴다. 여기서 나갈 때 그때는 시아가 앞으로 살아갈만한 수단을 거머쥐고 나가야 한다는 욕망에 열이 올랐다.

오 화백은 점점 사그라지는 불길을 보다가 옆에 있는 나무토막을 불길에 얹는다. 불길은 다시 세지고 마주 앉은 두 사람의 얼굴을 환하게 비춘다. 불길의 열기가 얼굴로 몰려 온다. 시아는 조금 뒤로 물러앉는다. 오 화백은 그대로 불 앞에 앉은 채다.

"선생님, 뒤로 좀 물러나 앉으세요."

"난 괜찮아. 나이 들면 감각이 둔해지거든. 시아는 좋겠다. 스물다섯 살이라니까."

"난, 안 그래요. 난 언제라야 선생님만큼 세월을 살아낼까 생각하는데요."

사는 건 의무 같은 것이다. 태어났으니까 그 삶이 아무리 고

달파도 살아가야 한다는 생각이다. 마음대로 살고 싶으면 살고 죽고 싶다면 죽을 수 있는 것이라면 시아는 오래전에 세상에서 사라졌어야 한다.

시아는 할아버지가 운명에 고분고분 고개 숙이고 소걸음으로 살아오는 모습을 보고 배웠다. 시아는 반항하고 엇가려고 할 때마다 대가를 받았다.

시아는 오 화백이 많은 나이가 되도록 멋진 모습으로 살 수 있다는 것에 대해 존경한다.

사는 것은 쉬운 것이 아니다. 그렇다고 어려울 것도 없다. 그냥 살아가면 그만인 사람들에겐 쉬울 것이고 무언가를 거머쥐려고 애쓰는 사람에겐 어려운 것이다.

그냥 살아가려고 해도 감당할 수 없이 힘든 고갯길을 만나 올라가야만 하는 삶도 있다.

사람 사는 일은 절대로 시간의 뒤로 거꾸로 돌아갈 수는 없는 것이다.

시아는 안으로 들어가 냉동실에서 생선토막과 해물들을 꺼내 해동시켜 들고 나왔다. 아무래도 오늘 밤은 마당에서 밤을 새워야 할 것 같다. 준이 세상을 버리고 간 뒤로 처음 있는 일이다.

철망을 불 위에 걸쳐놓고 꼬치에 끼운 해물을 올린다.

"참 신기하지. 애써 그린 그림이나 하찮은 나무토막이나 불에 타면 똑같이 재가 된단 말이야. 재를 보고 그 전에 그것이 무엇이었는지 어떻게 알겠나?"

"그렇죠. 무덤만 보곤 그 사람이 어떻게 살아왔는지 아무도 알 수 없죠."

"시아는 말이야, 꼭 노인 같은 생각을 한단 말이야. 그래서 내 친구가 될 수 있는 건가?"

"엄마 아빠 없이 할아버지하고만 살아서 그럴 거예요."

"그래 할아버지는 지금 살아계시는가? 엄마 아빠는 안 계시고?"

"선생님은 그런 거 몰라도 되세요. 그 건 내 문제니까요."

시아는 지금까지 누구한테든 자신의 얘기를 들려준 적이 없다. 내놓을만한 과거도 아니지만 말하다 보면 거짓말을 하게 될 것이고 그러다 보면 자꾸 거짓이 거짓을 낳고 가상의 과거가 새로 생겨나서 가상의 과거를 잘 기억해야만 할 지경이 될 것이다.

타산적이지 못한 시아는 지금 상대에게 보이는 그 상태로만 존재하고 싶다. 더 매력 있게 보이고 싶지도 않고 똑똑하게 보이고 싶지도 않다. 그렇다고 배짱 있게 "나 아무것도 가진 것도 배운 것도 없으니 어쩔 건데?"라고 외치고 싶지도 않다. 그냥 설명 없이 보여 지는 대로 존재하면 그뿐이다.

화랑주인들이 군침 삼키며 바라보는 오 화백이나 이젠 늙어 뱃일도 못하고 죽어가는 무식한 시아 할아버지나 무덤에 묻히면 다 같을 거다.

오 화백이 세계적으로 이름 있는 와인 병을 따서 큰 유리잔에 따를 때 시아 할아버지는 소주병을 따서 소주잔에 따랐다.

오 화백이 아름다운 남자 준을 가지고 놀 때 할아버지는 쪽

마루에 길게 누워 집 나간 시아를 생각하며 눈물 흘렸다.

시아는 지금 오 화백을 위해 모닥불에 해산물 꼬치를 구우며 그의 감정변화에 시선을 집중한다.

고향에선 위독한 할아버지가 시아를 보고 싶어 하지만 그건 그리 중요한 일이 아니다.

오 화백의 그림이 가득 찬 컨테이너의 열쇠를 곧 건네받을 수 있을 것 같은 예감이다. 복권에 당첨되듯 이런 기회는 일생에 한 번 올까 말까 하다. 미끼를 물었을 때 고기를 낚아 올리는 것처럼 고기가 느끼지 못할 만큼의 세기로 당기다가 다시 고기가 저항하며 도망치려 하면 느슨하게 풀어주는 작업을 반복하며 기다려야 한다. 낚시는 무한한 기다림이다.

너무 강하지 않게 조급함을 드러내지 않도록 조심해야 한다. 큰 고기는 힘이 세서 낚싯바늘을 휘어 곧게 펴서 빼내거나 줄을 끊고 낚싯바늘을 문 채로 도망치기도 한다. 줄이 끊어지지 않고 달아나는 고기에 끌려가다가 물에 빠지거나 배가 뒤집힐 수도 있다.

오 화백은 시아에게 있어서 힘에 겨운 거대한 물고기다. 아프리카 케냐의 북부 호수에 사는 농어 같은 야생 대어다.

큰 고기는 깊은 물에 살기 때문에 낚시에 잘 걸리지 않는다. 작은 잡어들만 낚시에 잘 걸려든다.

이제 시아는 지쳤다. 이곳을 그만 떠나야 할 때가 된 것 같다. 복권에 당첨되는 운은 죽을 운과 함께 온다고 했다. 차라리 그런 운을 만나지 않기를 바란다. 컨테이너의 열쇠를 미련 없이 잊자. 운을 바꿀 수 있는 힘은 오직 신에게 있을 것이다.

오늘까지 숨 쉬며 살아온 것처럼 시아는 그렇게 살 수 있을 것이다. 굳이 화랑으로 돌아갈 이유도 없다. 큐레이터라는 직업은 잠시 빌려 입었던 옷일 뿐 또 다른 옷으로 갈아입으면 된다.

앞으로 살 길을 결정하기 전에 아무래도 할아버지를 만나야 할 것 같다. 지금이 아니면 할아버지한테 용서를 빌 수 있는 시간이 올 것 같지 않다.

시아는 오늘 떠날 거라고 오 화백에게 알리러 이 층으로 올라갔다.

타르티니의 바이올린 곡 악마의 트릴이 온 집안을 흔들어 놓고 있다. 이렇게 큰 음악이 왜 아래층에서는 들리지 않았던 것일까. 준이 좋아하던 음악이다. 준은 같은 곡을 여러 연주자들이 연주한 CD를 들려주며 비교하며 감상해보라고 말하곤 했다. 시아에겐 음악의 비교는커녕 모두 똑같이 들렸다. 음악이 시아의 앞을 가린다. 차마 오늘 떠나겠다는 말을 할 수 없다. 주방으로 내려와 점심을 준비한다. 청이가 인당수로 팔려가기 전 아비에게 아침밥상을 준비하듯 냉장고에 있는 모든 재료를 꺼내 갖가지 요리를 만든다.

시간이 얼마나 흘렀는지 모르지만 거의 저녁 먹을 시간이 된 것 같다. 강물에 노을이 뜨기 시작했다.

오 화백은 맛이 있다 어떻단 말 한마디 없이 몇 젓가락 끄적이다 말고 이 층으로 올라갔다. 시아는 그의 가라앉은 기분은 알지만 위로할 마음이 조금도 없다. 이젠 그러지 않아도 된다. 화가 치민 기분으론 지금 당장 떠나버리고 싶다. 그렇지만 내일로 미룬다. 시아를 위해서 그리고 그를 위해서 하룻밤만 더 이 집에서 지내기로 한다.

시아는 담요 두 장을 들고 원두막으로 나갔다. 늦가을 밤기운이 좀 차겠지만 침대에 누워도 잠이 올 것 같지 않다. 오랜만에 누워서 밤하늘을 보는 것도 좋다. 열 살 남짓 어렸을 때 보았던 그 하늘이다. 갑자기 고향이 가까워진 것 같은 느낌이다. 까맣게 잊고 살았던 밤하늘이다. 시아가 살아온 세상에 이렇게 넓은 밤하늘이 있었던가.

밤하늘을 잊고 살아온 것뿐만 아니라 사람이 어떻게 사는 것인지도 모르고 시간을 따라 떠밀려온 것 같다. 밤이면 자고 낮이면 깨어 있고 있으면 먹고 없으면 말고 내일도 없이 그렇게 오늘만 살아왔다. 고단한 줄도 모르고 자신을 돌아다 본 일도 없다. 그래도 신기한 건 구걸하지 않고 빚지지 않고 절망하지 않고 숨쉬며 살아왔다는 것이다.

생각이 깊어지면 깊은 상처를 긁어내는 일 뿐이다. 담요를 머리까지 푹 뒤집어쓰고 잠을 청한다. 귀뚜라미 소리가 귀를 찢는다. 바람이 산을 돌아 나무를 흔들어 놓는다.

"어쩌자고 여기서 자는 거야?"

오 화백이 랜턴을 들고 나와 시아의 어깨를 잡아 일으킨다.

"화났나?"

시아는 말하기 싫다. 그와의 인연도 여기서 끝이다.

"어서 안으로 들어가지."

"내 걱정하지 마세요. 그냥 여기서 밤하늘을 보고 있는 거예요."

"잠을 좀 자 둬. 내일 힘든 작업을 도와야 하니까."

그가 랜턴을 들고 안으로 들어간다. 또 내일도 떠나지 못할 것 같다.

새벽녘에 깜박 잠이 들었다. 사람들이 시끄럽게 떠드는 소리에 시아는 놀라 일어났다.

인부들이 보일러 연료통에 벙커C유를 채워 넣고 있다. 그는 겨우살이 준비를 하는 모양이다.

시아는 잠이 덜 깬 얼굴로 원두막에 앉은 채 그들의 움직임을 물끄러미 보고 있다. 분명 겨울이 올 모양이다.

시아는 담요를 접어들고 안으로 들어간다.

작업을 끝낸 인부들이 트럭 엔진 소리와 함께 사라지고 곧 조용해진다. 겨울이 오고있다는 걸 실감한다. 강변의 겨울은 몹시 추울 거다. 떠나기로 마음먹은 건 참 잘한 일인 것 같았다.

"오늘 하실 작업이 보일러에 기름 넣은 일이었어요?"

"그건 기름장수가 할 일이고, 우리 작업은 따로 있지."

"무슨 작업이예요?"

"커피나 한잔 마시고 나서."

시아는 원두를 갈고 커피를 내리며 어젯밤에 안 가길 참 잘한 일이라고 생각했다. 마지막으로 맛있는 커피를 내려 선생님께 대접할 수 있는 아침이 있다는 건 행복한 일이었다.

"우리, 커피를 마당에서 마실까?"

시아는 "우리"라는 말을 듣는 순간 온몸에 소름이 돋는다. 그는 늘 그와 준을 묶어서 "우리"라고 말했었다. 시아는 마음속으로 소리친다. 시아는 지금까지 "우리"라는 울타리에 갇혀 본 적이 없다. "우리"라고 말하지 마세요라고.

시아는 커피 잔과 커피 드립 폿을 들고 원두막으로 간다.

어쩌면 이게 행복인지도 모른다. 이렇게 사는 데까지 살 수도 있는데 꼭 오늘 떠나야 하나. 가느다란 미련이 시아를 붙잡는다.

커피를 잔에 따르며 그의 얼굴을 본다. 고향에 있는 할아버지의 얼굴이 겹친다.

"선생님, 저 오늘 떠날래요. 고향에 가봐야 해요."

"난 시아가 떠날 거라는 걸 벌써부터 알고 있었어."

"그동안 선생님하고 멋지게 살았어요. 그런데 왜 이렇게 슬픈 거죠?"

그는 말이 없다. 커피드립 폿에 남아있는 커피를 그의 잔에 가득 채우더니 급하게 잔을 비운다.

"안에 들어가 랜턴하고 컨테이너 열쇠를 찾아오지. 작업을 시작해야지."

시아는 잘라버렸던 그림에 대한 욕심이 다시 스멀거리며 속에서 뱀처럼 기어 나오는 걸 느낀다.

시아는 컨테이너 열쇠와 랜턴이 같은 자리에 있다는 걸 어제 낮에 보았었다. 이 층 창가 긴 테이블 위에 있었다.

계단을 내려가는 발걸음이 나비처럼 가볍다. 그의 작품들을 처음으로 잘 볼 수 있는 시간이 왔다. 그 작품들의 주인처럼 행세할 수 있는 첫 만남이 되는 것이다.

그가 앞장서서 열쇠를 열고 컨테이너 안으로 들어간다. 시아는 랜턴을 들고 안을 비추는 일을 맡는다. 컨테이너 안은 하얀색 페인트로 랜턴의 밝기보다 더 환하다.

그는 준을 그린 데셍을 골라낼 때처럼 하나씩 둘씩 뽑아서 통로로 꺼낸다.

"랜턴을 거기 어디쯤 옆으로 뉘어 놓고 이것들을 밖으로 내다눠 봐.”

햇빛 아래로 나온 그의 작품들은 천지창조 같은 새 세상을 맞이한다.

그가 그린 흰색은 그림마다 다른 색감이다. 그 하얀 색깔들이 말을 걸어온다.

고통, 증오 ,기회, 슬픔, 이기, 행복……

그가 마지막으로 그림 석 점을 더 들고 나온다.

“정말 멋져요.”

시아는 원두막 난간에 기대어 세워 놓은 작품들을 거리를 두고 바라보며 감탄이다.

“그림 볼 줄도 모르면서……”

그가 혼잣말로 중얼거린다.

“그렇죠, 물론 작가만 하겠어요?”

“시아만 모르는 게 아니야, 나도 모르고 아무도 모르는 그림이야. 말하자면 엉터리야.”

그는 마당 가운데 불을 지핀다. 창고에서 종이 박스를 가져다가 찢어 올린다.

“뭐하시려고요?”

“시아는 구경만 해.”

그 말이 떨어지자마자 컨테이너 벽에 기대어 놓았던 그림 한 점을 불길 위에 올려놓았다.

“선생님, 왜 이러세요?”

"이건 세상에 남겨 놓을만한 그림이 아니야. "

다시 또 하나의 그림을 불에 올린다.

"선생님, 왜 이러세요, 미쳤어요?"

시아는 다른 그림들을 등 뒤에 감추고 몸으로 막는다.

기름 먹은 그림은 삽시간에 센 불길을 올렸다가 화폭 한가운데만 독수리가 파먹은 것처럼 뻥 뚫리며 사라지고 만다.

"연기가 이렇게 나면 소방서에서 올 거에요."

"내꺼 내가 태우는데 누가 뭐라고 해."

그는 분노에 떨었고 슬픔에 빠져서 이성을 잃은 상태다. 여기서 시아가 말리지 않으면 컨테이너 전부를 태울 것 같았다. 그가 왜 그림을 정리하려고 했는지 알 길 없지만 시아는 그림이 아깝다는 생각뿐이다. 그림이 모두 돈으로 보인다. 돈이 타고 있는 것처럼 보인다. 시아가 타고 오르려던 무지개가 녹아내리고 있다.

네델란드 사람들은 개미처럼 흙을 날라다 바다를 메워 육지를 만들고 거기서 살다가 벌레처럼 흔적도 없이 흙으로 돌아간다. 그는 쉬지 않고 50년 가까이 캔버스에 흰 칠을 했다.

그들은 땅이라도 만들었지만 이 하얀 그림들은 무슨 짝에 쓴단 말인가. 하늘에 구름 간 자리다.

"선생님, 진정하세요. 이 작품들이 선생님의 일생이잖아요. 그걸 태워버리는 거라는 거 아세요?"

"아무것도 남기지 않는 게 좋아. 그래서 난 조각을 하지 않았거든. 그건 태울 수도 없는 쓰레기지. 모두 쓰레기야. 그래서 가

끔 태풍이 불어 세상을 청소하지. 그래도 다 치울 수 없는 것들
이 남아."

시아는 태풍이 쓸어가다 세상 구석에 남기고 간 찌꺼기임에
틀림없다.

그는 랜턴을 찾아들고 컨테이너로 다시 들어간다. 시아는 그
사이에 물을 길어다가 불을 끈다. 불길이 잡히며 검은 재가 공중
으로 솟아올라 흩어진다. 불을 지필 때, 불이 활활 타오를 때와
불이 꺼질 때의 연기 냄새는 다르다. 아기의 방실거리는 미소 같
은 냄새, 청년의 열기로 세상 모든 걸 빨아들이는 냄새, 노년의
찌든 냄새다.

그는 작품들을 들고 나오다가 꺼져가는 불을 발견하곤 땅바
닥에 내동댕이친다.

"창고 안에 기름통이 있어. 가지고 와."

"그만 두세요. 선생님. 태우시려거든 제가 떠나거든 하세요.
난 못 말려요."

"가, 어서."

그는 거칠게 몸을 흔들며 창고로 간다. 그 많은 날들을 하루
종일이라도 돌처럼 캔버스 앞에 마주 앉아 움직일 줄 모르던 사
람이다. 그림을 그리는 시간보다 생각과 시간 속에 깊이 가라앉
아서 하루를 다 보내는 날이 더 많았던 사람이다. 늘 그에겐 시
간도 정지되어 있었고 주변의 사람들도 그의 고요에 질려서 떠
나고 말았다.

창고 문이 뒤로 젖혀졌다가 도로 닫히는 소리가 들린다. 그가 발길로 문을 차고 나오고 문은 혼자서 흔들리다가 반쯤 열린 채로 맥없이 멈춘다. 흔들리고 있는 문을 팔꿈치로 고정시켜 닫는다. 그는 기름통을 들고 불 앞으로 다가온다.

"선생님, 이러시다가 불내겠어요. 진정하세요."

"그러니까 누가 불을 끄랬나. 비켜 봐."

그는 꺼진 불 위에 그림들을 포개어 얹어놓는다.

그는 기름통을 들어 올려 마개를 연다. 불 위로 기름을 끼얹을 태세다. 그가 지금 무엇 때문에 화를 내고 분노하고 있는지 알 수 없지만 곧 후회하게 될 잘못을 저지르고 있는 것이다. 그를 진정시키기엔 너무 늦었다. 순간 시아는 아무 계산도 없이 기름통을 빼앗으려고 몸을 날렸다. 시아가 기름통을 팔로 잡는 사이 그 충격으로 그가 기름통을 놓치며 뒤로 넘어졌다. 가물가물 꺼져가던 작은 불씨 위에 기름이 쏟아지며 불길이 치솟는다.

시아의 온몸 위로 기름이 덮이고 불길이 옮겨붙는다. 시아는 어떻게 손 쓸 틈도 없이 불길에 휩싸인 채 이렇게 죽는가 보다 하는 생각이 머리를 스쳐 간 뒤 아무 기억도 없다.

시아가 의식을 되찾은 건 서종에서 일어난 화재사고 뒤 열흘 만이다. 갑자기 소음이 귀에 쏟아져 들어온다. 눈을 떠보려고 애쓰지만 눈을 뜰 수가 없다. 손가락 하나도 움직일 수가 없다. 온몸은 결박당한 채 높은 장소에 얹혀져 있다. 기차의 선반 같기도 하고 시신을 뉘어 놓고 염을 하고 있는 차가운 알루미늄 침상 위 같기도 하다.

목소리가 나오지 않아 기척을 보낼 수가 없다. 손짓으로라도 누구를 부르고 싶지만 천근만근이다. 눈을 떠봐도 아무것도 보이지 않는다. 어떻게 된 것일까. 장님이 된 것일까.

몸을 뒤척여 침상에서 굴러떨어지기라도 해보려고 애쓰지만 헛수고다.

"시아야, 정신이 들어? 내 목소리 들려?"

멀리 가물가물 작은 소리가 들린다. 누구의 목소리인지 분명

330

하지 않지만 말을 알아들을 수 있다.

죽은 건 아니구나.

얼굴의 붕대를 풀고 두터운 거즈로 덮어씌운 채 침상에 내던 져져 있다. 오랫동안 누구도 말을 걸지 않는다. 발소리조차 들리 지 않는다. 여긴 아무도 없는 모양이다. 그렇다면 죽어있는 것이 아닐까. 이미 이 세상 사람이 아닌 모양이다. 시체실에 누워있는 건지도 모른다.

망자의 세상도 살아있을 때와 똑같다더니 여기가 저승인가. 춥다. 춥다고 말해야 하는데 어떻게 소리를 내야 하는지 생각이 나지 않는다. 그렇다면 분명 죽은 거다. 목소리가 나오지 않아 말을 할 수 없고 몸이 무거워 손가락 한 개도 움직일 수 없다.

"눈을 떠봐. 시아야, 들리면 손가락을 움직여 봐."

귀에 익은 목소리다. 용수다.

"의식이 돌아왔습니다. 아직은 미미한 정도니까 좀 기다립시 다. 내일 아침엔 완전히 의식이 돌아올 겁니다. 상처가 노출되어 있으니 감염되지 않도록 면회를 당분간 통제할 겁니다."

의사는 시아가 들을 수 있도록 큰 소리로 알리곤 곧이어 사 람들이 한꺼번에 밖으로 사라지는 소리가 들린다.

이대로 죽는 것도 나쁠 것 같지는 않다. 죽음보다 더 두려운 일도 많이 겪어온 시아다. 그럴 때마다 죽기야 하겠냐 하며 이를 앙다물고 다시 일어났다. 이제야 알 것 같다. 차라리 죽는 것이 더 쉽고 안락한 것이라는 사실이다.

화상 환자는 되도록 상처를 공기 밖으로 드러내놓아야 회복
이 빠르다는 것 때문에 껍질 벗겨진 속살을 그대로 노출한 채로
병상에 뉘어져 있다. 중환자는 사람대접을 받지 못한다. 실험실
에 갇힌 흰쥐처럼 껍질도 벗어주고 아무 데나 주삿바늘로 찔러
경련을 일으키며 끝내 마비되고 쓰레기통에 버려진다.

의식이 돌아오고 말도 할 수 있을 것 같았지만 시아는 눈을
감고 입을 꼭 다물어버렸다.

누구하고도 말하고 싶지 않다.

유일한 보호자인 용수가 병실에 들어왔다.

"이렇게 벗겨놓으면 어떻게 합니까? "

"여긴 환자의 생명을 지키는 병원입니다. 이래라저래라 의사
외엔 아무도 말할 수 없다는 거 아십니까? 수치스러움을 피하는
게 먼접니까 생명을 구하는 게 먼접니까? 3분 내로 나오십시오.
원래 면회할 수 없는 환자에요."

용수는 화상으로 울긋불긋 진물이 흐르고 있는 알몸을 그대
로 드러내놓고 누워있는 시아를 차마 볼 수 없다. 껍질 벗겨진
나무토막이다.

온몸에 화상을 입지 않은 데라곤 찾아볼 수 없었다. 오 화백
의 설명대로라면 시아가 기름통을 안고 불 위로 넘어져서 일어
나지 못하고 있을 때 정신을 잃었다는 것이다. 그 사이에 불길은
더 세졌고 오 화백이 시아를 불더미에서 끌어냈을 때 이미 죽은
줄 알았다고 했다.

　병원의 반대에도 무릅쓰고 중환자인 시아를 굳이 동해로 옮겨온 건 용수가 간호를 하려면 가까운 병원에 있어야 했고 오늘 낼 하는 할아버지와 시아를 마지막으로 만나게 할 수도 있을 거라는 희망을 포기하지 않았기 때문이다.

　"내 얘기 들리지? 네가 조금만 몸을 추스르면 할아버지를 만날 수 있어. 할아버지도 이 병원 3층에 입원해 계시거든. 시아를 무척 기다리고 계신 거 같아. 시아가 학교에서 아직 안 돌아왔냐고 몇 번이나 물으셨어."

　시아의 얼굴에 거즈 아래로 주루룩 눈물이 흐른다. 어쩌다 이런 몸으로 동해에 돌아오게 되었을까. 허공에 레이저 광으로 만들어진 꿈을 잡으려 허우적거리는 광대 같은 모습이 보인다.

　꿈은 꿈을 꾸는 사람이 주인이 되리라. 얼마나 달콤한 말이냐. 그러나 꿈은 허깨비다.

　굳어진 석고 덩어리처럼 누워있는 시아를 내려다보면서 생각한다. 이번에는 병원에서 도망치지 못하겠구나. 시아가 도망치던 그때엔 비록 헛꿈이었지만 꿈이 있었다. 이젠 아니다.

　"울지마. 상처에 눈물이 들어가면 안 돼."

　겨우 스물다섯인데 여기서 걸음을 멈추어야 한다. 사람들은 이런 걸 절망이라고 한다. 벼랑 끝에 섰다고도 말한다. 검은색 타이어 튜브를 잘라 만든 팬티를 하반신에 말고 젖은 시장 바닥에 몸을 질질 끌며 나프타린을 팔고 다니던 장애인 부부를 떠올린다. 저들은 왜 살까.

사는 목적도 이유도 없이 왜 사는 걸까.

그런데 지금 시아는 어떻게 해야 하는데.

그래도 스물다섯이란 젊음은 상처를 복원시키는데 아주 좋은 나이다. 표피의 진물이 구득구득 마르고 핏빛도 피부 안으로 스며들어 옅어졌다. 불행 중 다행인 것은 몸의 한쪽 부위, 앞쪽에만 화상을 입었다는 것이다. 반듯이 누울 수 있는 것도 복이라고 담당의가 말한다. 처음엔 그 말을 듣고 맥쩍은 웃음을 웃었지만 지금 보면 그것도 정말 다행이라고 생각된다. 누울 수도 없었다면 얼마나 힘들었을까. 중환자실에서 일반 화상환자병실로 옮겼다.

화장실 거울에서 얼굴을 본 시아는 찢어지는 비명을 질렀다. 간호사들이 달려와 화장실 바닥에 정신을 잃고 쓰러져 있는 시아를 병상으로 데려간다.

진정제를 투여받고 곧 호흡이 정상으로 돌아온다. 용수는 병원 연락을 받고 급히 달려왔다.

시아는 진정제 탓에 깊이 잠들어 깨어나지 못한다.

용수는 병실 밖 복도 끝에 있는 발코니로 나가 바다를 본다. 물결이 높다. 겨울이 오고 있다는 걸 알 수 있다. 기온이 내려가는 건 화상환자들에겐 다행한 일이다. 담당의가 용수를 찾는다.

환자의 화상치료보다 더 힘든 치료가 정신적 치료일 것이라고 의사는 어두운 목소리로 말을 꺼낸다. 그건 의사의 몫이 아니라 보호자나 모든 가족들의 몫이라고.

담당의가 말한 가족이라는 단어가 모르는 말이거나 처음 듣는 말처럼 귀에 걸린다. 용수에게나 시아한테도 생경한 단어다.

아마도 길고 긴 고난의 길이 될 것이라고 담당의는 용수의 어깨를 힘찬 손으로 잡으며 위로한다.

담당의는 자기도 모르게 참고 있던 한숨을 길게 내쉰다.

"어느 나라 속담에 이런 말이 있답니다. 세 가지 기쁜 일이 한꺼번에 몰려오고 나쁜 일 세 가지도 꼬리를 물고 한꺼번에 따라온다고 했습니다. 지금 당장은 참 안된 일이지만 다음엔 기쁜 일 세 가지가 꼬리를 물고 오지 않겠습니까? 3층 노인은 기적 같이 오래 견디는데 눈을 감지 못할 일이라도 있는 모양이지요?"

속담대로라면 꼬리를 물고 올 또 한 가지의 나쁜 일이 남았다. 머지않아 할아버지가 세상을 뜰 것이다. 그 일이 세 번째 나쁜 일이 될 모양이다. 용수는 마음이 조급해지기 시작한다. 할아버지한테 시아를 보여주는 일을 서둘러야겠다. 이대로 보여줄 수는 없을 텐데 방법이 없을까.

시아를 설득하는 게 먼저 할 일이다. 아무리 할아버지가 의식이 없어 시아를 알아볼 수 없다고 해도 시아는 험악하게 화상 입은 얼굴로 할아버지를 만나려 하지 않을 것이다. 창밖도 내다보지 않는 시아를 어떻게 할아버지 방까지 데려갈 수 있을까. 그렇다고 기습적으로 만나게 할 수도 없다. 그건 건강하고 콤플렉스 없는 용수의 횡포이고 폭력이다.

용수는 하루에 두 번씩 출근 퇴근 때 병원에 들르지만 매번 시아의 병실에 들어가는 건 아니다. 복도 끝 발코니에 서서 바다를 보다가 그냥 돌아갈 때가 많았다.

그러나 더 이상 미룰 수 없는 막다른 벼랑 끝에 와있다. 용수는 복도 끝에 있는 정수기에서 냉수를 받아 마신다. 조금씩 세 컵을 마시고 나서야 심장의 심한 박동이 조금 진정된다.

병실 문을 열고 시아의 병상으로 다가간다. 얼굴에 거즈가 덮여있어 깨어있는지 잠든 것인지 확인할 수 없다.

"시아 자니?"

"아니요."

"좀 어때? 많이 아프니?"

"아니요."

"대답하기 힘들면 손짓으로 해. 아무래도 오늘 우리는 할아버지한테 인사를 드리러 가야 할 것 같아. 할아버지가 얼마 못 버티실 거라는 거야. 시아가 휠체어에 앉을 수 있으면 다행이고 아니면 이동식 베드에 누워서 움직여보도록 하자."

"이런 꼴을 어떻게 보여요."

"할아버진 이미 의식이 몽롱하셔. 청각만 조금 살아 있는 거야. 시아 목소리라도 들려드려야 하지 않겠니? 널 몹시 기다리시는 것 같아."

시아는 손가락으로 오케이 싸인을 낸다.

"고맙다. 시아가 용기를 내줘서."

간호사들의 도움을 받아 시아는 이동식 베드에 누워 할아버지를 만나러 3층으로 올라간다.

할아버지 병상에 시아의 베드를 바짝 붙였다.

뼈와 껍질만 남아 미이라 같은 할아버지의 손을 끌어당겨 시아의 붕대 감긴 손에 포갠다.

"시아 왔어요. 할아버지."

용수는 떨리는 목소리로 말한다. 잘 넘어가야 할 텐데 숨이 멎을 것 같다.

할아버지의 손에 힘이 쥐어지면서 시아의 손을 꼭 잡는다.

"할아버지, 잘못했어요. 용서해주세요. 사랑해요. "

시아는 가슴 찢어지는 아픔으로 통곡한다.

할아버지의 얼굴을 볼 수도 없다. 나무껍질 같은 손에서 체온도 느낄 수 없다. 지지리도 고생스런 인생길을 앞장서서 걸어간 한 노인을 이제 고이 보내드리고 싶다. 미워할 수도 없고 원망을 해선 더욱 안 된다.

이 만남이 마지막이 될 거다. 할아버지의 손에서 맥이 빠지며 시아의 손을 놓는다.

그 후로도 할아버지는 사흘을 더 버텼다. 시아에겐 할아버지의 임종을 알리지 않았다.

이것이 꼬리를 물고 따라온 세 번째 나쁜 일이다.

이젠 더 이상 남은 나쁜 일은 없을 것이라고 믿는다

용수는 하루 종일 혼자서 허둥지둥 뛰면서 할아버지를 저 세상으로 보내 드리고 밤늦게 병원으로 돌아왔다. 병원 건물에 올라가는 맨 아래 계단에 주저앉아 건물을 돌아 들려오는 밤바다의 파도소리를 듣는다.

용수는 천천히 몸을 일으켜 시아의 병실로 올라갔다. 시아가 할아버지의 안부를 물으면 어떻게 대답할까 생각하며 계단을 천천히 올라간다.

그대로 말하자.

시아가 못 이길 슬픔은 이 세상에 더 이상 남아있을 것 같지 않다.

스물다섯 살 젊음은 용수를 방패 삼아 다시 일어날 수 있을 것이다.

"오늘 왜 이렇게 늦었어요? 일이 많았어요?"

"음."

"낼 일요일인데 지해를 데려오면 안 될까요?

"그럴까?"

선뜻 그러자고 달려들면 시아의 마음이 다시 변할까 봐 용수는 일부러 시간 여유를 둔다.

"그 애는 나를 보고 놀랠 거예요. 가엾죠?"

"지해는 시아보다 행복한거야. 엄마가 있잖아."

"이런 엄마, 있으면 뭘 해요."

여기까지 천연스럽게 얘기하다가 갑자기 돌아누워 병실 벽을 할퀴며 통곡한다.

"그 아이를 데려오지 마세요. 안 볼래요. 내 꼴 보여주면 안 돼요."

"알았어, 알았다니까. 울지 마."

용수는 처음으로 시아를 끌어안았다. 사람끼리 살을 맞대면 아주 포근하고 따뜻하다. 시아는 용수의 품에 파묻혀 지금껏 마음 놓고 울지 못했던 울음을 쏟아낸다. 날개에 상처 입고 날 수 없는 새가 되어 용수한테로 돌아왔다.

이제 너에게 사랑한다는 말을 해도 될까.

이런 게 사랑일까.

두 사람은 똑같은 생각을 한다.

그런데,

그리고,

그러나.

다시 생각한다.